U0114687

Life is a holiday

吃羅宋餐的
日子

鄧 小 宇

目　錄

序 1-4
6-18

Part 1
擦身而過
20-87

Part 2
私人風景
88-183

Part 3
城市漂流
184-301

給小宇的信

也斯
文化工作者

小宇：

你知道，我其實一定會為你的文稿寫幾句話的。只是我五月要到歐洲開會，是一趟長途疲累的行程，回來碰上考試，學校還有種種未了雜務。我自己的書稿未有時間整理，倒是抽空看了你的文稿。你說若看不完看部份也可以，偏偏我是固執的人，看書也希望看個全貌。讀來倒是給了我很多樂趣。

我們不算相熟，來自不同的背景，但卻同在六、七十年代香港的文化氣氛中成長，分享了相近的營養與「八卦」，多少影響了我們日後做人的方向。

看你的文稿，有不少會心微笑之處。有熟悉的地點和人物，却不是同一圈子話舊懷舊，反而正是由於我們從不同的方向走過交疊的地帶，更叫人懷念當年空間的廣濶流通。

你說到九龍塘，我對當年優雅的九龍塘也有另一種體會。其實友聯出版社最早也是在九龍塘。後來在浸會唸書，也坐七號巴士回到九龍塘，從上層張望窩打老道似有文化的花園洋房，幽靜的小巷，令人充滿遐想。沒課的日子在巷道間閒逛，給我當時實驗小說（我用羅布格利葉的實驗文體描寫那迷宮般的街道）和實驗電影提供了背景。

太子道的咖啡屋，令我想起五十年代力匡一些小說，中年的單身漢合租一所公寓，聊天，聽古典音樂。星期天等待上聖德勒撒堂的友人回來一起上館子吃午飯，直到深夜。原來他碰到過去暗戀而失散多年的女孩子，在咖啡屋裡談了一天。咖啡屋好像代表了那節制文明而又開始走向都市浪漫的年代。

你們社交活動的範圍在教堂附近、在對面的金華士多，有瑪利諾、喇沙的各路英雄，比拼時裝，籌辦舞會。我中學乘坐的七號巴士可在這之前就要下車了。我是個怪胎，因為反叛，選擇的是中文中學。當時叫巴富街，後來叫何文田中學。中學活動的範圍是窩打老道的圖書館，越過珠海書院，走向旺角舊書店林立的街頭，到花園街友聯書店領取周報的幾塊錢稿費，到掛着尤伯連納照片的厚德福吃一塊錢的大鹵麵、一角錢一隻的水餃。

感謝《中國學生周報》的電影版、《大學生活》電影會、法國文化協會和電影協會（第一影室Studio One），令我們這些不同背景的人在電影世界中碰頭，共同分享了六十年代以來的電影新潮，認識多姿多采廣潤變化的世界。

新一代的電影也有商業公演呢！樂聲戲院放映了積葵大地的《糊塗舅父》、尚盧高達的《慾海驚魂》，利舞台放映安東尼奧尼的《春光乍洩》，引起不少爭論。你更敏感於Swinging London 和設計，我卻開始訂購Julio Cortárzar 的著作，從此沉迷於拉丁美洲小說的熱潮中。這反叛怪胎唸了中文中學卻反叛中文的教學，唸了英文系又反叛英文系的教學，終於還是大量訂閱偏僻的外國文學，通過翻譯和寫作自我教育。

我不認識盧景文，卻像你一樣看了他的《犀牛》；不認識大學實驗劇團，卻看了他們出色的布萊希特。我開始在《快報》寫稿，並且以秘密革命同黨的姿勢，支援同代開始創新的翻譯劇和創作

劇、新詩、不走沙龍路線的七人攝影展、新派畫家、像黎海寧那樣的現代舞，我也明白她既為麗的編舞又有自己的創作，想這也可以是香港自己的前衛。《號外》創辦的時候我們正在辦《大拇指》，也互相支持、交換廣告。我跟《號外》諸位是君子之交，我喜歡它的幽默但不大欣賞它的勢利。雖然其中好的作者，像你們，到底知道自己在做甚麼。Camp、trash、kitsch的傳統也可以自嘲勢利，但到今天卻難以繼承下去。城市逐漸消失了它的幽默感。即在一九九七年，連〈狂城亂馬〉也成為被捕殺的女巫。《號外》當年的態度開放，在時尚題材以外，也找我寫〈城市詩話〉，找黃俊東寫書話，在內容方面倒沒有追隨潮流的勢利。《號外》的幽默是都市的，能寫利洗柳媚與司徒潔貞的camp式小說；能對國粵語片女明星的定位和演技如數家珍，這些優點也保存在你現在這本書裡了！

　　去年六月我到巴黎講學，帶了女兒同行。我自我檢討：自己的人生態度，大部份不是來自學院，反而是來自多年來像法國電影這樣的感情教育。而在人生路上，遇見比我年長比我年輕的朋友，往往幫我體會我的偏執、修正我的不切實際。與女兒去看安東尼奧尼的回顧展，我私下裡大概也在問你書裡的問題：今日大家怎樣看我們當年的經典呢？我發現女兒完全不喜歡《春光乍洩》，卻非常喜歡後來的《無限春光在險峰》！我想這跟她喜歡音樂有關、跟後者是年輕人題材有關。但這不是我第一次的發現了，當年我在港大教電影，班上最聰慧的一位女同學就表示了不喜歡《春光乍洩》，那時我就開始重新思考：我們過去習以為常的標準，看來還得不斷經過新的考驗呢！

　　我當然不是那種追趕時髦來討好學生的年輕教師，我還是有自己的標準，也有自己對某些法國電影的私密愛好。你說到我當年談電影的文字，其實我寫了多年，還是沒有把寫電影的文字結集，

因為覺得還沒有充裕的時間整理細寫，把電影給予我的感動好好寫出來。讀你談電影的文字，給了我部份補償的滿足。光是提到那些名字就教人興奮。你和我在電影上的口味，竟有六、七分相似！誰在今天還會提到Delphine Seyrig（她在丹美的《騾皮》中也令人難忘！）Dominique Sanda呢！我似乎無法喜歡Charlotte Rampling（很高興找到彼此不同的口味！）我當年的偶像是《斷了氣》裡短髮的珍茜寶，Anna Karina、Joanna Shimkus、Françoise Hardy，後來老去的珍寶金。口味不同中有相同。最近看安納‧華達的《海灘上的安納》，看得很開心，我想你也會喜歡的。若果我們到了她那樣的年紀，還能那樣神采飛揚地大談故人往事，充滿幽默和包容，不也是個令人嚮往的境界麼？

你說到馬斯杜安尼，費里尼的《八部半》，的確是我們那一代的啟蒙電影，馬斯杜安尼成熟睿智，令片中的懷舊不致傷感、思辯不會枯燥，確為這反思的現代電影增添魅力！之前《加比利亞之夜》，我與你同樣鍾情瑪仙娜結尾的開解；到了《八部半》，當然是影片的形式和內涵都令人大開眼界了！《八部半》的衝擊這麼大，以致我對後來的《神遊茱麗葉》倍感失望，對老費後來的電影也有點提不起勁了。直至九十年代一個夏天，我有機會跟兒子一起重看了他後期多部作品，看得津津有味，才又令我重新改觀。這樣的機緣可惜並不常有。我也嘗懷疑是否有點感情作用，直至前年往台灣開會，因風暴滯留，遇上台北光點的費里尼回顧展（還有加撒諾華的服飾展覽），又一次重看諸作，還是看到晚期風格另有一種舉重若輕的成熟胸懷，其中不乏嬉笑諷刺，也還能開創新境。說到這裡，我禁不住要跟你抬槓了。我覺得，尤其是《珍姐與佛烈》，不僅不是「慘不忍睹」，更是老路縱橫，以一對老去潦倒藝人面對今日電視台的作虛弄假，在初老遲緩的動作中強保自己的尊嚴，充

滿苦澀的幽默、輕諷的同情。

年紀大了也沒有甚麼不好。你文中時有自嘲，但我讀到你自我反省對朋友該更多留神，對巴士上被控非禮的瘦弱少年流露同情，想到yuppie的自私，我想也是日子令我們看到事情的另一面吧？我讀你的文章，讀到你說盧景文的大皮鞋、進念的「感情泛濫」，為鞏俐叫好，說到Gore Vidal的好處與限制，我讀來舒服，我覺得人年紀大了，不必討好、不必賣弄、不連群結社、沒有暗藏的目的，寫的文章自有可觀之處。

你曾是電懋電影的童星，你文中也說到電懋。我讀來想起近年重映電懋電影節的2002年4月，嶺南大學人文學科研究中心與香港電影資料館合辦了一場研討會。最後一天（4月11日）請來了葛蘭，她年紀大了還是那麼優雅，發言時說電懋的主辦人都是gentlemen，也請來老師教大家音樂和舞蹈，都是電影事業的有心人，所以電懋結束以後，她也就很少再跟其他電影公司簽約演出了。當時你大概也在座吧。我想我們大概都有同感：我們有幸從電影中見證了一些優秀的素質，在生命中懷念和繼續追尋的，也是這樣的一些素質吧！

祝一切順利！

也斯

2009年5月

原本婉拒了寫序，就像我曾經婉拒了岸西、Roy、朱冠來、劉玉珍……

一來體虛乏力，二來寧可藏拙。

最後關頭，鄧小宇來電，「你可以口述幾個字，我筆記。」

我呆住了。

好一份奇特的、幾乎接近「五維」的友情。我珍惜，也得行動。序，不用口述了。感想、感慨、感激，就一一記下。

說是接近「五維」，鄧小宇與我當然很少見面，但一旦結緣於上世紀六七十年代《中國學生周報》（還有陳冠中）……也就一生一世。

我們也不通信，只會每隔一段日子，有事或者無事，在電話裏談得很投契。尤其「起步」與眾不同：鄧小宇首次自美寄來譯稿〈杜魯福是不是全世界最快樂的人？是。〉就是我當年拆信過程中最大驚喜之一。

更加與眾不同的，是鄧小宇與我曾經不止一次，「共患難」。他天性善良，喜歡助人，於是，「善導會」吸毒者阿球與老狗二妹事件、李太「狗場」、阿娟「狗場」、楊大姐病重、孫寶玲去世、香港電影先驅「黎北海逝世五十周年紀念座談會」，以至為「苦心拯救黎北海」的廣州電影學者李以莊

緣 繫
《中國學生周報》
陸離
文化工作者

提供住宿……我們均曾並肩作戰,而且很多時都是因為我受到他的感染。

鄧小宇不是第一次出書;這一本,特別懷舊。「文」美,「情」深,「感」敏,涓涓溫柔,偶然頑皮。他寫到杜魯福《祖與占》著名獨創的「短凝」,到今天面對影碟「隨手一按」的「任意停頓」,彷彿珍珠淹沒在魚目之中……這一下共鳴,最令我震撼。

鄧小宇、小思、香山亞黃、杜杜、西西、古兆申、古兆奉、李君毅、李君聰、黃仁逵、羅維明、綠騎士、蓬草、邁克、石琪、舒明、陳任(緩筠)、黃子程、關永圻、林年同、戴天、吳昊、金炳興、周潤平、梁濃剛、黃志、黃國兆、少雅、林旭華、劉天賜、嘉倫、藍石、洪清田、陳鈞潤、譚榮邦、林大慶、袁立勳、劉健威、梁寶耳、蘇守忠、崑南、Roy、Jo、Kathy、Plumule、Charles Bergman、Mary Stephen(雪蓮)、許鞍華、譚家明、吳宇森、楊凡……這許多位老朋友,都曾經是《中國學生周報》的作者。(當然還有我的老同事吳平、羅卡,上司孫述宇、胡菊人、陳特、林悅恒、何振亞……)請容懷舊,謝謝一切。

2009年5月

按一:抱歉最後一段有語病。當然石琪除了是我的「老朋友」,也是我的丈夫。

按二:必須再放肆借此一角,致謝曾志偉、鍾珍、李碧華,還有石琪,為了《周報》「排字房」師傅李清「阿清伯」安享晚年,曾經勞心勞力。「阿清伯」現居「佛教沈馬瑞英安老院」,十多年了,一切費用由政府負擔,真的老有所養。

讀 後 記
〔 寄 自 北 京 〕

陳冠中
作 家 ・ 文 化 評 論 人

人在北京，懷念香港什麼？懷念鄧小宇筆下的香港。

鄧小宇筆下的香港，包括九龍塘瑪利諾修院學校及九龍區的各教會名校、《中國學生周報》、太子道咖啡屋、周啟邦夫婦、唐書璇唐書琨、郭志清郭志怡、Tina Viola 文麗賢、孫寶玲白韻琴、薛芷倫榮文蔚、所有穿Kenzo/ Yohji/ Jil Sander的錢瑪莉們、上世紀五六十年代數以百千部計算的港產粵語片，以及國泰電影懋業有限公司的所有國語片暨全體明星。誠然，在北京很難找人搭理這樣的一種香港。

鄧小宇筆下的香港真的還存在嗎？對於想它存在的一小撮人來說，它還存在。

誰會關注五十年代香港黑白粵語片的二三線花旦以至梅香秋菊甘草，容忍鄧小宇說1957年是李湄的，並對利冼柳媚、高大威或司徒潔貞這樣的坎普名字有反應？讀鄧小宇文章的人會。

鄧小宇的香港是本土是外省也是洋派的，少不了特定的外國圖像，如杜魯福——台灣叫楚浮、大陸叫特呂佛，所以感情上不是一回事。還有Xavier Cugat（鄧：「至今仍是我至心愛的拉丁樂隊領班」）、Sergio Mendes（鄧：「就像找到了救生圈」）、Stephen Sondheim（鄧：「百老匯殿堂級大

師」)、電影《春光乍洩》(鄧:「和後來王家衛那部無關」)、馬斯度安尼和澤田研二、珍摩露和Dominique Sanda、Truman Capote和Gore Vidal，都不能算是北京或任何地方崇洋時尚界的最熱門話題。

鄧小宇寫的是一種鄧小宇粉絲才懂的態度。

在鄧小宇的推介下，我二十幾歲的時候也看了Gore Vidal的小說 *Myra Breckinridge*，拜此書之賜，我也知道自己的寫作從此將不一樣，將變得刻薄抵死坎普蠱惑。最近，一份鼓勵年輕人閱讀的刊物請我推介一本英文書，以提升年輕人的英文寫作能力，憑良心說，對已經有點英文寫作功底、稍曾涉獵美國流行文化的香港年輕人來說，沒有比精讀 *Myra Breckinridge* 更能打通任督兩脈一舉達標，但我不敢推介，怕被罵教壞後生，有損我社會賢達的清譽。

在鄧小宇的推介下，我還看了許多本來不會看的電影、聽了許多本來不會聽的音樂、發展了許多本來不會發展的品味，反正多到我不願意細說。他是我對歐美某類文化的蒙學老師，一經點化，終身受用，橫看成嶺側成峰，自成世界。這個世界的點點滴滴，大家可以在鄧小宇這本新書中體會到，希望你也是一經點化，終身受用。

我相信，這本書張叔平黎海寧會看得「卡卡笑」、亦舒會用來進補、邁克林奕華甘國亮諸位風格名家也會表示欣賞。在這樣的年代，鄧小宇若真有這樣的讀者，就太令人羨慕了。我會說香港出了個鄧小宇是只此一家的幸運，鄧小宇遇上了香港是別無分店的幸福，套用書中的一句話：it's all worthwhile after all。

2009年4月

自　序

我最怕就是碰到一些有一段時間沒有見面的朋友時，對方總是喜歡問我：「你還有沒有寫作？」

這些年來，雖然不是每期都例必交稿，甚至當中會有一段日子停了沒寫，其實我的文章至今一直都斷斷續續刊登在《號外》雜誌。但似乎朋友中沒有什麼人知道我仍在寫文的事實，也即是說，他們原來都沒有讀過我多年以來所寫的文章。或許我那一輩的朋友早已過了看《號外》的年齡了。那麼現時它那些「目標讀者」呢？他們翻看《號外》時可有讀我發表的文章？

我真的不知道。

除了幾年前《明報》副刊轉載過我寫的〈碎鑽鑲成的皇冠〉之外，我從來都沒有收到任何的反應或回響。

那種感覺是挺寂寞的。

特別是在博客盛行的今日，看到網上的熱鬧景象，更令我倍感孤清。

所以當三聯書店邀請我結集出書時，我是很雀躍。雖然我很清楚我的文章始終是小眾趣味，理應不會打入什麼暢銷書榜，即使如此，起碼每賣出一本書，我就知道會有著一個至少會去閱讀其中一部份文字的讀者，依然叫我開心不已。

在上世紀八十年代，博益出版社曾替我出版兩本文集——《偏見與傲慢》及《女人就是

女人》，今次是輯錄了那兩本書之後至今，我發表過的文章精選。另外我又添寫了不少補充及說明，當中有些舊文我更重新作了些修訂，所以如大家發覺有些內容和文章日期有出入，不要驚訝，我不是未卜先知。

要感謝很多朋友，在我「放風」說要出書開始已一直給我支持和鼓勵，特別是梁卓恩彭嘉碧夫婦，我曾把初稿以電郵傳給他們指正，想不到竟馬上收到他們各自的批註，並義務替我作校對。現住在紐約的平面設計師Wing Chan也是，第一時間給我很多在美術及設計方面的意見及提點。住在三藩市的中學時期好友Ruby Liang又翻出她珍藏的絕版黑膠唱片，把其中一些封套拍下來給我做插圖，以及眾好友發來對這書的慷慨讚賞，推薦詞，令我再一次感受到欠達了的comradeship。

還有陳冠中從北京傳來的〈讀後記〉。有好友比我更明白自己，我還可以再說些什麼？

更令我難以置信的，是陸離除了主動幫我仔細校對之外，竟然肯為我這本書破例再次執筆！我實在感到受寵若驚。陸離這個名字對很多讀者來說可能是全然陌生，但在本地的文化界，她確是有她極獨特的位置。相信我，有一部份讀者買這本書，不是想看我寫的那五十幾篇文章，而是為了保存陸離那篇前言，作為留念！

和陸離很不同，年輕時的也斯沒有把自己局限在當時可以說是「名門正派」的〈中國學生周報〉。他似乎更愛打游擊，文章很多時都投去一些較「另類」，甚至較「激進」、「憤怒」的年青人刊物，也許多少反映到當年他性格反叛的一面。

雖然我一直都很欣賞也斯的影評，但我們其實說不上認識，所以今次確是很難得他在百忙中仍抽時間認真把我這本書看完，以及在截稿前衝線傳來他的心意。讀到他情深地點滴我們共同或各自的成長心路歷程，以及我們的「根」，我是無限的感動和感激。

最後一定要多謝完成此書的一班工作人員，編輯陳靜雯居然不擺我上神枱，一直和我緊密溝通，提出很多寶貴的意見和建議給我參考，以及負責設計的黃沛盈所花的心思。除了文字，我個人很注重視覺效果，希望本書在這方面的成績也能夠給大家帶來一些驚喜。

當然更要衷心感謝策劃編輯李安，沒有她的全情支持，你們現時也不可能拿住這本書，讀到這篇序了。

寫到這裏，我真的感到自己還是很幸福的。

2009年5月

*全書很多插圖其實都是從我中學時的剪貼簿抽選出來的，所以看起來殘舊，破爛是少不免的。

Part 1
擦 身 而 過

1/ 再見九龍塘

2/ 吃羅宋餐的日子

3/ Buena Vista Social Club及向小學同學問好

4/ 和楊莉君那一頓下午茶

5/ 黎海寧1987

6/ 黎海寧2007

7/ 孫寶玲的離去

8/ 不讓火光熄滅

9/ 拒絕屬於

10/ Cha Cha the Night Away

11/ 錢瑪莉的誕生

12/ 畢竟我們都老了

13/ Yuppie的種種

14/ 世紀末的期望

1/

再見九龍塘
1 9 8 1 年 7 月

對童年的我來説，獅子山腳下的九龍塘已是世界的盡頭。

有一次，爸爸媽媽帶我去九龍塘探訪我們同鄉姓帥的一家，寂寥的街道上屹立著他們兩層高的洋房，花園中有一個小小的噴水池，遠處一角還有一個鞦韆。以前我從來沒見過這樣的排場，亦未進入過如此寬敞的空間，不期然畏縮地抓著媽媽的手，儘管心裏面很想跑去園中盪鞦韆，也不敢提出，只好在客廳裏無聊地坐著，望住大人講我聽不懂的貴州話。

那位我爸爸稱她為帥二嫂的女主人，招呼我們喝茶點，叫傭人把一架盛滿了精緻的瓷器和銀具的小車子推出來。這時有一個白衣少女從外面走進來，她身上穿著像校服的白裙，淺藍色的帶子繞在圓圓的白領上結了一個蝴蝶，她稱呼我爸爸媽媽鄧uncle、auntie，然後倒在沙發上，漫不經意地望我一眼，問我在什麼地方唸書，我講出來的學校她好像從未聽過，也不感興趣，就轉身問鄧uncle為什麼不想辦法把我送去小拔萃。拔萃的男仔很有風度，喇沙的太「飛」了，她如是説。

在歸家途中，爸爸講起以前我們祖家在貴陽的房子比他們姓帥的還要大，有私家籃球場，我不知道貴陽在什麼地方，我腦海裏念念不忘的只是剛才那幢在九龍塘的洋房。

城中桃源

七歲那年，把我帶大的傭人轉了工，但她仍然不時來探望我們。

她的新「事頭」剛巧是住在我婆婆的舊同學郭姨婆家的樓上。有一次她帶我去她新「事頭」處玩，我們坐巴士去到界限街，看見一間連一間的三層高洋房，和種在街道兩旁婆婆的樹木，心中又有另外一番感覺：如果説九龍塘帥家房子是我童年世界的盡頭，一處陌生的領域；界限街密麻麻的洋房，路上偶爾走過的行人，以及路中不時往來的車輛，都彷彿在提醒我，它是城中的一部份，也許可以説是城中的桃源。

郭姨婆是食齋的，她和兒孫住在房子的二樓，我傭人的新「事頭」則在三樓，而每次我去探望他們都會在二樓三樓之間上上落落，一會兒和郭姨婆的孫兒玩，一會兒又跑上去逗樓上養的幾隻小貓，一上一落，至今我仍然清楚記得整幢樓的樓梯是用木造的，又闊又滑，一不小心，就會摔倒。

回程的時候，從巴士望出去，迎面看到一列黃磚紅瓦的建築物，大到像一座中世紀的城堡。巴士經過的時候，剛剛裏面有一個修女以及幾個穿著和帥二嫂女兒一式一樣校服的女孩子行出來，我想多看一眼，但飛快的巴士已經把她們遠遠拋離，回頭再望，那座古堡亦被一棵棵大樹遮蔽，失去了蹤影。

於是剛才閃電般的一霎間，就像做了一個夢。

光輝燦爛的時刻

我們是在1965年搬去何東道的。何東道是界限街旁的一條斜路，位於瑪利諾和喇沙小學之間，那條街短到只有一座大廈，四個門牌號碼，爸爸説它風水好，就一直住到現在，沒有搬。

何東道可説是處於一個頗為尷尬的位置，它在九龍塘的邊緣，但又不屬於九龍塘。不過即使尷尬，何東道依然是佔到一個好位置。在九龍半島北面至歌和老街為止，東至書院道，南至亞皆老街，西面伸展至又一村，中間包括了太子道、窩打老道、加多利山、九龍塘……十多年前，這一帶就是全九龍最有體面的住宅區，也是最富色彩的。每天下午和黃昏，太子道的咖啡屋，以及它斜對面的Cafe Galeno，都坐滿了住在附近的電影明星、導演。丁皓在露明道口，趙雷、尤敏、雷震、樂蒂、林翠、陶秦在聖德勒撒教堂四周，石慧、夏夢在加多利山，白燕、吳楚帆在九龍塘，嚴俊、李麗華、李湄、岳楓、陳思思在翠華一二三四五期；似乎每一幢大廈都擁有它們自己的明星，咖啡屋、Galeno就成了他們見面交際應酬、閒聊八卦的地方。雖然咖啡屋時至今日魅力仍在，但我始終認為它最光輝燦爛、最富傳奇性的時刻是在它旁邊的南天餐廳和Captain's Table尚未開張之前。

明星有著他們的咖啡屋作為聚腳點，年輕學生的社交活動則集中在聖德勒撒教堂一帶，每星期日，聖德勒撒教堂的拉丁彌撒吸引到不少意不在酒的青年男女，有中國、有葡國、有國籍不明的混血兒，女孩子扮得異常地吸引，男的也儘量fit，看慣平日穿著校服的，星期日早上的時裝表演確能令人耳目一新，也許只有尖沙咀的玫瑰堂，才可以和St. Teresa一較高下。

如果不是星期天，在其他的日子，社交重點就會從教堂移到馬路對面的金華士多。窩打老道天橋未蓋之前，金華士多舖外有一個

三號和七號巴士站，每天上學和放學時間都擠滿了學生，來自名校的有瑪利諾、喇沙，或者再加上英華，仿名校的有聖若望，校風「不良」的有模範，野雞的有Regina——各路英雄都齊集在金華士多。洋化的有瑪利諾女孩子，最愛翻閱擺在金華士多門前賣的*SCMP*，立心要威過所有其他的人。

全九龍的巴士路線當中，應該以行走尖沙咀碼頭和九龍塘之間的七號巴士最為多彩多姿，每天返學放學時間，它將一群群拔萃女學生從九龍塘載到佐敦道的校舍，又從尖沙咀將瑪利諾的女孩載去九龍塘。曾經有多少浪漫、多少心碎的故事發生在七號巴士上，也都已淹沒在歷史的洪流裏。

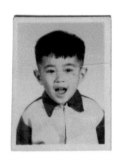

魅力不再

七號巴士的神話早已成了過去，近年來不知是否因為教育制度和學位分配改變的關係，瑪利諾和女拔萃的學生似乎已褪了色澤，失去了以前的風頭，DGS / MCS的netball比賽也不似往時的轟動了。

至於和瑪利諾分割不開的喇沙，自從舊校舍變做碧華花園之後，又是一個神話的破碎。它的新校舍完全不是舊時的格調，我管它設備怎樣好，起碼望落去，我完全分不出它和政府的工業中學有何分別，不過目前最令人擔心的是華仁和男拔萃，它們的面積都是大得驚人，佔的地皮可以賣得十分昂貴，我很想知道它們的命運會怎樣？

瑪利諾的變質，似乎不是一個獨立的個案，其實整個九龍塘又何嘗不是在變，窩打老道的架空公路，九龍塘北部的新興住宅區——畢架山、廣播道，以及貫通了九龍和新界的獅子山隧道，把九龍塘一帶的窩打老道變成了交通要樞，車輛終日不斷往來，以前的寧靜、優雅，只能存在我們記憶之中。還有聖德勒撒教堂，自從被兩座「明愛中心」包圍以後，已從過去的prestige變成現在的「益智」，再無復當年的格調。

　　有人說九龍塘和又一村風水不好，所以住到不少人破產，想落也未必全屬無稽之談。以前我們去三角花園、四角花園玩，周圍都是乾淨、舒適的，鮮有路人和車輛，如今偶然駕車經過，見到的不是破落戶式的舊屋，就盡是張燈結彩的「別墅」，以及在別墅門前停下來等客的的士。

　　自從婆婆去世後，我們已沒有和郭姨婆來往，事隔多年，她應該也不在人間，她以前住在界限街那一間屋的位置，我現在再也醒不起，更不用提帥二嫂在九龍塘的大屋了，據說他們已經家道中落，如今不知去向了。

　　這些年來，在香港這個冒險家樂園發跡的地產商、投機客，賺到大錢的也都通通搬去較時髦的新興高尚住宅區，由城市移師到近郊，而且不知為什麼，近年來大家都不約而同愛上了西班牙式。九龍塘的古老洋房就更加無人問津，漸漸淪為老人院、「別墅」、「架步」、機械工程公司的貨倉、廣告公司的片場。九龍塘再也沒有魅力可言。

　　其實每一個地方的興盛和衰落，都有其一定的前因後果，九龍塘和它的周圍不再exclusive，除了突然引起人一陣感觸之外，也實在沒有什麼值得惋惜的地方，但即使環境不斷變遷，能夠見到一間小小的咖啡屋依然碩果僅存，屹立不倒，也就感到一陣安慰了。

光影留下甜美的夢

「在很多香港影迷、影癡心目中，國際／電懋／國泰的電影猶如一個最甜最美但短暫的夢，然而內在的人物和情景都為我們留下姿彩繽紛的印象和回憶⋯⋯」

以上是抄錄自電影資料館的宣傳發佈，它們在2004年初和新加坡的國泰機構達成協議，將手頭上仍有的當年電懋出品的國粵語片，全部運回來香港，日後由資料館負責保存和整理，為了慶祝這次「回歸」，資料館再次舉辦名為「舊夢重溫」的國泰電影回顧展，放映十多部名作。

這些陳年舊片究竟留給我們怎樣的印象和回憶？這個最甜最美的又是一個怎樣的夢？

我自己覺得這批大部份是黑白攝製的作品最吸引人的地方，除了它星光熠熠之外，最令人悠然神往的是它展現了一種優雅的生活態度，對當年的觀眾如是，隔了差不多四十多年後的今天，我們回顧那一系列電影，對它擺出的高雅姿態依然著迷，亦為這款美態從我們的社會消失而頓覺傷感、緬懷。

電懋的黃金時期，亦即是從1957年開始打後幾年，所推出一連串好像是發生在香港的電影，裏面所描繪的那個社會風貌，與今

2/

吃羅宋餐的日子
2 0 0 4 年 7 月

時今日的香港特區，橫看豎看也看不到有任何相似之處。畢竟這些作品所代表的那個特定的時代、那個特定的階層及那種特定的生活方式早已湮滅，好像一切都不曾存在過一樣。

1977年10月我寫過一篇有關電懋的文章，標題是*Atlantis*，寓意電懋就像遠古的大西洋文明，在歷史消失得無影無蹤。1977年，那時電懋才結束了不久，但已經從香港的社會和文化中蒸發、撤退，更何況是差不多再隔多四分一世紀後的今天？

且看電懋當年最膾炙人口的片名：《曼波女郎》（1957）、《空中小姐》（1959）、《玉女私情》（1959）、《長腿姐姐》（1960）、《青春兒女》（1959）、《香車美人》（1959）、《六月新娘》（1960）、《三星伴月》（1959）、《龍翔鳳舞》（1959）、《雲裳艷后》（1960）、《玉樓三鳳》（1960）、《桃李爭春》（1962）、《四千金》（1957）、《野玫瑰之戀》（1960）、《情場如戰場》（1957）……這些都是以中產階級為背

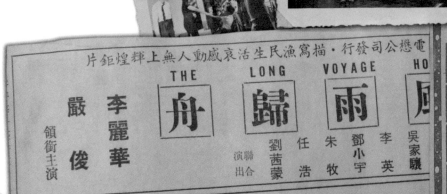

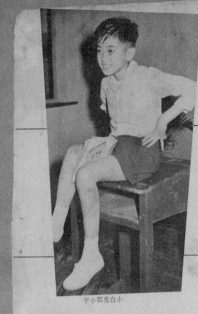

小白兔鄭小宇

JEANETTE LIN TSUI RETURNS TO MOVIE-MAKING

Currently in work is "Education of Love," MPGI's big-budget production starring Jeanette Lin Tsui on her return to the cameras after a hiatus of almost two years resting, and marking the debut as a director of Managing Director Robert Chung, an expert cinematographer who has been to Hollywood on a familiarisation tour.

Wang Ying, Kelly Lai Chen and Wang Lai are also co-starred in the picture, which is based on a famous Italian novel.

林翠戴上頭皮學生，飾筋傷馮。

我今年才七歲

（因鄭小宇七歲半，自己還不能寫文章，猶請春斯代錄。）

（只好由陳子小姐代錄）

所以到現在已稱拍過了「電風歸舟」、「狂風雨」（即客串演出小嫌一角，淚演識同我以前演出的三個有很大的不同。第一，在

為止我所拍過的名字都叫「小宇」。「宇」「雨」同管所以註定了我要渐渐，我自己也渐渐有好幾齣。第二，過去我演出的三部片子是要哭、要眼淚瀟瀟的名字，最妥我在鄭氏的「電風歸舟」中客串演出小嫌一角，淚演識

去的三部片裏要給有大雨中的場面，我都很不快樂。凶為穿有好幾套，但是在我身上都不合身，因為給我的衣服有幾套，是人家穿過的，玩具和零食我很多，因為怕我拍得不好，常常打我哦，雖然是假戲，我還是要哭，我還很喜歡英文，當照同學稱，我還是喜歡做

默做集鄭明，我的名字叫鄭小宇，不太愛說話，戲劇我很容易，凶為我愛哭，所以常做很多，而關於我孩子某的渐渐給我做，是很愛哭的孩子，可是給婆婆說我年紀還是，今年四歲，小學一，我

都喜歡演，因為演戲很好玩，又可以同媽媽一塊兒照鏡，我覺是很想演兄戲。

景的時裝片，連片名也相當洋化，我在那篇文章曾經這樣寫：「這些時裝國語片未必能符合我們心目中對『寫實』的定義。但它們的而且確以香港為背景，我認為這一系列作品真實地反映了當年南來的外省人士對於認同香港的急切，以及他們對本地環境迅速的適應。」

這一系列電影所描繪的生活方式，是解放後南來香港的外省人（特別是上海）帶來的一種簇新的、和以前老廣東截然不同的、近乎海派的生活方式和價值觀的本地化。像姚莉、張露在大約同一時期灌錄的時代曲，基本上是海派哲學在香港移植、生根，以至後來逐漸變種，在這個過程中，電懋是擔任了，亦最終完成了它的歷史任務。

如果至今地球上仍有一絕小撮人懷念當年電懋的出品，應該不是基於這些電影在美學上或藝術上的成就，而是懷念它們呈現，甚至可以說是宣揚的那種生活方式。

在《玉樓三鳳》演女作家的李湄，獨自在一間小咖啡店裏寫文章。丁皓在多部電影中的職業是空中小姐。葛蘭、林翠等經常在電影裏面的派對場面，大跳當時極流行的Cha Cha。《龍翔鳳舞》有日曆小姐選舉。《六月新娘》葛蘭乘坐豪華郵輪來港。《蘭閨風雲》（1959），葉楓赤著腳，野性地在酒吧長檯上跳舞。《四千金》裏面四位千金不約而同買煙斗給父親作生日禮物。還有片中的的廚房，不是粵語片式的大煎大炒，而是放置了一個西式的煤氣焗爐。另一場戲幾姊妹要捱夜，便用上一個很精緻的蒸餾式咖啡壺來沖咖啡提神，甜美的夢很多時候就是來自這些小節、道具。《四千金》劇中那個家庭，從外景看應該是位於跑馬地藍塘道瑪利諾修女學校附近（對我來說它永遠是瑪利諾而不是瑪利曼，是另一個甜美的夢），當年是高尚住宅區，至今仍是。

但另一部電懋出品的《小兒女》，裏面那個家庭，卻是處於應該是當年鑽石山那一帶的石屋小平房。五十年代南下的外省人，經濟條件較差的，很多都愛在鑽石山一帶紮根。片中有一場戲，大概是一個星期天下午，王引和王萊兩口子坐在屋外的小園子，面前的茶几上擺放了一套西式茶具，兩人在品嚐下午茶。令人感動的是，我們的先輩，在有限的條件和資源下，依然保持著一種「文明」的生活方式。幾十年前在鑽石山小園子那一頓下午茶，比起現時半島的high tea，更顯出它難能可貴的優雅和意義。

這些小節，在當時仍是相當貧困、思想保守的香港，甚至在東南亞所有華人社區，的確有其震撼性，好像在預告一個新時代的來臨，替期望變成中產階級的家庭來一個示範，帶給我們一些夢想、一些希望、一些靈感。無疑我們是窮，但即使在有限的資源下，只要我們有憧憬，有足夠的想像力，我們也可以活得優雅，可以提高生活質素。

回憶中的優雅姿態

在電影如是，當年的現實又如何？

我可幸有緣在電懋當過童星，拍過一些電影，第一身親歷過電懋那幾年黃金時期。我可以見證那種海派生活方式，不單顯現在銀幕上，在當時的現實環境，也是同步進行的。

我記得李湄是駕一部美國佳士拿巨型房車——哪怕是二手三手——回片場的。太子道的咖啡屋是明星喝下午茶的聚腳地，王萊卻愛光顧金巴利道香檳大廈閣樓有古典音樂播放的紅寶石餐廳。

我又記得有一位我們尊稱為「方爺爺」的化妝師方圓先生，一頭銀白髮，留著修剪得很有型的鬍子，經常戴上法式鴨嘴帽，穿蘇格蘭式大格子恤衫、卡奇褲，結絲領巾，駕著他的電單車，風馳電

掣地返片場，有型到極。他雖然只是一名化妝師，但一直以藝術家自居，他尊重、重視他的職業，以此為榮，而同時，他亦受周遭的人尊敬。

我們現時的社會是不是好像缺少了那份驕傲，那份尊重？

我孩童時代，家庭環境不算挺差，但絕不充裕，我記得我們家裏也有一套完整的西式茶具，有茶壺，有盛奶的、盛糖的杯和碟……有著同一的圖案。很多個星期天的下午，父母親便會拿出這套茶具在家中弄下午茶，用「車仔」或「立頓」茶葉沖奶茶，有時自製三文治，有時在附近的麵包店買些「紙包蛋糕」，一家人就開開心心的度過一個下午。

至於晚餐，孩童時最大的喜悅莫過於父母親帶我們出外吃羅宋餐*，而我們的餐桌禮儀，就是在這些餐廳學回來的。

說到俄羅斯餐廳，現在大概仍有不少人會記得最後一間車厘哥夫和現在仍存在但已經不大正宗的皇后餐廳。其實在五六十年代，就說尖沙咀一帶，已是大小俄羅斯餐廳林立，我仍記得的有柏青高、麗琪、新麗琪、凱斯、ABC、雄雞、俄羅斯等。所謂俄羅斯餐廳，就是當年那些經由放逐的白俄人傳到上海，再由上海移植到香港的俄羅斯菜式，一客全餐有冷盆（薯仔沙律配雜錦凍肉）、羅宋湯、炸魚、牛／豬或雞的主菜、甜品和飲品。以當時的生活水平來比，價錢可能不算相宜，但起碼我們一家人間中去吃一頓，也負擔得起。當然我記得，很多時候我和弟弟要分一個全餐兩人吃。

在我記憶中這些餐廳的裝修亦算得體，白色的餐檯布是少不了的，我們的父母便是在這些餐桌上教導我們吃西餐的禮儀，什麼形狀的刀吃什麼菜，刀叉排列的次序，喝湯的正確方法……今天我們隨心所欲在各大酒店的法國／意大利餐廳談笑風生，確是源自一個謙卑的開始。

現實裏的粗糙生活

所以我總是替那群吃自助餐成長的後輩惋惜，菜式可能是林林總總、五花百門，但整個吃的程序是何等的草率、粗枝大葉，想深一層，自助餐實在是蘊藏了香港人狼、狠和拚搏的本性，我不禁又一次懷念《四千金》煮咖啡那一場戲——五十年代的確是我們香港的 belle epoque。

沒錯，現時在文華半島 high tea 絕對是一種「貴氣」的享受，但在我們父母、祖父母的年代，優雅不一定與金錢和揮霍劃成等號。在貧困的環境、有限的條件下，他們仍堅持一種高尚生活態度，及對 elegance 的嚮往，現時負擔不起去文華半島的人會在簡陋的家中調理下午茶嗎？在快餐店、台式珍珠奶茶、許留山林立的今日，我們的生活質素是否變得愈來愈粗糙？而這種粗糙是否會令到社會新的一代的理想、幻想和想像力也變到同樣粗糙不堪？

我在一些週刊報章副刊不時讀到一些有關大學生「創業」的報道，很多時都大同小異，幾個志同道合的，先做足市場調查，對人流、年齡層、消費能力都掌握得很準確，然後每人拿些本錢，在旺角、銅鑼灣開業賣魚蛋、豬皮、台式小食，或果汁店，還列出收支表，津津樂道那偏高的盈利率，被傳媒捧成年輕創業人士的典範，我還有什麼話說？

多年前，我曾經寫過一篇文章剖析我們這個社會「爛撻撻」的現象，似乎「爛撻撻」從不曾收斂過，甚至去到不可收拾的地步。

我記得小時候父母帶我們去吃羅宋餐，總是整齊地穿上西裝、旗袍，是他們對自己、對生活、對社會的尊重，我們懷念電懋的電影，大概這是其中原因之一。

* 有很多人稱之為俄羅斯餐，但在寫這篇文的時候，羅宋餐這個名稱確是在我記憶

中第一時間跳出來，加上以前上海稱之為「羅宋大菜」，羅宋餐這名稱也應該有它的歷史來源吧。

1996年，我最後一次參加電懋舊人不時舉行的聚餐，地點是尖沙咀的新洪長興京菜館（現已結業），當晚出席的有葛蘭、葉楓、王萊、雷震、王天林、劇務部的屠梅卿和茶水部的麗姐。我記得那些老侍應還熱烈地向「王萊姨」問好。當年他們招呼「王萊姨」的時候，大概才是剛出來社會工作的小伙子吧。

電懋時代早就消逝了，但在某些圈子某些人的心目中，哪怕那些圈子那些人是多麼的稀有，葛蘭、葉楓依然是大明星。在偶然一個晚上，偶然一個時刻，哪怕是多麼的短暫，五十年代香港風情好像又溜回來了。

　　我想「成長」那個階段對大多數人來說，都應該是很重要的，也有著講不盡的回憶，特別是童年，因為年紀太小，很多當時身邊的事物已記不起來，即使有些記得，也是印象模糊，更不知有幾多是用自己的想像力填補上去，可能正因如此，童年的回憶往往是份外的迷人、珍貴。

　　時間確實沒有等任何人，我在前文中提到在太子道依然「屹立不倒」的咖啡屋，早已拆卸，改建成住宅高樓了，我父親亦已在2008年6月過身，剩下母親至今仍是住在瑪利諾旁的何東道。

　　在回憶的五味架中，人、景、物，甚至聲音，通過攝錄，在某一程度總算可以保留下來，但味道，無論是嗅覺或味覺，一溜走就不能再復返了，我曾經就消逝了的香與味，寫過如此一篇短文：

　　「哥普拉有部電影叫 *Peggy Sue Got Married*（《時光倒流未嫁時》）講女主角作時間旅遊，返回到童年的五十年代，我記得她回到童年第一個反應是，五十年代空氣的味道和『現在』不同！

　　「其實以前很多味道，如某些不再流行的肥皂，一些沒有人再搽的香水，都不知不覺間從我們的味嗅覺的範圍淡出。我記得小時

候去街邊書攤租武俠小說，總會嗅到那些被無數人翻過的書本裏散發出來一股很特殊的氣味，而這種味在我的腦海裏，一直與武俠小說裏面的英雄俠女、傳奇事蹟分不開。後來買金庸修訂精裝本回來看，總覺不對勁，細想之下，發覺最大的分別是新本已沒有了以前那股舊書味，令到欣賞的程度大打折扣。食物的味道何嘗又不是一直在變？我們烹飪用的基本材料，油、糖及其他調味品，製法和以前的很不同，或已『改進』，如我們已吃少了豬油、味精等等，所以一碗雲吞麵、一碗魚蛋粉、一碗上湯，味道和我們小時候嚐的早不一樣。所以偶有機會吃到一些小食，和記憶中的味道相似時，就會像與失散多年的老友重逢，倍感珍惜。」

3/

Buena Vista Social Club
及向小學同學問好

2001年4月

Buena Vista Social Club

2001年的香港藝術節，BVSC在文化中心音樂廳演出，整晚的氣氛是前所未見的熱烈，直到最後音樂廳每一張座位都空了——因為全場所有觀眾都站起來！被BVSC成員的音樂及熱誠所感染，大家隨著節拍手舞足蹈、鼓掌，是近年一次罕見的感人場面，亦令我終於見識到一隊大型拉丁樂隊的風範。

我無緣／趕不上親眼目睹四十年代沙華・谷葛（Xavier Cugat，至今仍是我至心愛的拉丁樂隊領班）抱住隻芝娃娃指揮他的大樂隊，或五十年代的曼波大王Perez Prado這些傳奇人物／樂隊的現場演奏，今回看BVSC總算償還了我的心願，真是欣賞到一隊一流拉丁大Band，三位核心人物當然精彩得無話可說，隊中其他成員亦個個皆為音樂高手，很relaxed，很不經意，好像信手拈來就炮製出很lush、雄渾、極具氣勢、勁度十足的拉丁樂曲，令全場觀眾陶醉不已。Omara Portuondo這位年過七十的女歌手，在現場製造熱烈氣氛，掀起一次又一次的高潮。不過我還是喜歡她在CD的表現，一心一意唱歌，毋須顧及現場觀眾。

有古巴Nat King Cole之稱的Ibrahim Ferrer唱抒情歌是一流的，可惜當晚為了營造氣氛，明顯忽視了慢歌……也許我太貪心

了，短短兩小時，怎可能一次過聽盡一個國家悠長的音樂傳統？

看到這些長者樂手，我不禁想到，除了他們十多個，古巴應該還有很多一流的老樂手吧。BVSC不是一個自發性的組織，而是由外國人到古巴，重新「發掘」這些在古巴革命後一直被忽視的音樂人，經過資本主義的包裝和hype，他們終於獲得全世界的認同，到處演出都獲得熱烈的鼓掌。但那些沒有被「發掘」出來的又如何呢？他們當中會否有很多都不弱於BVSC的成員？甚至更有功力？而到現在仍是寂寂無聞，無人賞識？千里迢迢的我們是無法得知過去幾年古巴的樂壇真正發生了什麼事，BVSC的誕生，箇中有多少的politics，明爭暗鬥？會不會有另一個女歌手唱得比Omara Portuondo更精彩？但……

無論怎樣，有機會可以給我們見到年長音樂人依然寶刀未老，依然活力充沛，開開心心地彈奏那些我們不知名，但又似曾相識的音樂，一些早已遺忘了的兒時瑣事，又好像歷歷在目，重現眼前了。

向小學同學問好

其實那些都是我小學時代的音樂。那個年代的社會環境和現在很不同，譬如小學升中會考，竟是配額制度，我就讀的那間在紅磡區的教會津貼小學，升中試成績一向都差強人意，所以配額不多，大約有三分一的同學連參加考試的資格都沒有，只能在旁看著成績較佳的努力備考。他們小學畢業後的命運，一就是出來社會工作幫補家計，二就是就讀一些學費貴、聲譽差的私立中學。我小六那一屆的升中試成績並不出色，分派到較好學校的只有那幾個，我是屬於幸運的極少數，居然派到去一線名校。其他很多同學，包括有份參加升中試的、或連考試的機會都沒有的，因家庭經濟關係，無法

繼續升學，十二三歲就要出來社會謀生了。

　　無論童年時大家的友情是如何在毫無機心，毫無拘束，無分彼此的心態下慢慢地建立、鞏固：一到升中試放榜，考到名校的，跟升讀三、四線中學的，已有鴻溝，那些沒有機會升學的更遙遠到像在地球的另一端。雖然在紀念冊的題字，大家筆下都充滿離愁別緒，可是畢業禮一行完，各人都要面對新的一頁，都急不及待各散東西去了。而我，一方面搬了家，不再住在紅磡區，另一方面，入了名校，參與了不少多姿多彩的課外活動，就好像踏入一個簇新的世界，一時間忘了形，懶得抽時間聯絡舊同學。兒時的學校生活，同窗好友也就一併鎖入了記憶的夾萬中。

　　到了中五、中六，歷史又一次重演，升讀預科的、考入港大的、放洋留學的、出來社會工作的，不同的命運又殘酷地將同窗好友再一次分隔。而我竟又一次屬於幸運的一群，在離港赴美那天，很多同學都有到機場送別，當時我被對未來的憧憬所蒙蔽，一心想著大學生活，想去紐約百老匯看 *Hair*。有些同學那時已在上班，是特地請假來送機的。他們當時的心情是怎麼樣，陶醉在自己興奮的期待的我，沒有仔細想過，更不用說會嘗試體會。而我們就這麼只能活上這一次。我們的自私，我們的疏忽，時間這一溜已變成過去，再也沒有機會彌補。

　　很久以後，當我開始回想起小學時種種情景，開始掛念那些舊同學時，已經太遲了，大家已完全失去聯絡。有時在偶然的情況下碰到一個半個，也是單獨的個體，他們也沒有其他人的下落了。直到幾十年後的今日，很多時在一些不為意的時刻，一些失眠的深夜，兒時的同學又一個一個從記憶的夾萬溜出來，他們不知變成怎樣呢？一個人的幸運，往往要多少他人的不幸才能襯托出來？

　　上個月我的名字和照片以大標題刊登在暢銷的報章，當然新聞

如果不是負面，我的名字就永遠不可能在這些報章上佔到如此大的篇幅。看到自己的名字，那種感覺很奇怪，好像一生人所有失去聯絡，早已沒有來往的朋友一下子都知道了你的下落。

在這個時刻，我不期然想起那些小學同學，我很清楚我在《號外》無論以前或將來寫多少篇文章，他們大概都不會看到，但如今他們（我希望是大部份）應該會讀到這段新聞吧。雖然我大概永遠也不會知道他們小學畢業後，最終變成怎樣，但起碼他們得悉在2001年初我仍在，而且從字裏行間看來好像還算活得不錯，相信他們也會感到一陣欣慰。是這樣也就好了。

其實人生有時可以說是由數不盡的遺憾和失誤組成的,當中有些不是沒法修補,只是我們很多時候對身邊的人和物不加以珍惜,不上心,不馬上行動,時間就會毫不留情地把機會帶走。不似演話劇,人生是沒有綵排、預演的,像兒時的玩伴,上文中提到中小學同學,失散了也就再沒法重聚。

多年前我曾經在一個客戶的宴會上,奇蹟地重遇上一個以前算得上相當老友的小學同學郭偉煜,其後他還與我當時的公司有小量生意上的合作,跟著他舉家移民去了加拿大。若干年後有一天忽然又收到他的電話,原來他已回流,可惜不幸患上了頗嚴重的鼻咽癌。見面時發覺他行動已不怎自如,更瘦到不似人形,說話也不靈活,在他斷斷續續的字句中,他想告訴我,是因為他再也看不到還有什麼前景,於是只有回顧,找我一起來懷緬兒時無憂無慮的時光。我們聚過一兩次之後,就再沒有收到他的電話,後來我嘗試找他,才知道他的手機不知什麼時候已停止了服務,我相信他可能已不在人世了。

我不住懊悔的是,當時他重病在身,經濟上應該相當困窘,為什麼我不盡一分唯一可以盡的綿力,給他一些物質上的援助?我的粗心和疏忽,也就令這份起碼的心意都沒有機會實現,而郭偉煜就這樣最後一次和我擦身而過。

4/

和楊莉君
那一頓下午茶
2006 年 7 月

2006年6月初楊莉君阿姨中風入院，在她彌留那段時刻，我腦袋裏浮現起1970年的一個下午。

那年我去美國唸大學一年級，我記得我是在9月初坐泛美航空公司的包機飛三藩市，離港之前幾天一個充滿陽光的下午，楊莉君阿姨和我飲下午茶話別，我們相聚的地方是尖沙咀瑞興百貨公司裏面的咖啡室，落地玻璃可以看到永遠都是那麼繁忙的彌敦道。

或許要作一點歷史性的補充，瑞興百貨的所在地即是現時California Fitness佔用了數層的彩星大廈，那時它旁邊的九龍酒店，斜對面的喜來登和假日酒店都仍未蓋起來，而當時已在瑞興附近的總統酒店（後來改名為凱悅），國賓酒店已先後拆卸重建，剩下較有名氣，或許說較有惡名的大概只有重慶和美麗都大廈這兩頭巨型恐龍。這樣細數起來才醒起1970年的尖沙咀和現時在外觀上確然是很不同，但當年是什麼的模樣，印象已經十分模糊，再也無法從記憶中重組起來了。

但我和楊阿姨那次的會面卻印象十分深刻，我想可能是才十八歲的我第一次感覺到和一個長輩談話時，沒有被對方視為後輩，而是當同輩般看待，令我感到自己確實是成長了，再過多幾天我就要離開香港，踏向人生另一個階段了。

那天談話的具體內容我已經記不起來，大概離不開一些勉勵我的說話，但有一則我清楚記得，就是楊莉君推薦我看白先勇的小說。

她說白先勇的小說往往流露出一種「末路王孫」的感慨。

我到了美國之後不久就不知怎樣弄到了白先勇的小說，包括了他的短篇小說集和《台北人》，顯然我並沒有忘記楊莉君的推介，一口氣讀完之後，誇張一點可以說是將我的人生改寫！現在隔了好幾十年再反思，又覺得自己當年的趨之若狂是否有點過激？白先勇不是寫得不夠好，但他的小說大概只要讀上一次已差不多可以全部接收了他所要傳達的信息，不似張愛玲，每看多一次總會有新的發現，新的體會，每次都會帶來驚喜。

但當年我的確視白先勇為至高無上的偶像，其中一個主要原因可能是身在外國，特別思家，因而對白先勇筆下很多在異鄉飄泊的人物產生共鳴。不知是誰影響了誰，在我小圈子裏的朋友也掀起了一股白先勇熱潮，書信來往經常也離不開討論各人對白先勇小說的心得和體會。這個小圈子包括了楊莉君的女兒黎海寧，以及我幾個中學同學——陳冠中、黃祖佑、蘇華銘等人。我記得當時在Minnesota上大學的蘇華銘曾來信介紹我看葉維廉論白先勇那篇〈激流怎能為倒影造像〉。

我最後一次見到蘇華銘是在1980年，那次我去波士頓探我的弟弟小宙，當時蘇華銘在波士頓工作，大家就約出來吃飯。其後聽小宙說他幾次有什麼party，也會叫蘇華銘一起去玩。小宙畢業回

港後，就再也沒有蘇華銘的消息了。但直至現在，很多時我都會不期然想起他，很想知道他過去二十多年過得怎樣，有些舊同學間傳聞他好像在多年前車禍身亡，為此我甚至上雅虎網站用它的尋人服務，但始終都沒有證實到些什麼。

其實中學同學當中，我仍有接觸的就只剩下陳冠中一個，以前和我較要好那批，絕大部份都已失去蹤影，在舊生會活躍那些，不知怎的總是覺得和他們有點格格不入。我懷疑我懷念蘇華銘，可能正是因為我沒有機會再見到他，於是我仍有空間去給自己製造假象——在我的心目中他永遠停留在中學時代，我最好的朋友。假如他不是失了蹤，而是回流返來香港工作，我又會不會把他歸納去舊生會格格不入那群？

像另一個中學時期十分老友的同學黃祖佑，在八十年代中曾經從美國返港探親，我也陪了他一整天到處逛，看看相比於我們中學時代已改變了不少的香港，那天的氣氛大概不怎樣對勁，本來約好在他臨走前多聚一次，結果大家都沒有再去聯絡對方。後來我們一個共同朋友Ruby從美國來信，告訴我黃祖佑跟她說對我十分失望——他覺得我完全沒有對他說過一句真心話，一切都像是表面，是應酬，是敷衍。

他對我的看法真的令我感到很難受，到今天仍困擾我，其實我都很清楚知道，我在很多地方確實有點不妥，這麼多年我是一直很少把我的內心世界拿出來與什麼人交流，我給自己的藉口是覺得自己並沒有什麼值得拿出來談。我活到今天一切總算平安順利，但我的生活委實平淡到一如《萬曆十五年》——「無事可記」，不過我沒有抱怨，相反我是相當享受我底平淡的生活，而我心目中的平淡，在不少人眼中可能會當做多姿多彩！

或許我不願承認，但我確實是開始步向老年了。到了這個階段，我還可改變自己嗎？如果我現在仍有勁不厭其煩地寫下這一大

堆可能完全沒有人有興趣看的往事，我想我應該仍是有這個意願。如果黃祖佑有一天再來香港，而又有聯絡我的話，我很希望今次我能令他對我有所改觀，但願我仍會有這樣的一個機會和時間。

1970年9月楊莉君和我在那個下午茶敘之後，她在這世上再活了差不多三十六年，在2006年6月6日凌晨去世。

那次的茶敘，可能她並沒有完全忘記，但她應該不會把這樁小事放在心上，但人生中往往有很多自己認為很微細、毫不重要的瑣事，卻會有其他，有時甚至是意想不到的人替我們記起來。當然遲些日子，在我也離開這人世間之後，那頓下午茶就再沒有人會記得了。

那天我們飲下午茶、講白先勇的時候，當時的世界是怎樣的？譬如在我們四周的客人，在瑞興百貨公司當值的售貨員，在落地玻璃望到彌敦道那些路經的巴士上的乘客，在兩邊行人路往來的人群……我們都是那一秒鐘那幅大拼圖其中的一小片。

那一秒鐘過後，那一秒鐘的一切都迅速在流失，那一秒鐘的大拼圖，已四分五裂不可能再復原，三十六年後還可能剩下多少？起碼在現時這一刻，我很清楚知道，至少其中「楊莉君」這一小塊，已經永遠永遠消失，沒法復原了。

要補充的是，楊莉君在文化界是一位極受尊崇的資深記者，也是我父親的同鄉，所以我從小就認識她一家人，包括她的前夫、音樂人黎草田，及一對子女小田和海寧。她從來沒有停下來，心境永遠有著年輕人那種對知識、新事物追求的熾熱，每次見面大家總是說個沒完沒了，好不開心。

　　我也不明白，為什麼我聽到她逝世的消息時，第一時間竟憶起1970年那頓下午茶。

　　對我來說，1970年的夏天確是至難忘。9月份就要去美國升學了，之前暑假那幾個月竟也就玩個不亦樂乎，參加了旅遊協會舉辦那個「學生大使」計劃，安排我們這批準留學生四處參觀，多認識香港，好等我們到了外國之後能對香港的旅遊事業多作推廣，而從中認識了不少來自不同學校的朋友，社交圈子忽然擴大了幾倍。

　　那個夏天我更開始學人「蒲」酒吧，上disco，以下的短文〈BB香〉，正好是我對那個夏天的懷念。

　　「我抵達斯里蘭卡首都的機場時，看到它的免稅店正在推廣Baby Cham！一種恍如隔世的飲品！上次碰到這種仿香檳是在什麼時候，或者應該說，在什麼年代？

　　「如無記錯，應該是幾十年前依達的言情小說裏，他筆下的女主角與男友上夜總會，通常都是叫Baby Cham以示純情的，但在現實生活中，這種近乎孩子氣的飲品在我開始出去『蒲』時，似乎已式微。在我那個年代，乖的女孩子要乖的飲品時，多會叫莎莉譚寶，或處女瑪麗，而這種我以為差不多失傳了、絕跡了的BB香，竟會在這個落後國家的免稅店中重現，並作重點推廣，又是另一條時光隧道！

　　「也許每個年代皆有其特色飲品，我們開始上夜店的時候，總愛學人叫些名稱古怪的雞尾酒，什麼湯哥連斯、彩虹、螺絲批、曼哈頓，至為時尚，現在一提到這些名字，總是給人一種極其六七十

年代的氣息，我甚至懷疑現時的小朋友可有聽過這些酒名？它們大概早已被淘汰了。

「現在的社交玩樂場合，較隆重時喝紅酒，較隨便時一般都是啤酒，在美學上我覺得是一種進步，起碼較歸一，不似我們以前那末古靈精怪和孩子氣。

「如果你去新加坡，你會入鄉隨俗，叫杯『星加坡史令』嗎？當年它也曾是我們的熱門選擇之一，如今它在它的發源地一切安好，抑或也被淘汰了？」

夏天過後，去到外國，一切已不同了：

「跟著的是一連串煮飯食、等／寫家書，聽錄音帶，兼職洗碟子，週末躲在圖書館的日子。香港變得像一個遙遠到不可捉摸的夢……不再有浪漫。如果幸運，有經濟能力回港度暑假，亦不可能重演過去的歡樂……」

我們不似現時放洋的青少年般幸運，我們沒有internet，經濟條件更沒法比，但或許，枯燥的生活，把我們的心智磨鍊得更紮實，令我們更懂得珍惜微細小事所帶來的開心和安慰。

相比之下，我們那一代也有著我們幸運的一面。

一班準「學生旅遊大使」受訓期間的合照

5/

黎 海 寧 1987

1 9 8 7 年 7 月

近幾年來已很少與黎海寧來往。

不是因為鬧過什麼意見，也不是因為什麼性格不合，勉強要解釋，可能是由於大家的生活圈子日益不同，工作上、生意上已經令我和這個商業社會牢牢掛鈎，再也分不開，而黎海寧一直仍在過著她的藝術家生活，結果大家所認識的、參與的、認同的東西分別愈來愈大，疏遠似乎是必然的了。

其實這是一件很可惜的事，畢竟我們的友誼已有二十年了，人生能有幾多個二十年？特別是有幾多個從十六歲至到三十六歲的黃金二十年？也許人不可能一生一世都和同樣那幾個人交往，在不同的階段，我們會和其中某些人來往得特別頻密，然後過了一段時間，便會逐漸疏遠，屆時又會有另外一些人闖入我們的生活圈子。像二十年前，我和黎海寧以及海寧的瑪利諾同學Amy老友得不得了，三人經常交換唱片，進出第一映室，後來我去了美國，她們也先後去了英國，大家一直都保持通信，從不間斷。

我從美國回來，海寧和Amy從英國回來之後，初時大家依然都有見面，到了七十年代末期，我和Amy已經很少來往，漸漸和黎海寧也變得生疏起來，一年難得見一兩次，所以最近我為了寫這篇文章，約她出來吃飯聊天，大家見到面的時候，忽然竟有一陣尷

尬、陌生、不好意思的感覺。

其實這感覺並非第一次感受到，我記得1976年我剛回來香港，第一次再碰到黎海寧，大家也有那種感覺，那次我們是在麗的電視台遇上。當年我曾在麗的電視做了一段很短日子的助理編導，而海寧則是麗的的編舞主任，顯然，她並不以替《星期六晚會》編舞而感到光榮，當時她的心情我是可以理解的，她在倫敦深造了幾年現代舞理論和技巧，吸收了很多新意念，回港時一定是滿懷理想，希望能夠好好大幹一番，帶來新氣象，對香港舞蹈界有所貢獻的。但在香港的文化氣候，及商業至上的社會風氣影響下，從事藝術創作根本就得不到應有的尊重或鼓勵，前衛始終仍是一小撮人的業餘玩意，一個藝術家要生存，就不得不從俗，作出妥協，在電視台替薛家燕編舞，實在有違當年充滿憧憬去倫敦的原意。但即使在最不利的環境下，黎海寧依然沒有停止她的藝術創作，她曾經多次一個人獨力（亦有試過和林敏怡合作）在大會堂、藝術中心搞她自己編排的舞蹈演出，在當年藝術／前衛的小圈子中，她建立了自己的地位和聲望。

但這種無利可圖，甚至要自己掏腰包的演出，只是沒有辦法中的辦法，長期下去始終是死路一條，所以有一天，黎海寧告訴我她可能會加入一個叫城市當代舞蹈團體時，我不禁喜出望外，替她興奮不已。可是在香港一個職業性的舞蹈團可以維持下去嗎？經費從何來？

藝術圈中的奇蹟

CCDC（City Contemporary Dance Company，城市當代舞蹈團）其實可算是香港藝術圈中的一個奇蹟，它得以成立最主要是由於創辦人曹誠淵的家族有一大筆金錢用來做基金，解決了經濟上的

問題。不過，黎海寧最開心是曹誠淵邀請她加入CCDC時，談到他對舞蹈、藝術、文化、團體管理等各方面的見解，和海寧本身的看法很相近，所以她毅然放棄了電視台的職位，全心全意投入去建立這香港第一個職業舞蹈團。

以後發生的，已成歷史。

而黎海寧本身，在藝術界也總算奠定了她的地位，她現在是城市當代舞蹈團的藝術總監（Artistic Director），除了編舞、編排演出節目、負責邀請外國客座編舞之外，她本身也曾多次應邀去台灣，專誠為雲門舞集編舞，成就是不錯吧。

大約一年前，黎海寧打電話來，邀請我參加他們CCDC在鳳凰新邨會所開幕的酒會，我去之前心中以為大概只有三數個練舞室，去到之後才發覺他們的會址原來佔了整座大樓，是由以前一所中學校址改裝而成的，裏面有辦公室、會議室、大小不同的練舞室、水吧，還有一個空間很特別的小劇場，設備之完善、齊全，完全出乎我意料之外。但它和灣仔那座演藝學院不同，演藝學院裝修得有如一間museum，一座歌劇院，簡直是豪華、奢侈，它像一個showcase多於一間學校，我和海寧都曾經懷疑，學生在這樣舒適的環境下學習，又怎能培養到他們將來作為一個performing artist必須具備的吃苦精神和頑強鬥志？不信，請看電影 Fame 裏面那間在紐約曼哈頓市的演藝學院，是多麼殘舊？但CCDC的會所不同，我說它的設備完善、齊全，完全是實用、恰當、必需的，你會慶幸這群舞者有如此一個理想的場地排練，但你絕不會覺得浪費或多餘。在那次酒會，我看得出黎海寧除了有一份成就感之外，還多了一份自豪和歸屬感，我想大概她再也沒有什麼抱怨了吧。

發育平均

過去幾年，每次和黎海寧碰頭，差不多每次都是在公眾場合，如那次酒會，如大夥兒吃飯，如電影節，如舞蹈演出，一直都沒有機會單獨見面，聊聊天，談談心裏的話，可能是大家都忙的緣故吧。如果想得悲觀些，可能我們要講的，要傾訴的，要溝通的，在多年前都已講過了。人生，就是這樣？

終於在上兩個月，大家總算找到個藉口（寫這篇文）約出來見面，吃一頓飯，相信我，那頓晚飯並不富戲劇性，只是一頓很平凡、很平靜的晚飯，談的盡是些瑣碎的事，像他們舞蹈界的一些小風波，毛妹和王仁曼，The Name of the Rose，她以前那些男朋友現在變成怎樣，她煮飯的心得，她重返倫敦的感受，紐約的好處，Amy的近況，以及其他類似的不著邊際的nonsense。

It was an enjoyable evening nevertheless.

從這些不著邊際的nonsense，我看到了一個更完整的黎海寧，除了她藝術家的一面之外，我還看到她「人」的一面。

以前，我一向的印象是，黎海寧是一個artist。可以說，黎海寧本身是發育不平均的，從小她的藝術細胞和天份特別發達，對各種藝術都十分敏感，吸收力強，但她「人」的一面，包括「做人」、「為人」、「待人處世」，就有著不少缺點，她偏激、驕傲、主觀、倔強、善變、inconsiderate、愛憎強烈，對一切她看不上眼，或達不到她水平的人和物，她都會不屑一顧，不留情亦「唔畀面」，所以很多人都不大喜歡和她交往。

不過在這個晚上，我發覺她比以前tone down了很多，可能是年紀大了，減少了少年人的火氣和衝動，加上人生經驗和閱歷豐富，整個人變得寬容、mellow、seasoned起來，對於看不慣、睇唔過眼的東西，我不是說她已能接受（實際上我們是不應該接受），但起

碼她已能夠和這些東西「和平共存」，多了一份容忍、forgiveness、understanding，以及一份humour，畢竟我們都步入中年了。我們回憶八年前去中國漫遊那段日子，她又告訴我最近她和她男朋友去墨西哥度假的愉快經驗，我想她活到今日，有這樣的成就，有這樣多的經歷，也應該算是活得不錯吧。

曾經的夢想

但我們原本是想這樣的嗎？

我們曾經都有過夢想，在我們的夢想中，我們不知道有極限這回事，我們深信自己必然會有輝煌的成就，我們會傳世。我不用說了，但黎海寧，她可曾想到她會變成今日這樣，做一個artistic director，然後安穩地、無憂地，知道自己可能永遠也不會傳世地過一生？

不，我們以前從沒有想過我們會變成今天這樣，不過，somewhere along the line，我們明白了我們的夢想，只不過是古往今來千千萬萬個夢想其中之一，然後我們接受了我們不會傳世的事實，我們會像我們千千萬萬的祖先，勞碌的過一生，繼而死亡、湮沒，沒有人記起。

我不知黎海寧怎樣看，不過我想她也不再介意這一切了。

其實生命的意義，不一定要從重要的命題處找，生活上一些微細、瑣碎的東西，也一樣可以帶來歡樂和安慰，因而感到生命的可愛。像有次在日本一間百貨公司突然聽到Simon & Garfunkel那首 *The Big Bright Green Pleasure Machine*，就像和多年老友重逢一樣，開心到跟著它哼起來，又像《季節》裏面的盧宛茵和吳浣儀，in a very small、humble & lowbrow way，她們的存在也加添了生命的意義，即使在現實中，我們有種種的不如意、頹喪和frustration，偶爾

扭開電視，看到這些女人對生活的parody，很難不會笑出來，然後就覺得it's all worthwhile after all。

2007年藝術節由本地十六位舞蹈／編舞者排演的《我的舞蹈生涯──進化論》（*My Life as a Dancer -- The Evolution*），其中黎海寧編舞的片段長度不到五分鐘，約莫就是一首流行曲的時間。

其實也說不上是舞，可以說更接近似一個意念，一種感覺。

舞台側邊我們看到一對看來像是小夫妻的男女，兩人戴住眼鏡，穿著睡衣排排坐，不斷翻閱一本又一本類似書的物體，就是這樣。

背景音樂是黎海寧的至愛──Jacques Brel一首相當有名，節奏隨著歌曲進展不斷加速的 *La Valse A Mille Temps*。

這個意象，加上配樂的濃郁法式情調，我很自然聯想起杜魯福的「安坦五部曲」電影系列那對小夫妻，特別是《婚姻生活》（*Bed and Board*）裏面類似的場面，黎海寧後來告訴我，她排出來以後，忽然也想起了杜魯福。

這一小節「舞」我覺得是黎海寧的夢想在藝術中的實現。從小黎海寧就極愛看書：亦舒、推理小說、存在主義，以至各類文學經典，她都不錯過，直至今天，依然樂此不疲。如果身邊的伴侶，同樣愛書如癡，兩個人入睡前，在床上齊齊看書，誰也捨不得熄

燈，是多浪漫、寫意的生活點滴。

　　像這樣一個如此謙卑的生活點滴，我們一生人有經歷過嗎？曾經有過床邊的伴侶愛書如我們（或許我仍未夠資格說愛書，黎海寧才是）一樣的著迷嗎？就算有，兩個人又能否像舞台上那對璧人如此標緻、合襯？無論怎樣，對於我們這一代來說，一切都太遲了，我們的年輕早已過去，小夫妻種種溫馨情景，又怎可能再復現？

　　其實像這樣一個小小的夢想一點也不算是要求過高，但人生往往就是不盡如願。想到這裏，我有點變得像鄧碧雲的女兒雷靄然的妹妹（假設她真的有一個妹妹的話），雷「黯然」了。

　　然而在2007年春天一個晚上，在葵青劇院內，短短那幾分鐘裏，我們生命中曾經有過的，或仍然有著的夢想，黎海寧在舞台上，替她自己，以及觀眾席中像她那樣的人實現了，那怕只是短短的幾分鐘，在從不曾圓滿的人生中，有著像這樣的時刻，我想我們仍是蠻幸運的。

　　真的感到很幸運，有著像黎海寧這樣的知己朋友，從小學直到今天，交往了幾十年，情誼仍舊深厚。

　　翻出一篇舊文，其中一段有提到大約在1968年期間，我們生活的點滴：

　　「是星期六的下午，從麗聲戲院行出來，和黎海寧仍然在討論著剛看完的《奪命佳人》，談完珍·摩露談Jean-Claude Brialy，當然又少不了談杜魯福，意猶未盡之際，黎海寧拉我上巴士去尖沙咀，她說要帶我去她的新發現——海運大廈一處很便宜的地方喝咖啡，叫『巴西』。

　　「享受著九毫子一杯的咖啡加一毫子貼士，我們從杜魯福談到Burt Bacharach的 *Windows of the World*、Donovan的 *Mellow Yellow*，談到累了，我們又會去海運大廈裏面一間規模很大的junk shop看各種古靈精怪的東西。

　　「那時候我們有很多憧憬，希望快些中學畢業，然後不理三七二十一，飛到外國去，找我們一直追求的夢。」

　　1968、1987至2007，快要到半個世紀了，也算是一個奇蹟吧！

陸離打電話告訴我孫寶玲在羅省病逝的消息時，我並沒有太大的驚訝。因為好幾個月前，唐書琨已提起孫寶玲的癌症近來復發而且惡化，情況並不樂觀。原來2002年秋天孫寶玲最後一次回港小住之前，已在美國做過癌症手術，但據我們所知，她完全沒有把她的病情告訴香港的朋友，依然談笑風生，只是在她離港前，她把自己一張心愛的照片留給李默保留，「將來可能會用得著。」她如是說。

孫寶玲是何許人也？相信大部份的讀者連這個名字也未聽過。其實真正的孫寶玲是怎樣的一個人，她的友好（包括我在內）大都只是知道得很片面。不過有一點大家肯定認同的，就是幾十年來她經常用巾把頭包起來，這習慣已差不多成為一個傳奇性的商標。用「多姿多彩」去形容她的一生一點也不過份，她曾經不止一次說她的一生等同別人過三世，在我心目中，她有如一盞光芒四射的巨型水晶燈，而我們每人心目中所認識的孫寶玲都可能只是構成這盞燈其中一兩塊小水晶而已。

一夜之間

據聞在上世紀的五十年代，孫寶玲和她第一任丈夫開了一間以「玫瑰夫人」

57

（Studio Rosa）為名的影樓，專替城中的名流影靚相，傳說是每個客人在他們的鏡頭下都會奇蹟地變成俊男美女。後來她離了婚，帶同兩名子女下嫁首富余東璇的兒子，進住余家在半山般咸道的古堡，展開了她當年在香港上流社會的璀璨社交生活。再後來她丈夫又不可思議地一夜之間從對她百般寵愛到反目變心，她自己堅信當時她丈夫是給人落了降頭！

　　一般女人在這種情況下都只有怨命，但孫寶玲並沒有躲在家中以淚洗臉，她能化哀痛為力量，自己當起導演拍了一部獨立電影《迷》，並親身帶去康城參展、宣傳。接著她更全身投入文化界，積極和熱心地參與各種活動、創作，展開與她前半生截然不同的新領域，替李寶瑩導演粵劇《追魚》，幫楊羅娜導演歌劇《馬嵬坡》，更在各大報章寫專欄，廣交新聞／文化圈中好友。

　　就在這段期間（七十年代後期），我結識了孫寶玲。第一次見她是在唐書璇拍她那部已失傳了的電影《暴發戶》（張叔平任副導）其中一個大派對場面，書璇和她當年做時裝出口生意的兄長書琨請來城中不少名人靚人畀面充當臨記，我替《號外》採訪，就在那晚我和孫寶玲一見如故。當晚孫寶玲照例包了頭，一身珠光寶氣，那件黑絲晚禮服是唐書琨特別為她度身訂造的，她那個盡顯貴婦姿彩的造型，給《號外》特派在現場的攝影師拍了下來，出現在接著一期的封面，亦展開了我們這些年來從未中斷的交往。我的個性一向比較冷漠，感情收斂，和孫寶玲的友誼也是淡如水，但那並不表示我不關懷她，愛錫她，只是一切都盡在不言中，這一點我相信她是明白的。

　　作為一個寫作人，我坦白說我不覺得她的文筆有什麼文采，也欠缺深度，但她嫉惡如仇的文字永遠有著一股理直氣壯的可愛，而且讀她的文章，一定要對證她底貴婦形象，才能顯出其趣味性。而

且她絕對是一個「真性情」的人，看她寫的文章內容如此勞氣，其實她的為人是十分風趣、入世、通情達理、洞悉人情，充滿著幽默感，和她聚會、聊天，總是令人如沐春風。

逆運頑強

到了八十年代孫寶玲又再一次重開影樓，今回專拍些有油畫效果的照片，我們一家人亦有去找她照全家福。也虧她想得出，我記得她曾把米雪打扮成西班牙女郎，苗僑偉變成希臘神話人物，身穿tunic，頭戴橄欖枝桂冠，在當年的《明報周刊》登出來，足足比2004年雅典奧運會勝出者頭戴的桂冠早了二十多年。可惜後來據說她的小兒子調皮，她只好把影樓結束，帶同兒子到台灣定居，要他接受軍訓。不過很不幸她離港不到一個月，她的大女兒Shirley在一次火警中身亡，孫寶玲又要馬不停蹄趕返香港處理喪事。作為關心她的朋友，看到她一個人要如此勞碌奔波，而我們卻愛莫能助，心中實在不好受。

不過即使孫寶玲有多少不如意，多少煩惱，她從不會在朋友間表現出來，以免我們擔心，她永遠用她不屈的生命力，與一切的逆運頑強對抗，她的熱情感染到她身邊每一個人，亦替她贏盡無數各方各行各界的友好，而她每次出現總是充滿著活力，我們見到的孫寶玲永遠都是那麼的開心，永遠向前看。

後來她為了兒子唸書，又從台灣移民到美國，但每隔幾年總會回港一次，和朋友相聚，2002年秋天，她和她的二女兒Sabrina最後一次來港，曾和我們提起她有寫回憶錄的念頭，又說陶傑答應將來替她翻譯成英文，我們當然感到萬分興奮和期待。我記得她曾經講過她和她的第二任丈夫在歐洲度了一整年蜜月，每天中午她還未睡醒，她丈夫已出外搜羅各種首飾禮物送給她，等她起床時帶給她驚

喜；又説她怎樣在紐約每天晚上和著名畫家曾景文參加各個名人派對，人們都當她是中國女皇，辛‧康納利也對她窮追不捨；後來她懷疑丈夫被人落降頭，她又怎樣和一個意大利女性朋友深入馬來西亞的森林，去找一個法力無邊的巫師幫她丈夫解降……還有其他很多很多我們還未有機會聽過的往事，我們都希望能轉化為文字，在這本回憶錄中一一道出。

但這本回憶錄完成了多少？我聽説，她在病重時，仍然十分努力去趕工，也許這是股很有效很強大的推動力，幫她與病魔搏鬥。可惜我們可能永遠也讀不到這本回憶錄了，而她充滿傳奇色彩的一生，亦永遠成為一個謎。

始終活著

不過在她的好友心中，她始終活著。認識到一個如此精彩的人物是我們的造化和福氣，唐書琨、唐書璇兄妹覺得孫寶玲一開口講話已經好好笑，每次她開口，無論講什麼，他們兩個總是笑過不停，孫寶玲不明白為什麼別人會覺得她如此好笑，可能她也不明白為什麼我們都如此愛錫她，相信我們也説不清。

她逝世的消息傳出後，她在香港一班老友馬上籌備舉辦一個追思會，緬懷與她的情誼，她的女兒Sabrina也專程回港出席，她其中一個多年好友陳振華太太感慨地説：「我們作為寶玲姐其中一部份的朋友，總是在她往來香港時接機送機碰見，如今她去了，相信在今次追思會之後，我們這些人再已沒有見面的機會和藉口了。」

不過一切也總是事在人為，也許我們偶然心血來潮的時候，大家也可以出來聚聚，聊聊天，亦不一定要談到孫寶玲，在古往今來，無數可能的組合中，我們畢竟是遇上了，就讓我們多些珍惜孫寶玲把我們撮在一起的這份緣吧。

孫寶玲確是一個傳奇人物，她璀璨的一生跨越了香港上世紀的黃金年代，見證了時代的變遷，思潮的起伏，我竟適逢其會認識到她，並成了好朋友，真是一種難得的緣份。

　　我輯在這裏的孫寶玲其實只是原文的上半部，原文的題目是〈孫寶玲的離去、高世章的出場〉，下半部我是寫高世章（尤敏的兒子）這位新進年輕的音樂劇創作人，我在文章最後是這樣作結的：

　　「《白蛇新傳》這樣題材的音樂劇，如果孫寶玲仍在生，一定會十分感興趣，她一定很欣賞高世章的藝術才華，而且我可以肯定她和高世章一定又會一見如故，會暢談大家對舞台劇的經驗和心得，更可能會談到通宵達旦。但就是差了那麼的一點點，他們也就永遠都遇不上了。人生何曾會事事如願？我有機會認識到孫寶玲，又認識到高世章，也就是了。」

八十年代攝於
孫寶玲在中環的影樓

8/

不讓火光熄滅
1 9 8 8 年 1 1 月

記得我曾經在《號外》第二期寫過一篇叫〈謝謝你Peter, Paul & Mary〉的文章，總結這隊民謠樂隊對我成長時期的影響，算是我向他們的一次敬禮。湊巧的是：多少年後，當我準備寫《號外》十二周年（1988年）紀念文章時，我赫然在唱片店見到Peter, Paul & Mary 的新唱片 *No Easy Walk to Freedom*，又發現他們的舊碟已陸續開始發行CD版。

No Easy Walk to Freedom 原來已是1986年的出版，歌曲水準保持他們一如以往一貫風格，說不上有創新或突破，但作為他們多年的歌迷，只要他們仍有碟出，仍能保持水準，已叫我很滿足了。

封面有一張Peter, Paul & Mary的近照，看來各人是老了，但他們溫柔敦厚的文人氣質依舊。不過令我最感興趣，及引起我感慨的，是另外一張他們的黑白snapshot。根據說明，是1986年1月8日，他們在華盛頓南非大使館門外示威抗議南非種族隔離政策，被警察拘捕時拍攝的。在六十年代，Peter, Paul & Mary和Joan Baez都是反種族歧視、反越戰的中堅份子，難得的是，廿多年後，在示威、抗議已不再時髦的今日，這幾個老將依然能忠於自己的信念，站出來。我不覺得他們這樣做是為了出風頭或博宣傳，相信

對Peter, Paul & Mary有一定認識的讀者，都會同意我的看法吧。

在此同時，我不禁想起我們的香港。在八十年代的今天，我們有祖堯邨天主教小學的家長反對越南兒童就讀他們子女的學校，屯門的居民又反對開放禁閉式越南難民營，甚至有些區議員和市民，以烈士自居，竟去絕食來抗議政府開放難民營。但這些都不足為怪，世界上永遠都有著頑固、偏見、自私、思想狹隘的人，他們是不會消失的，然而最令我驚訝、難以置信的是：肯站出來替難民說句公道話，以行動、精神支持政府今回政策的聲音竟是那末微弱，好像全港市民都一致視越南難民為殺人犯或痲瘋病人。

回想當年美國南部反對聯邦政府黑白同校政策的勢力，比今次香港反對開放難民營的不知大多幾倍，不說3K黨的恐怖活動，一般平民，甚至警察都會用盡一切方法，包括暴力、恐嚇、威逼，務求保持種族分離，但在如此洶湧的壓力下，依然有數目龐大的白人，包括Peter, Paul & Mary和Joan Baez，為了正義、人道，和忠於自己的良知，冒著生命的危險，挺身出來，和黑人們手拖手、護送黑人兒童上學，又在馬丁·路德·金博士帶頭下，步行到亞拉巴馬州首府伯明罕遊行，顯示群眾團結的力量，終於替美國民權運動寫下光輝的一頁。

可惜我們香港沒有Peter, Paul & Mary，沒有Joan Baez，本來年輕人應該是充滿著正義感的，但我們幾間大學的學生呢？就這個越南難民問題，他們的聲音我怎麼完全聽不見？他們都消失到哪裏去？在香港，似乎最落力最肯投入的行動就是要求加人工而採取的工業行動，一切都是以利字當頭！唉，香港真不愧為香港！

不過我始終都哄自己相信，《號外》的讀者一定是站在越南難民那一邊的。這些年來，它最令我感到驕傲、自豪，令我以作為它一份子為榮的，不是我們的時代觸覺，不是我們的sophistication，而

是我們一直以來都是希望以一種很開明、很開放、很合理的態度去看我們的四周，經過多年的潛移默化，我想我們的讀者應該是很開明的吧。

我們可能仍是少數，但讓我們不要放棄這種開放的精神。

Peter, Paul & Mary 的新碟其中一首歌 *Light One Candle* 裏面的歌詞有一句──Don't let the light go out。

我們不能讓火光熄滅。

不。

《號外》三十周年（2006年），總編曾凡約我寫些紀念性的文字，「有話盡說，愈長愈好」，他這樣說。

其實我除了寫文之外，真正投入《號外》編輯工作方面頂多是最初那七八年，而且還不是全面，只是公餘幫小忙，分擔一點工作量而已，所以無論我寫多長，恐怕都不夠全面。況且早年《號外》的大小事，隨著時間消逝，從記憶中強挖出來，也早已變得模糊不清，寫出來亦難免錯漏百出。

翻閱早期的《號外》，除了帶來零星回憶之外，亦無可避免地神傷。早期的《號外》運作困難重重，財源不足是我們的致命傷，如果不是多得當年不少熱心人士義務幫忙，恐怕我們早就捱不下去了。在我主觀片面的記憶中，我想起了寫yuppie lifestyle的尼高與洛珊（葉富強，即舒琪的哥哥），寫音樂的大衛（是葉富強的另一個筆名）、稻草人（現任理工教授的James Kung）、布藍鈴（葉漢良），可以看成是顧西蒙teenage版的三腳和錢瑪莉清純版的沈夢詩，不辭勞苦為我們到處拍照片的盧玉瑩，沒有任何「武器」在手仍努力嘗試替我們接廣告的Danny Wong，負責電視評論的魯思明（電檢處的Rose May Li），出錢出力義務幫我們拍了不少封面，替《號外》建立視覺形象

的辜滄石、寫八卦社交的白韻琴、鍾文娟、白若華（即岑美華），及居然不介意沒有稿費的亦舒……還有我們第一代的時裝編輯梁裕生。其實在梁之前《號外》已經在文化思潮、時尚生活帶動潮流，像1979年1月號，《號外》已預言：「『德己立街』加上毗鄰的蘭桂坊及榮華里……將是香港最具潛質的新娛樂焦點……路邊咖啡座、露天藝術展覽、陽光下的街頭音樂會、波希米亞人的小擺設攤檔、時裝店、酒庫、的士夠格、花檔、外國遊客、本地遊客——這一切都可以在德己立街出現……」

一轉眼已三十年了，奇蹟地時至今日，我仍舊差不多每期還在替《號外》寫文，不過想寫的東西，大概已寫得七七八八了，剩下還有些什麼呢？忽然發覺怎麼我從未寫過Sergio Mendes，這位對我成長時期來說，極重要的音樂人？

最近他推出了新CD *Timeless*，與現時炙手可熱的新音樂人玩crossover，似乎銷量也不俗，不過他的巴西節奏風格始終是easy-listening，在樂壇史上地位可能不太重要，但在我中學時，發現了Sergio Mendes，就像找到了救生圈。

當時我的同學聽的都是吹波糖音樂，或者Bee Gees，而我和黎海寧、Amy Ko卻不期然，或互相影響，都迷上了Sergio Mendes & Brasil 66，我想除了確是喜歡bossa nova那種節奏之外，起碼我本人，在很大程度是故意要與別不同。中學那段時期，已察覺自己有點像outcast，身材瘦弱，體育差勁，和當時學校的主流銜接不上，可能因此就不自覺地產生頗為嚴重的自卑感，也許為了證明自己存在的價值，為了挽回一點自尊，很多時候都努力去發掘「另類」的興趣，去突出自己，不要被人看低，然而就是我這份刻意的「拒絕」去「屬於」，反帶領到我去接觸不少一般人不感興趣的領域，像存在主義的文學、藝術電影、不一樣的音樂……別人不要的，我

都收下。

　　早期做《號外》的時候，我們一直都很在意，以走在時代前端，帶領潮流引以為傲。可能也是我不自覺地把小時候那份心態帶入《號外》，既然拒絕主流，就要更努力，更加把勁走在這主流的前面，如果我對《號外》曾經有些什麼小小的貢獻，可能就是我這份「拒絕屬於」的精神吧。

以上兩篇是在不同年代為《號外》周年紀念而寫的文章，都多少道出我個人對《號外》的感情和期望，亦提及到自己多年的信念和某些我珍惜的價值觀。希望在人生的旅程中，我不會放棄或失去它們。

　　不過有些說來也真是慚愧，前文中提到我要「突出自己」、「拒絕屬於」，在年輕時曾經多次過了火位，去到「話不驚人誓不休」的地步，為了要顯出自己與別不同，我試過用舊報紙去包禮物送朋友及同學，沒有打算，但竟也和現時的環保概念吻合。到去了外國，冬天時故意穿中式棉襖，這些或許都可以勉強接受，但特別叫家人去國貨公司買一把「油紙遮」寄來，下雨時洋洋自得地拿住在校園漫步，委實作狀得太過份了，現在想起來也不禁汗顏不已。

　　有時真的要好好提醒自己，不要輕易去嘲笑別人扮嘢，我們都犯過可能更駭人的差池！

10/

Cha Cha
The Night Away
1994 年 6 月

invitation

我一直以為「1957年是李湄的」。

最近李湄在美國病逝的消息傳來，從報章讀到一篇相關的文章，那位作者卻記得當年的宣傳口號是「1953年是李湄的」。究竟是53抑或57，其實早已不重要，反正對絕大部份人來說，那只是很久以前的小事情。

說來我和李湄頗有淵源，我當童星拍第一、二部電影，都是李湄做女主角，我演她的兒子。我第一部電影片名叫《我們的子女》，是文藝片，由岳楓（岳老爺）導演。當時我的父母很緊張，他們是那種充滿戲劇細胞卻從沒機會在演藝發展的人，兒子考到做童星，也總算實現了他們一部份的夢想。未開鏡之前，有一晚我父母在沙田華爾登跳舞，見到李湄，「穿著低胸晚裝，妖艷地、風情地跳Cha Cha」，他們心中暗叫不妙：這樣一個女人，怎可能演賢妻良母！《我們的子女》後來上映，賣座慘淡，將來相信亦不再有什麼機會「出土」，但事實李湄的演出是絕對出色。

五十年代在沙田華爾登那個晚上的種種情景，到如今可能只有存在我這個

沒機會目睹她跳Cha Cha的人的回憶和想像中，在那個春意盎然的晚上，風華正茂的她大概不會想到終於有一天華爾登會湮沒，而自己亦無可避免會離開人間。

　　以前，「死」對我來說，是既遙遠，又陌生，但隨著日子的流逝，就日益察覺它無處不在的可怕。畢竟我們都只能活上一次，我們真的應該好好去珍惜自己所擁有的，就譬如我們相識這份緣。

　　在一切還未太遲之前，怎不找個晚上大家暢敍，renew我們的友誼？我們可以整晚播拉丁節奏音樂，再跳Cha Cha。還記得有一個年代，無論在戲院、咖啡室、夜總會、電台……我們的耳朵都經常接觸到拉丁音樂？就讓我們來重溫一次，然後飲紅酒，吃hors d'oeuvre，東拉西扯，談天説地，and, if you feel like it, Cha Cha the night away…

時間：1994年6月25日星期六　晚上9時後
地址：何文田山道╳號╳座地下
　　　（可以把車泊在何文田山道側行人路上）
電話：708-╳╳╳╳　Fax：713-╳╳╳

3:00pm
June 26.94

這樣便17年了!

孫寶玲

　　這個難有去可貴了
由於出蕊点是為了記念
令我對你更多一層認識

小芋:
也不記得多久沒出席如此高興的場合.
近年自己變得極端極端. 極愛極恨. 極忙極閒.
沒跟他/她發生工作上的關係, 簡直不懂如何去溝通.
頗為恐怖.
然後我接到你的帖子...
那確實引起了吸一陣8的轟動.
於是我來了.
可是我會比你想像中快很多派对蒸發.
十一時的工作安排我沒有嘗試取消.
也許我是返不來了.

九四年六月二十五日

因為《號外》，我們認識到不少新朋友，友情一直維繫到現在。

　　我編寫這書時，在搜索以前的手稿的過程中，無意中找到了我在1994年開的一個派對的請柬，覺得蠻有意思，現把它也一併刊登出來。在記憶中，當晚真是有很多好友出席共聚，除了請柬之外，我又找到一本請來賓們簽名、題字留念的紀念冊，其中俞琤寫下了一小段，可能她自己早已忘記曾經如此寫過，不過我現在翻看，依然牽引起一絲的感動。

　　《號外》創辦初期經濟真是十分拮据，如果不是得到一眾認識、甚至全不認識的有心人用各種不同的方法去支持，相信早已夭折了。

　　那時我們不認識俞琤，有一天早上我父親（是她的忠實聽眾）在她的《早晨老友記》節目中，聽見她落力向聽眾推銷《號外》，我父親意外得不相信自己的耳朵，當然是開心不已，馬上告訴我。後來我們才知道，原來她天天在節目中免費用她的聲音替《號外》宣傳，並鼓勵大家去訂閱，她甚至自掏腰包，講明只要有人訂閱，她便津貼那人一半的訂費，《號外》就是因為有著像俞琤這樣的熱心人士，在物質上、精神上替我們不斷打氣，我們才得以奇蹟地生存下去。

　　俞琤這段小插曲，也是《號外》傳奇的一部份。

　　老套說句：其後一切都已是歷史。

11/

錢瑪莉的誕生

2 0 0 9 年 3 月

在《號外》寫了那麼多年文章，最受歡迎和注目的相信一致同意是用筆名錢瑪莉連載的《穿Kenzo的女人》，一寫就好幾年。最近很多朋友都跟我說美國電視片集 *Sex and the City*（《色慾都市》）裏面四個女主角和我當年筆下那四個，無論在心態上、性格上、生活方式上都巧合地極雷同，特別是 Carrie/ 錢瑪莉、Samantha/ Jan，Mr. Big / 鄭祖蔭。我看這部劇集時也驚訝不已，好像劇本是由我編寫的一樣！

相信很多讀者都有興趣知道我創作錢瑪莉的靈感泉源和因由，以及錢瑪莉的生活原型——我回想起來一切都是從一個派對開始的。

那是一個發生了很多、也改變了我很多的派對。1977年唐書璇拍電影《暴發戶》（從未正式在任何地方公映過），其中一幕宴會場面在喜來登酒店泳池畔取景，當晚唐書璇及其兄長唐書琨邀請了很多他們的好友、城中名人來客串扮演來賓，連《號外》也派出攝影記者去趁熱鬧，我印象中當晚有狄娜、文麗賢、文綺貞、白韻琴、周啟邦夫婦等出席，我正是在那個晚上第一次認識孫寶玲。

而在同一個晚上，我又發現幾個不知名但打扮得極時髦、笑個不停的女人，她們年

齡都差不多，接近三十歲左右，漂亮不在話下，但我更被她們那股自信、型格、談話的風趣、大膽、豪爽，可以說是口沒遮攔、以及意氣風發的神采所深深吸引，甚至可以說是看得我目瞪口呆，忽然好像親眼見證了全新的女性品種在我眼前出現！

後來才知道這幾個對當時的我來說簡直有如天外來客的女人，曾先後在唐書琨創辦的高級成衣出口工廠工作。七十年代的香港高級時裝製造工業開始起飛，在很多工廠區，不時會神奇地出現這類操英語的矚目女人，夾雜在一般的路人──也就是勞工階層和「工廠妹」之中。原來她們都是從事時裝工業的，鄧蓮如正是她們的祖師奶奶。

錢瑪莉和她幾個好友，就是在那個晚上誕生了。

後來張叔平跟我說她們其中一個當晚穿的是Kenzo，於是「穿Kenzo的女人」作為專欄名稱也就是這樣定案了。

12/

畢竟我們都老了

2 0 0 0 年 9 月

最近幾次中午在某食肆都見到盧景文（我想應該是他吧，我從來只是在傳媒見過他，所以不敢百分百肯定，但我相信不會認錯人），想不到他竟然老得那麼厲害！

當然我是拿一直印在腦海中六十年代的盧景文來比較，那時他曾在麗的電視主持過《電影雜誌》一段時期，十分心儀他的溫文爾雅，十分知識份子的形象。後來在1978年，我寫過一篇關於盧景文的短文。那時他在金禧中學事件調查委員會的名單之上：

「金禧中學調查委員會的名單上，唯獨盧景文，我對他信心十足。

「因為我清清楚楚的記得他以前在麗的主持《電影雜誌》時友善的笑容、溫和的聲線及腳上那對又笨又大的皮鞋，穿這種皮鞋的人，壞極都有限。況且我還記得他拍過實驗電影《學堂怪事》，為港大劇團演過Ionesco的《犀牛》，此外我們亦忘不了他無數次為江樺排演的歌劇，這樣一個人怎可能違背良心？所以我深信金禧女生今次有救了。

「陸離曾經講過，若果全世界的人都喜歡杜魯福，那麼世界就不會再有罪案發生；同一道理，只要盧景文曾經穿過那些大皮鞋，我對他就充滿信心。」

如今已是公元2000年，和三十多年前比

較，盧景文怎可能不老！但目睹那強烈的對比，總是叫人心酸的；聲調是阿伯式的沙啞，還有身上那套獵裝（曾經污染香港十幾二十年的獵裝，怎會在他身上借屍還魂）？以前「又笨又大」的皮鞋不見了，換上是一對涼鞋，還穿上白襪，我不禁懷疑，我印象中他的品味，是不是我在自己的記憶中不斷將其美化，抑或人到了某年紀，真的對自己的外形已不在乎？

其實如果盧景文老了，我們何嘗不是！對於我們這些出生在五字頭（五十年代頭）的baby boomers，雖然竭力抗拒衰老，畢竟「老」已不再是個與己無關的抽象名詞，而是每天纏著你不放的現實，怎樣去延遲衰老，比full time job還要勞心勞力。

禿頭織了髮之後，白髮又來了，染了頭髮後，白鬍子又怎樣？白鼻毛又怎樣？老人斑開始發出來了，激光可以將之消滅嗎？皺紋眼袋又要想辦法，還有，怎樣努力做運動也追趕不了日益鬆弛的肌肉，年輕時幾晚通宵依然容光煥發，現在即使偶一睡眠不足，第二日整個人就像倒塌了一樣。

在悉心的料理下，也會有「好狀態」的時刻，但那畢竟是exception to the rule，而不是年輕時，好狀態根本是rule，所以我最怕聽到人讚我：你今日好好。

即是說，其餘的日子就不大好了。

當然在沒有選擇的情況下，任何給人一點青春仍在的錯覺，都是值得去爭取的，雖然和時間鬥爭是一場註定要打輸的仗，然而在鬥爭的過程，期間所付出的努力和心思都可以變成一種樂趣。

而且也有很多叫人振奮、鼓舞的例子，像歐陽菲菲，一把年紀仍穿著短裙，使勁地扭動身軀，唱她的新歌《你想愛誰就愛誰》，鼻孔隨著節奏擴張收縮（有一個很有趣的現象，不知為什麼，擁有歐陽菲菲那種鼻型的女人，通常都很喜歡與歐美人士交往，是相學

上的宿命嗎？），依然熱力四射，又不肉麻，是正面教材。又例如鍾鎮濤，每次我在gym見到他，雖然不能説仍舊青春，但成熟，很graceful，很自然，看到他，我就會感到人到中年，還是有希望的，即使終於有一天，我們都會變成盧景文，或者張徹。

每個人在出生後就要邁向衰老、死亡，那是無可避免的過程，但那確是個殘酷的過程。

　　年紀小的時候，我們是看不到這個過程的，因為我們身邊的人，老年的、中年的、青年的、幼年的，大家都好像自動固定在自己那個年齡界別，看不到跨越這回事，當然我們其實都清楚，老的以前也年輕過這個道理，但我們還未有機會親身經歷，親眼目睹這驚心動魄的過程。

　　只要我們繼續活下去，我們終於都會見證到。

　　不過「拒絕衰老」這場仗我認為一定要堅持打下去，它不單止是上文中所說是一種「樂趣」，更重要是這場仗是維繫我們對生命繼續熱切追求的一種原動力。

　　反而心靈上的衰老、枯竭來得更可怕。

　　我曾經在一篇沒有發表過的文章〈世紀末的期望〉，提出過類似的感嘆，可惜我沒法替我提出的問題找到解決之道，它與1989年發表的〈Yuppie的種種〉可以看成是姊妹篇。

　　我想我唯一可以提出的，是在以前那什麼都「不足」的年代，我們拚命去追求、尋找，到了今時豐裕，什麼都不缺的年代，也許我不應該視我們所擁有的為必然，要重新學懂去珍惜和尊重身邊的每一樣事物。

　　人，當然也包括在內。

13/

Yuppie 的 種種
1 9 8 9 年 5 月

年紀小的時候，每個月頭我們都抱著無限的期待，去法國文化協會看報告板預告那個月選映的電影，當然，我們最期待是看到高達和杜魯福的電影，特別是《祖與占》，陸離不止一次在《中國學生周報》推許杜魯福輕盈無比的鏡頭運動，還有被她讚嘆到差不多成為legend的幾個珍・摩露微笑的凝鏡，以及兩個男主角祖與占重逢相擁時那電光火石的半秒凝鏡。終於有一個月，我們等到了，刻在報告板上終於是《祖與占》！我已經忘記了當時我是如何的喜悅和震驚，或如何每天望穿秋水去等待上映的日子，但上映當晚我們懷著無比的虔誠，一早在那個小小的放映室霸個好位置，從小小的銀幕和杜魯福接觸的情景，我依然印象深刻，我還記得有一個朋友Ruby甚至帶了一個錄音機去收錄Georges Delerue的配樂。為了要把電影多看一次，我們在九龍的法國文化協會看完，又往香港那邊再看，當年我們從那些簡陋的聲光所得到的歡愉和滿足，實在非筆墨所能形容。

到了今日，我可以隨時安坐家中看《祖與占》的影碟，興之所至可以用搖控快速向前、向後慢鏡、定鏡。杜魯福那幾下有如神話般的凝鏡已經融化在這些簇新的科技玩意中，再不容易分辨出來。

想不到兒時最珍惜最寶貝的東西，現在已淪為我們「豐富」生活中的一項小點綴。

其實當年看杜魯福最重要的意義，我覺得不單是得到「精神上的食糧」，而是在我們不辭勞苦去等、去看這個行動上，是我們有那股熱誠，那顆心意、衝動和決心去實現我們所追求的東西，但現在我們似乎再也不需付出什麼努力，一切都變得那麼方便，一切都可以用錢買得到，甚至是我們年輕時的夢想和理想。

這就是yuppie。照我自己的理解，yuppie應該是泛指那群受過高等教育，有相當程度的修養和見識，有令人敬重的職業，以及有可觀收入的人士，他們懂得花錢，懂得享受生活。Yuppie和上一輩的有錢人或現時的暴發戶不同，我們通常覺得後兩者的所作所為市儈、老套，他們的生活方式、花錢方法在我們眼中是庸俗、粗野、缺乏教養，是我們取笑的對象。但yuppie不同，可能他們對賺錢同樣是不擇手段，甚至比暴發戶來得更卑鄙、奸狡，但在工作以外，由於他們的見識和修養，他們可以把自己的生活方式處理得無懈可擊。換句話說，yuppie懂得有品味地去消費，他們會買積架而不是「Ben跑」，上凱悅軒而避開富臨，去Le Cadre而不屑設計2000，買Yohji Yamamoto而非Kansai Yamamoto，聽Robert Palmer而絕不是Bananarama。

Yuppie會在夏天滑水，冬天滑雪，星期天打網球，他們對酒、遊艇、古董錶、gourmet cooking以及所有labels都有心得；有些愛逛畫廊、聽古典音樂、研究佛經，不過無論興趣在哪裏，他們的一切亦都可以用錢去買回來。

Andrée Putman設計的椅好看？買它回來擺；David Hockney的板畫靚？買它回來掛；Vanessa Redgrave在West End演 *Orpheus Descending* 得到好評如潮？飛去倫敦看。只要有錢，什麼都可以實

現。Yuppie美化了物質主義，但他們始終仍是物質的奴隸。其實到頭來，他們的一套，又不是淪為middle class banality？

不要誤會，我並非在譴責yuppie花費。花費沒有不對，有錢，而又花得有品味，實不簡單，是件好事。不過有時我總覺得yuppie們太自我陶醉，自我恭喜，覺得自己懂的一切，都是了不起，做的一切，都是對，因而忘記了這個世界還有其他不同的價值觀。「非我族類」未必一定是錯，像我們父母輩，他們的教育程度、鑑賞能力可能比不上我們，他們大都沒有興趣和心機去鑽研「格調」為何物，然而他們能憑本身的直覺、good sense，把握時機、拚命前衝，努力賺錢養家，實現了「白手興家」這個神話，然後他們會為子女訂下計劃，省錢儲錢，供書教學，栽培下一代。就是因為有我們精打細算的父母輩，才會帶出了yuppie這個generation。

比較起來，這群無孩夫婦的yuppie輩，他們的生活方式，就顯得自私多了。

我們經常要警惕自己，千萬不要沾沾自喜，不要以為自己的一切都完美，以為這樣就已經到了人生最高境界，以為this is the only way！我們必須看清自己的不足，要重新放遠我們的眼光，找回昔日的謙虛，學習尊重他人的生活方式，唯有這樣不斷的自我提醒，我們才有一線機會不會將自己變為monster。

14/

世紀末的期望
1 9 9 6 年 4 月

世紀末、能源危機、溫室效應、天災人禍⋯⋯我們面對是一個混亂、惶恐、沒有指標的時代，忽然間我們發覺自己一向堅持的理想和信念，一直以為是絕對的價值觀，一下子都變得irrelavent。

更不幸的是，我們的「一套」，我們自以為是的生活方式，不知從什麼時候開始，已變了質。我們曾私底下以自己有良知、有內涵、有氣度、有品味為榮，不似得一般人那麼平庸，隨波逐流。但想深一層，那已是很久以前的事了，在不知不覺間，我們早已成了五十步笑百步，早已不再與眾不同。這些年來，我們不是一直在物質享受中打滾？股票價格、外匯期指、樓宇炒賣，我們可有停過？還有些那數不完的維他命、健康食品、跑步、aerobics、yoga、餐桌擺設、家居佈置、奇花異卉、六十五吋大電視、Blu-ray、youtube、水晶奧秘、中醫西醫調理、香薰治療、按摩、facial、冥想、減肥餐單、gourmet cooking、theme restaurant、太空漫遊⋯⋯試問現時我們忙碌的，沉迷的，還有那一樣是屬於「精神」上？那一樣算得上稍有深度？偶然上上文化、藝術中心看些演出，亦不過是我們消費生活的一部份，對於這些演出，我們又再能感受到，吸收到幾多？

我們的心靈是否早已封閉？

即使在外表，有時我想我們還剩下幾多可以值得自傲的？我們和那個戴金絲眼鏡，穿橫紋Polo恤，手幼腳幼但又有個啤酒肚的男人有什麼分別？可能在視覺上我們的身體，在千辛萬苦保養之下，仍能保持到一點點優勢，但面對條件優越的新一代，我們仍是要徹底投降，在這些小朋友眼中，他們又怎樣看我們這群不老不嫩，neither here nor there的怪物？

其實事情也許並非話說那般絕望，也許一切仍未太遲，我們仍未絕對墮入物質至上的洪流中。起碼有時我們仍有著一份自覺、自責和自嘲，尚不至於完全麻木。當然最理想是我能夠安於駕駛一輛無型格可言、毫不起眼的灰白色布座椅日本二手車，但至少從目前來看，我仍去不到這番境界。那麼重回少年時義無反悔漠視物質享受，追求精神滿足的傻勁，就更沒法扭轉時鐘了。變到今日這個模樣，顯然並非出自一個因由，亦不是一朝一夕的事。

但物質享受又是不是完全沒可取之處？我們可否無須為自己選擇的生活方式感到內疚？Somehow我們能不能取到某些平衡？在繼續我們的生命之餘，或許仍可以重拾昔日一些理想的碎片？將百般矛盾作出化解？

換句話說，可有人能開導我，應該怎樣才可以理直氣壯地活得更：

靈性些、健康些、艷麗些、環保些、優雅些、浪漫些、充實些、神采些、豐富些、美味些、有品味些、節約些、舒適些、光芒

些、幽默些、脫俗些、昂貴些、自然些、感性些、性感些、微醉些、清醒些、精緻些、低調些、冒險些、達觀些、可愛些、波希米亞些、小布爾喬亞些，還有，快樂些。

又或者，我實在是太貪心了。

O THE RAINBOW

f was born,
er, said he,
nt legacy,
ye,
e for your lip,
or your heart,
henever the world falls apart.

look to the rainbow,
r the hill and stream,
look to the rainbow,
llow who follows a dream.

OR YOU

you, wherever I go, whatever I do,
you, each night and day,
say, I love you, I love you,
d I need you so.
ve you, my darling,
ll never know.
my arms, I will be blue, lonely for you.

or you, So lonely for you.

256

THE BIG BRIGHT GREEN PLEASURE MACHINE

Do people have a tendency to dope on
Does your group have more cavities t
Do all the hippies seem to get the j
Do you sleep alone when others sleep
Well, there's no need to complain
We'll eliminate your pain
We can neutralize your brain
You'll feel just fine, - now.

Buy a Big Bright Green, -
Pleasure Machine.

Do figures of ~~all quality~~ authority just shoo
Is life within the business world a
Did your boss just mention that you
You'd find yourself a mongrel dubbe
Are you worried and distressed,
Can't seem to get no rest
Put ~~on, still on~~ our product, to the test,
You'll feel just fine, - now.
Buy
Buy a Big Bright Green, -
Pleasure Machine.
You'd better hurry up ~~the odd~~ and order one,
Our limited supply is very nearly

Did you know there's lee-a-ways,
To God knows, of cruel fate,
Do you just bounce high and down l
Are you worried 'cause your girlfr
Just a little late?
Are you looking for a way to chuck
We can end you daily strife,
You'd seen it advertised the
You'll feel just fine, - now.

Buy a Big Bright Green, -
Pleasure Machine.

round?

al1?

Part 2
私 人 風 景

15/Life Is a Holiday——悼馬斯度安尼

16/費里尼

17/由 *Blow-Up* 説到 Swinging London

18/從 Eva Green 回歸到 Françoise Hardy

19/All those Charming Faces

20/Elaine Stritch / Brandon De Wilde

21/我看 Gay 戲

22/古老的「現代」和無謂的「深層意義」

23/走向平庸——是《孔雀》的主題,《長恨歌》的成績

24/「複雜」的美學——榮耀歸於韋俐

25/「Has-been」這個魔咒

26/永遠的 *Perfidia*

27/歡迎 Cesaria Evora 登陸香港——兼談天國與地獄

28/張愛玲的《連環套》

29/Gore Vidal 與利冼柳媚

15/

Life Is a Holiday
—悼馬斯度安尼
1 9 9 7 年 1 月

讀到馬斯度安尼（Marcello Mastroianni, 1924-1996）的死訊，我倒不覺得怎樣難過，畢竟我對他已有點記憶模糊了，直至翻開 *Newsweek*，看到這張悼念馬斯度安尼的照片，我才開始感到哀慟、惋惜。

照片中的他穿上時款大衣，戴著墨黑眼鏡，手執香煙，他的目光遙望到什麼地方？一架法拉利？一幅有升值潛力的地皮？一個身材婀娜多姿的美女？

這張照片應該是攝於六十年代，亦是馬斯度安尼銀色生涯的黃金歲月。那個年代，歐洲經過第二次世界大戰洗禮後，從貧窮破碎中慢慢復元，經濟開始起飛，人民生活日趨充裕，中產階級冒起，電影亦從《單車竊賊》（*The Bicycle Thief*）、《不設防城市》（*Rome, Open City*）這些新寫實主義，演變成頹廢主義、現代主義，像費里尼（Federico Fellini）的《甜美生活》（*La Dolce Vita*），安東尼奧尼（Michelanglo Antonioni）的《夜》（*La Notte*），而馬斯度安尼正好是這個蛻變中年代的最貼切演繹者。

從這個角度來看，馬斯度安尼這張照片可以説是整個六十年代歐洲精神的化身。他看來是那麼時尚，那麼charming，那麼迷

人，當年萬千的女影迷怎會想到終於他也會風華不再，會變得「論盡」，老到一塌糊塗，然後不再活在人間。宇宙對人類開的玩笑實在太殘忍了。

有些人逝世，你不會感到怎樣哀痛，因為你不覺得他們對生活有太多的珍惜，但對於那些熱愛生命、享受生活的人來說，他們離開人間，會令人更添傷感，畢竟他們要被迫捨棄至珍貴的東西，像導演費里尼，像bossa nova大師Antonio Carlos Jobim，像馬斯度安尼，他們都是那麼入世，才華出眾，jouir de la vie，他們和死亡照計是扯不上任何關係的。

我們和死亡照計也是扯不上任何關係的。

「Life is a holiday. Let us live it together」，這是電影《八部半》（8 1/2）終場時主角馬斯度安尼的對白，至今我仍未忘記。

16/

費 里 尼
1 9 9 7 年 1 2 月

提起馬斯度安尼，不可能不聯想到意大利電影對電影作為藝術的貢獻，從第二次世界大戰後的新寫實主義開始，以至以貝托魯奇（Bernardo Bertolucci）、Taviani兄弟為終結，當中那三十多年確是意大利電影，也可以説是電影的黃金期，經典多不勝數，其中當然少不了費里尼的多部傳世作品。

如果説費里尼是電影史上的巨人，一點也不為過，雖然他的電影水準參差不一，尤其是他晚期作品在《想當年》（Amarcord）之後的，像《女兒國》（City of Women）、《珍姐與佛烈》（Ginger and Fred），真是慘不忍睹，最好不要看。然而他創作黃金期的優秀作品，絕對是影史上最珍貴的瑰寶，代表著電影作為藝術至輝煌的成就，特別是《八部半》，如果一生人只能選看一部電影，我毫不猶疑選上這部1963年完成的傑作。

以下幾篇短文是我向費里尼致以至高的敬意和感謝。

加比利亞之夜

費里尼的《甜美生活》開場第一個鏡頭是一架直升機吊著一個巨型耶穌像在羅馬市的上空掠過。那是1960年。

經過三年沒有作品發表，長達三小時的《甜美生活》出現時，可以説是石破天驚，

因為它的題材和風格與費里尼以往的新寫實主義很不同，不過之前費氏的確拍過一系列經典名作，即使沒有《甜美生活》或打後的其他作品，也絕對無損他在影史上的崇高地位。

《加比利亞之夜》（*Nights of Cabiria*）是《甜美生活》對上一部作品，由費里尼太太、著名的瑪仙娜（Giulietta Masina）演一個單純善良的妓女加比利亞，屢次遭人欺騙感情和金錢。片子結尾時她以為找到的真愛竟掠走了她畢生積蓄，剩下她身無長物……故事聽來太老套了吧，且看費里尼安排的結局：

深夜在羅馬的近郊，可能有個派對剛結束，但見一群俊俏的年輕男女湧到寂靜的街頭漫步，他們似乎餘興未盡，在月光下彈結他、唱歌、輕談淺笑，典型有閒階級人家的子女，剛好碰上在獨自躑躅、眼淚仍未流乾的加比利亞。

從這群年輕人身上，加比利亞應該看到他們擁有著自己一生人從沒得過或早已失去的東西——出身、財富、美貌、青春、愛情……一雙一對，他們是多麼的歡愉。經過加比利亞身邊，他們友善地向她招手、微笑。

這群不曾經歷過什麼人生坎坷，不知愁滋味的年輕人，大概沒有察覺到加比利亞臉上的淚光，他們以為整個世界都像他們般幸福快樂。

看到這幸運一群的開心和善意，加比利亞好像被他們感染到，忽然間她不哭了，開懷了，甚至自己傻笑起來，彷彿世間一下子又再次充滿著希望。

完成於1957年的《加比利亞之夜》也是另一部費里尼的不朽作品。

電影美文

杜杜是我中學校友，我唸初中時已視他為寫作偶像，他文學藝

術修養之高應無須多講，他用水晶去形容希治閣電影之精透玲瓏、密不通風，令人拍案叫絕，不過我和另一位前輩陸離除了佩服他的見解之外，更鍾情他的文字意境，陸離稱之為「美文」。

真是貼切不過的形容。

愛胡思亂想的我，又把陸離口中的美文引牽到電影去，有哪些電影可以稱得上是「美文」呢？我腦海中馬上浮現出的是費里尼的《八部半》。

它可以說是我觀影以來最賞心悅目，看得最眉飛色舞的電影，無論是攝影、配樂、構圖、走位、鏡頭移動、人物造型、服裝、佈景皆美不勝收，目不暇給，它視覺之凌厲、配樂之豐富、優美、影像之華麗，每一場之千變萬化，簡直叫人歎為觀止。

更重要是至今我重看了《八部半》已不下十數次，而每次我都仍然被它深深感動。費里尼拍這部電影時應是他創作力的至高峰期，片中處處流露出他對生活、對藝術那種矢志不渝的熱愛和禮讚，對他生命中無論在過去現在或幻想裏曾出現過，無論是他喜愛或討厭的人物，都賦予無限眷戀及包容。看這部電影你可以感受到費里尼毫無保留地把他熾熱之心交給觀眾，他的坦誠和率性每次都令我動容。

仍在講……

古往今來，無論在地球哪個角落，似乎每一個城鎮，每一個社區總會有一兩個生人勿近的瘋婦。

老人家在哄小孩子時最愛搬出這些瘋婦的傳聞去嚇他們，叫他們聽話。

所以費里尼《八部半》男主角回憶童年時和一班同學齊齊看那個獨居於海灘一間小茅屋的巨型胖婦跳艷舞那一場戲，除了觸到了

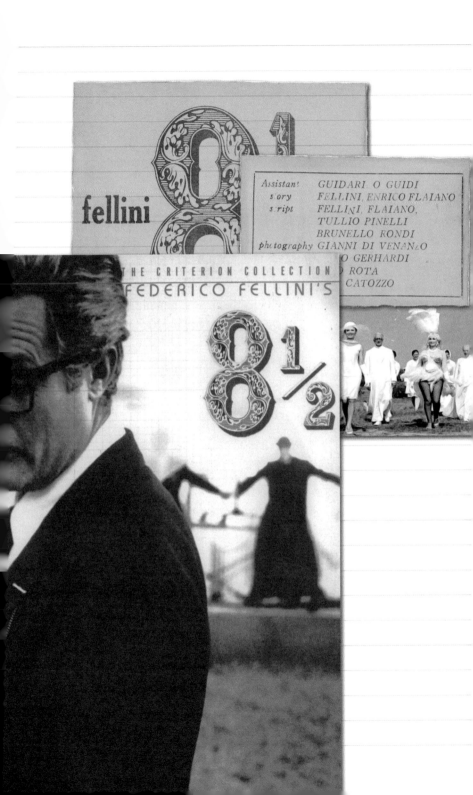

fellini 8

Assistant GUIDARI O GUIDI
story FELLINI, ENRICO FLAIANO
script FELLINI, FLAIANO,
TULLIO PINELLI
BRUNELLO RONDI
photography GIANNI DI VENANZO
GERHARDI
ROTA
CATOZZO

THE CRITERION COLLECTION
FEDERICO FELLINI'S

8½

意大利國民的集體記憶之外，無論時空都與這幕戲風馬牛不相及的我竟也有莫大的共鳴，彷彿完全感受到費里尼那股傷感的鄉愁和追憶，又好像明白到他為什麼對這個被村民唾棄的胖婦有如此深刻的印象。

至片子結尾時，當所有在片中曾經出現過的人物都湧出來的時候，這個胖婦也在場，和其他人一樣，都穿上白衣，手拖手隨著 Nino Rota 輕快的主題音樂團團繞場，向生命這個假期致敬。

《八部半》的精彩場面真是講之不盡，男主角異想天開，把他生命中重要的、令他難忘的女人全部集中在他童年的祖屋內，服侍他、溺愛他，有如阿拉伯後宮。要是給次一級的導演處理這場戲，很容易就流於低俗，又或者有唔三唔四、不湯不水的尷尬，但費里尼拍得剛剛好，放縱自己的白日夢之餘，依然把持到一份赤子的誠懇和幽默感，真是兵行險著。

又像開場不久，群眾排隊輪候飲礦泉水，無論音樂（華格納加上羅西尼）、鏡頭運動、人物走位都組織得天衣無縫，每個畫面的近中遠景都有可觀之處，調度層次分明，變化無窮無盡，而最終效果竟是那麼協調和諧，原來拍人行路也可以拍到如此目眩和璀璨。

還有安諾・艾美（Anouk Aimée）的出場……

她出場了

影片放到差不多一半，飾演男主角太太的安諾・艾美才出場。

像《蒙娜麗莎的微笑》，像《驚愕交響曲》那「轟」一聲，每次看《八部半》看到差不多一半，安諾・艾美就會不遲不早準確地在那一刻出場了。「那一刻」已經永遠被凝結住。即使再過幾百年，如果我們的文明仍在的話，未來某些人通過某些機器看《八部半》，美麗的安諾・艾美，和她那頭短髮、那副黑框眼鏡、那身白

衣、那面落寞神情，都依然會在那既定的一刻出現。

　　每次看到她出場，我都會湧起一陣莫名的惆悵，也許初看此片的人不會有這種感覺，是經過很多遍，一次又一次看到她永恒地出現在那不可再改變的一刻。我心內總會牽動一下，然後忽然間好像已全然明白藝術究竟是什麼一回事。

　　之前一場的背景是一個巨型土耳其浴場室，四處煙霧瀰漫有如身處煉獄，嶙峋的主教和侍從們在一個私人浴房內隔住一扇窗接見飾演導演的主角，向他提點宗教意見，訓導完之後，那扇窗隨即緩緩閉上，然後一曲抒情的 *Blue Moon* * 悠然響起，將影片的調子從煉獄帶回人間，鏡頭cut到去華燈初上的療養小鎮，黃昏時分人們開始來到市中心廣場休閒地漫步，男主角在人叢中見到大概才抵步不久的太太安諾·艾美，不動聲息悄悄在後面跟著她，然後安諾·艾美不在意地轉過身，他們就在往來的人叢中相遇，那是安諾·艾美的出場。

　　擔任攝影的Gianni Di Venanzo於1966年逝世，設計服裝佈景的Piero Gherardi於1971年逝世，負責音樂的Nino Rota於1979年逝世，導演費里尼於1993年逝世，男主角馬斯度安尼，在片中演活一個在感情上拒絕成長，仍需要母性溺愛的拉丁情種，亦於1996年逝世。

---

* 在《八部半》其中這重要的一幕，費里尼用上了 *Blue Moon* 這首名曲作為配樂，但後來在不同的DVD版，這首樂曲都給掉包了，不知是不是因為版權出現問題，竟套上另一首旋律有點接近的音樂，但一聽就知完全是兩回事的代替品，對於我們這些死硬派，《八部半》裏面的每一元素都是至完美，都是無可取代的，所以每次看《八部半》的DVD版，到了本應該是 *Blue Moon* 出現那一幕，我都感到心戚戚然，十分辛苦，但奇蹟地竟給我發現有位有心人在youtube放上了這場的原裝版本，背景音樂確是 *Blue Moon*，只要在youtube網站搜索otto e mezzo-outdoor auction scene 就可看到。

17/

由 *Blow-Up* 説到
Swinging London
2 0 0 4 年 4 月

在百老匯電影中心內的影視店看到它擺出了安東尼奧尼1966年的經典 *Blow-Up* 的DVD版，雀躍不已之餘亦不禁抱怨：DVD風行了這些年，怎麼到了2004年才輪到 *Blow-Up*！當年它在香港上映時的譯名叫《春光乍洩》，和後來王家衛那部無關。

Blow-Up 對我來説是一部很重要的電影，它在我唸中三時出現在我的生命，給我帶來了一股前所未有石破天驚的震撼，它不僅開拓了我的視野，為我未來的品味鋪路，也奠定了我一生人對電影義無反顧的熱愛。更奇妙的是：它把我這個在地球另一角落的中學生，一下子好像和以倫敦為中心，為起點的整個世界大洪流連接上，令我好像已親身感受到道聽途説中的Swinging London所發散出的爆炸性和魅力。

幾年前電影中心搞了一個時裝與電影之retrospective時，曾找我寫有關時裝與電影的文章放在它的場刊，當時我寫的就是這部電影，那篇文章命名叫〈時裝作為raison d'etre〉，後來那個retrospective沒有放這部電影，那篇文也就沒有登出來。我記得當時我有這衝動去寫 *Blow-Up*，是因為它底敏鋭的潮流觸覺，見證了一個前所未有的新時代的來臨，呈現了一種新的心態，新的生活方式，新的attitude，新的世界觀——而

時裝，一下子被提升到文化層面上一個崇高、炙手可熱的地位，一切與時裝有關的行業、人物，如設計師、攝影師、模特兒、公關、編輯、化妝／髮型……以至這些人的助手，甚至時裝潮流的追隨者、groupies等等，都變得惹人艷羨，是glamourous、trendy、hip、in……的同義詞。

換句話說，從此時裝就是一切，變成至高無上。

1966年，*Blow-Up* 在全世界（當然除了當年的共產國家）都造成了轟動，成為文化界熱烈討論的話題，我翻看我當年的剪貼簿，也收集到十多篇談論 *Blow-Up* 的本地影評。

但這部電影能經得起時間的考驗嗎？

在快要四十年後重看這部電影，會依然有著「前衛」的感覺？抑或已過時到叫人發笑？Trendy是否已變成tacky？我真的很想找到答案。

但我亦知道我個人的感覺是不能作準，我有著太多先入為主的主觀意欲，但你們又會怎樣看呢？我真的很想知道，特別是那些以前未曾看過此片的人對它的評價。其實 *Blow-Up* 是一部很多元化的電影，不同的觀眾，從不同的層面，不同的角度會找到很不同的樂趣！

背景倫敦——六十年代的所謂Swinging London，是全世界潮流的指標，影響力超越了紐約和巴黎；流行音樂出現了Beatles、滾石一大堆樂隊不用說，時裝有瑪麗．關的迷你裙，模特兒有早已成為icon的Twiggy，髮型有Vidal Sassoon的幾何設計，冒起來的明星更多到數之不盡……它的確是一個百花齊放，各領風騷的時代，而 *Blow-Up* 正好將這個時代的感覺、氣氛保留在菲林上。

配樂Herbie Hancock——它的電影原聲帶早已成為爵士樂中的經典，現時的DVD有一道聲帶是純放配樂、沒有對白的，此片配樂之

重要性可想而知。

兩位主角Vanessa Redgrave和David Hemmings──Vanessa如今已變成一個又乾又瘦的老婦人，David Hemmings亦已於2003年逝世，看到影片中風華正茂的他倆，怎叫人不感慨！

模特兒Verushka──早已成為傳奇的Verushka絕對是super model這個名詞的第一代表表者，她在片中出現了三場，主要那場是替飾演攝影師的主角pose時裝相，那個photo session把她當年的丰姿完全呈現出來，不過今次重看我委實有點「再見不如聞名」的失望，好像總沒有記憶中來得那麼富震撼力，可能真的是前無古人，後絕對有來者，一輩又一輩新的模特兒早已超越了她當年的水準。還有她那頭要命的長髮，又乾又假，是不是噴了太多噴髮膠？抑或現時的剪髮、護髮、染髮技術真是大大改進了？

配角Jane Birkin──她演本片時沒有什麼知名度，仍未去法國發展，未遇上Serge Gainsbourg，未唱那首經典禁歌 Je T'aime... Moi Non Plus，但她在片中露毛一場，曾在當時令到舉世嘩然。在片中她表現得相當小家／鬼崇（正好符合了片中人物的身份），和前年藝術節亮相香港，在舞台上氣定神閒、婀娜多姿的現在式Jane Birkin相比好像完全是兩回事。我們這群漸老化的baby boomers絕對擁抱「薑是愈老愈辣」這句說話，亦無限感激差不多六十歲的Jane Birkin依然洋溢著少婦的風韻，帶給我們不少鼓舞和推動力。

小角色周采芹──她是將中國餐館打入名氣界Michael Chow的姊姊，海派京劇大師周信芳的女兒，多年前路經香港時亦曾向我們憶述六十年代Swinging London的光輝日子。我們在《喜福會》看過渡入中老年的她，在《藝伎回憶錄》踏進老年的她，如今在 Blow-Up 終於見到年輕時的采芹，她演主角那間studio的接待員之類，有幾分鐘的曝光。

CARNABY
STREET W1
CITY OF WESTMINSTER

W-UP

W-UP

A FILM BY MICH

BLOV

樂隊Yardbirds——也是出現了數分鐘，信不信由你，有人真的是為了看當時還未離隊的Jeff Beck和Jimmy Page同台演出而專程去買 *Blow-Up* DVD，amazon.com的網友影評就有人如此留言。

導演安東尼奧尼——相比之下，前面所講所寫的一切都變得不重要。*Blow-Up* 是一部安東尼奧尼的電影，說他是大師級，相信沒有人會有異議，*Blow-Up* 也許不是他最好的作品〔很多論者都會投《情事》（*L'aventura*）一票〕，但要認識安東尼奧尼，最容易投入應該就是 *Blow-Up*，它可以說是安東尼奧尼最「入世」，最易明，最「右咁悶」的作品，總言之，它一定會有某些吸引人看下去的地方。

我相信還有很多很多要買要看 *Blow-Up* 的原因，但有時看一部電影又需要什麼原因？

你碰巧發覺它陳列在HMV的new release，拿起它看看，價錢不是很貴，便下意識地把它放入你的購物籃。有個無聊的晚上，你在眾多的DVD中不知怎地會選到它，推它入你的DVD光盤，很可能就是這樣，它會給你帶來驚喜，那麼我在這裏所寫的一切也就真的不怎樣重要了。畢竟在這個資訊泛濫的年代，*Blow-Up* 也只是萬千消費品其中之一個選擇，你遇上它，我會說是幸運，你說呢？

18/

從 Eva Green
回 歸 到
Françoise Hardy
2 0 0 4 年 9 月

近年已很少上電影院看新片了，不知是不是因為一生人必須要看的電影早已看得八八九九，而有水準的新片，至少我覺得，也是鳳毛麟角，以前看電影有如朝聖的感覺早已成過去，現在是消磨時間多於一切。

在今日尋回過去

不過當黎海寧有點異常的興奮去推薦貝托魯奇的新作《戲夢巴黎》（*The Dreamers*）時，我竟會有想上電影院看的衝動。我的直覺告訴我，我會很喜歡這部電影。當然貝托魯奇在影史上絕對有他的地位，所以即使他的近作 *Stealing Beauty* 是如何老態畢露，他1970年的經典 *The Conformist* 在當時確是技驚四座，那些不止是行雲流水，已差不多可以說是魔幻、鬼魅般的鏡頭運動，看得我目瞪口呆，至今仍在我的腦海裏揮之不去，也許是這個緣故，今次我竟破例去百老匯電影中心看了這部片。

《戲夢巴黎》確實是一部令我滿意，賞心悅目的小品，它以1968年巴黎電影圖書館和當年那場學運作為背景，已足夠滿足我的懷舊及對巴黎的情意結，但無論怎樣，我確是完全沒有任何心理準備，會看到片中的女主角——Eva Green這樣有型的女性。

世界這麼大，過去十多二十年歐美影

壇無疑是湧現了各式各樣的靚女一籮籮，但我真的醒不起有出現過像Eva Green這樣身材高挑、美麗、懾人、酷，有著歐陸文藝氣息的女明星。身材高挑、美麗的多得是，懾人、酷也不是沒有，但像Eva Green般同時又有文藝氣息就罕見了，還有是她的眼神，似笑非笑，一種充滿著自信，甚至是帶有殺傷力的眼神，令人摸不著是在挑逗，抑或是在挑戰你！我在想，英國的Tilda Swinton也很型，但稍欠美艷，美國的Uma Thurman沒有什麼presence，而且缺少了一種文藝氣質，而歐洲近年的女星，亦鮮有像Eva Green給人那種很striking的感覺。

有時我懷疑，像Eva Green這種類型，是不是屬於一個不再時興的icon，一種很六七十年代的審美標準？要找與Eva Green那種類型女明星，似乎真的要去回七十年代走紅像Dominique Sanda，和Charlotte Rampling那樣的「型女」。

七十年代型女代表

Dominique Sanda至少有兩部電影是她作為「型女」的代表作，一是意大利新寫實主義大師Vittoric De Sica的晚期傑作 *The Garden of the Finzi-Continis*，她演一個在法西斯時期意大利的猶太裔千金小姐，與她的哥哥（由當年俊得令人目眩的Helmut Berger飾演）關係之曖昧，簡直和現時《戲夢巴黎》裏面那對孿生兄妹同樣令到人撲朔迷離；她另一部代表作是剛才所提過貝托魯奇的 *The Conformist*，當年我們被此片迷倒，或多或少都因為有Dominique Sanda驚艷的演出，她美麗、神秘、高貴、酷，和片中另一女主角Stefania Sandrelli跳探戈一場的氣氛、調度、節奏、視覺張力都遠比貝托魯奇下一部作品《巴黎的最後探戈》（*Last Tango in Paris*）的幾場探戈場面出色得多。

可惜Dominique Sanda第二次與貝托魯奇合作 *1990* 時，變得有

點過份刻意去型，例如咬雪茄，已經不復以前般自然，而之後她的事業急轉直下，已很久再沒有她的消息了。

　　Charlotte Rampling在現時炙手可熱的法國導演Ozon欣賞下，近年有一個小小的comeback。在六十年代Charlotte Rampling只是美麗，直至維斯康提（Luchino Visconti）找她演 *The Damned*，才發掘到她高貴、elegant的一面。1974年她主演的 *The Night Porter*，裏面有極具震撼的S&M性愛場面，將她的冰冷陰暗的一面徹底發揮出來，她那對清澈的藍眼珠，蘊藏了多少曖昧、神秘，甚至殘酷！不過我最傾倒的Rampling是她在活地·亞倫（Woody Allen）1980年的 *Stardust Memories* 片中那個奇特的微笑，那股成熟的魅力，那份對自己得天獨厚的美麗的自信，至今我仍難忘！近年她在Ozon的電影依然有presence，但沒有了青春，剩下的只是一潭死水，和當年一出場就令人怦然心動，怎能比？

青春應該就是這樣

　　寫到這裏，我不禁想到一位六十年代的型女——Françoise Hardy。在英語國家（香港也算是吧！）也許沒有很多人認識她，她是在六十年代冒出來的一位法國singer / songwriter，到現時依然活躍樂壇。當年她一把金髮，一個木結他迷倒萬千歌迷。她的美比起上述兩位女演員，來得更簡單、直接，沒有那些複雜心理因素，而多了一絲波希米亞的不羈。你上網上任何一個search engine，都會找到無數她的網頁，看到無數她的照片。

今年春夏季的時候，trench coat大行其道，卻委實很少有人穿乾濕褸可以穿到像Françoise Hardy般有型。有次我在髮型屋看 *Vogue* 雜誌，一位作者亦有撰文懷念Françoise Hardy穿trench coat那個icon。她有份演出的電影 *Grand Prix*，她演一名賽車手的女友，很多場都是穿著一件trench coat，凌亂的長髮被微風吹起，你猜不透她內心在想什麼，她有沒有化妝？她穿什麼名牌？一切都不重要，青春應該就是這樣的吧。在那一刻，她的美是醉人的，亦有幸被菲林永遠保存著，見證著。即使偶然想起，亦令人有一陣惆悵。

回頭說Eva Green，有沒有人能告訴我，她的「型」是不是過時的「型」呢？或者換句話說，二十一世紀初的今天，能容得下她嗎？

19/

All those
Charming Faces
1 9 8 4 年 5 月

我們曾經是多麼的興奮。

1964年我踏入Form One，開始看歐陸電影。用《中國學生周報》電影版做指南，我學曉認導演，我迷戀上電影藝術，同時也有機會接觸到很多非荷里活的明星：他們的歐陸背景，令他們無論在氣質、形象、風格，以至打扮，對我都有很深刻的影響，也可以説塑造了我將來長大以後的審美觀。多年後的今日重新回顧這群歐陸的明星，發覺雖然我們已經忘記了很多面孔，但對仍有印象的，大部份我們依然感到impressed，其中有些仍舊活躍於影壇，有些消聲匿跡，有些老到慘不忍睹……畢竟在六十年代，in their different ways，他們都曾經美麗過，吸引過我們，今日讓我們重溫其中一些名字，算是對藝術電影最蓬勃的年代致敬：

Monica Vitti——蒙妮卡·維蒂在安東尼奧尼的三部曲《情事》、《夜》和《蝕》（*L' Eclisse*），以及《紅沙漠》（*The Red Desert*）中表現出現代人落寞、空虛、無奈的一面，可以説是六十年代歐陸文化氣候的incarnation，她冷而怨的眼神至今仍深刻的在我們腦海裏。但她也有俏皮的一面，在約瑟·盧西（Joseph Losey）的《女金剛勇破鑽石黨》（*Modesty Blaise*）中，她和盧西都是玩占士·邦電影類型，她眼角中流露出帶

著開玩笑式的性飢渴和變態，堪稱一絕。

順帶一提是《情事》中演那個失蹤的有錢女Lea Massari是歐陸影壇的甘草，專演那些略over the hill的艷婦。七十年代她在路易‧馬盧（Louis Malle）的 *Murmur of the Heart* 中演和兒子亂倫的母親，甚是精彩，連一向挑剔的影評人John Simon也撰文大讚她的演技。

Jane Fonda——在未搞反越戰，未做workout之前的Jane Fonda是頭性感的小野貓。在《太空英雌芭芭麗娜》（*Barbarella*）中，在太空船內無重量狀態下脫衣，至今仍為人津津樂道。她在丈夫羅渣‧華汀（Roger Vadim）另外一些電影如 *The Game Is Over*、*Circle of Love* 中的演技和性感都同樣保持很高的水準。〔*The Game Is Over* 中的男主角Peter McEnery，還記得他嗎？還有他的哥哥，演《殉情記》（*Romeo and Juliet*）的John McEnery呢？〕

Claudia Cardinale——CC不折不扣是美麗和野性的化身，還加上一點含蓄和少女的矜持，怪不得當年的大師都爭相用CC做女主角：像維斯康提的《氣蓋山河》（*The Leopard*）及 *Sandra*，費里尼的《八部半》。她的美麗 down to earth得來一點也不粗俗，高貴得來又完全是血肉之軀，這種女人往哪裏找？

不過CC最美麗動人的一套電影是她的成名作《天涯一美人》（*Girl with a Suitcase*），她的演技或許幼嫩，但她身上散發出的感性、靈性和人性是無可置疑的。

Jacques Perrin——如果天使真的存在，大概就是積‧比連的樣子吧。從來未見過男孩子可以這樣的晶瑩通透，清純得叫人不敢多望，還有那頭叫人目眩的金髮。在《天涯一美人》、在《柳媚花嬌》（*The Young Girls of Rochefort*），甚至在稍後的《火車謀殺案》（*The Sleeping Car Murder*）中，我們都有機會一睹他在黃金時代的標緻——他就像一件精緻的瓷器，美麗之餘又很fragile，單是時間已

經可以一下間把它弄碎！到了《大風暴》，他演那個專影相的記者時已經顯得憔悴，天使不再。

後來已很少看到他的影片，聽說他當了導演，後來在《星光伴我心》（*Cinema Paradiso*），他演男主角年老之後，但我不敢去看，怕見到他老去的樣子，多年後，他應該是老了。

Delphine Seyrig——Delphine Seyrig或許稱得上是全世界最elegant的女人的行列。還記得她在杜魯福《偷吻》（*Stolen Kisses*）中演那個鞋店老闆娘嗎？另外亞倫‧雷奈（Alain Resnais）的《去年在馬倫巴》（*Last Year in Marienbad*）、布紐爾（Luis Bunuel）的 *The Discreet Charm of the Bourgeoisie* 及約瑟‧盧西的《意馬心猿》(*Accident*)，她都充分地表現出她的charm。

在芸芸的女明星中，她老得很慢、很自然，多年不見她仍舊是那末的中年婦人，那末的迷人。不過她已在1990年逝世。

Catherine Deneuve——這位「世界第一美人」至今仍活躍於歐美兩地的影壇，算落已足足幾十年了，提起嘉芙蓮‧丹露我們不怎樣感慨，因為她一直都沒離開過我們，但我依然懷念她在布紐爾 *Tristana* 中非凡的表現。今日布紐爾已不在人世，像 *Tristana* 這般精彩的傑作，如今似乎再沒有人能拍得出了。

嘉芙蓮‧丹露是幸福的，起碼她拍過不少大師作品；另一位靚女Catherine Spaak，演過幾部二三流電影後就失了蹤，不知現在是否仍在影壇？

Françoise Dorléac——嘉芙蓮‧丹露早逝的姊姊，其實她只是一個minor的演員，美貌不及她妹妹，演技也不覺得如何出眾。在杜魯福的minor作《柔膚》（*The Soft Skin*），波蘭斯基（Roman Polanski）如今已被遺忘的荒謬電影 *Cul-de-Sac* 有份演出；此外，在Demy最醉人的作品《柳媚花嬌》和她妹妹丹露分飾姊妹花———個

紅髮，一個金髮，很有紀念性。

如果她在1967年沒有撞車喪生，今日又變成怎樣呢？

Alain Delon、Maurice Ronet、Lino Ventura——把他們三個人擺在一起是紀念兩部電影。Rene Clément在五十年代拍的《怒海沉屍》（*Purple Noon*），由亞倫‧狄龍和Maurice Ronet主演，及Robert Enrico在六十年代拍的影響香港文藝青年至深的《縱橫四海》（*The Adventurer*），由亞倫‧狄龍和Lino Ventura主演，兩部有關友情和愛情的浪漫唯美電影。

Joanna Shimkus——提她仍是為了紀念《縱橫四海》，她是女主角，稍後的 *Zita*，也是很minor但也是很精緻的小品。不過自從嫁了薛尼‧波達（Sidney Poitier）之後，也在銀幕消失了。

Brigitte Bardot——比起CC，BB的樣子及作風淫蕩得多了，但不表示她不可愛。她丈夫羅渣‧華汀導演的 *And God Created Woman*，替BB塑造了一個新女性性感形象，轟動全球，稍後她在路易‧馬盧的《私生活》（*A Very Private Affair*）、《瑪莉亞萬歲》（*Viva Maria!*）及高達的《春情金絲貓》（*Contempt*），皆是水準之作。

近年她絕跡影壇，專心鼓吹動物權益，加上她多年來累積的聲望，已成了法國的institution。

Jean-Paul Belmondo——法國另一個institution，從高達的《斷了氣》（*Breathless*）到稍後期雷奈的 *Stavisky*，他中間或許拍了很多垃圾片，但他始終沒有令人失望，依然是世上最富魅力的男人之一（當然在二十一世紀，貝蒙多不能再作如此形容了）。

Romy Schneider——記得她和亞倫‧狄龍主演的 *Christine*（《花落斷腸時》）嗎？在羅美‧史妮黛的黃金時期，她的公主形象曾經迷倒了整個歐洲，可惜她沒有拍過什麼特別出色令人難忘的作品，所以她在1982年意外身亡，竟沒有在銀幕遺下什麼刻骨銘心的時

刻，實在遺憾。

Anouk Aimée——雖然她在費里尼當年驚世之作《甜美生活》有份參與演出，雖然她在Demy的處女作 *Lola* 中有超凡的表現，但她真正引起人注意是1966年Lelouch的《男歡女愛》（*A Man and a Woman*），可惜當時她已經是稍覺over the hill，年齡的限制已不容許她再攀高峰。

《男歡女愛》的男主角Jean Louis Trintignant也是同樣情形。

《男歡女愛》除了紅了兩個主角之外，還紅了它的配樂人Francis Lai，記得他嗎？

Oskar Werner——香港人最熟悉他是在 《玉樓春曉》（*Interlude*）。原來奧斯卡‧華納在五十年代已開始拍戲，Ophuls的最後作品 *Lola Montes* 他也有戲份，當然他最迷倒人的是在《百怪圖》（*Ship of Fools*）中演醫生，和茜蒙‧薛奴烈（Simone Signoret）演對手戲。看完《百怪圖》，你會覺得《祖與占》裏面的他也有所不及。不過幾年光景他就變到又老又殘，有一次在電視看到他演片集，扮一個心理變態的人，真是不相信自己的眼睛，當年的美男子怎麼會恐怖成咁？

Terence Stamp——另一個恐怖人是泰倫士‧史丹，特別是當你看到他演的《蝴蝶春夢》（*The Collector*）、《女金剛勇鬥鑽石黨》、《冷暖情天》（*Far from the Madding Crowd*）之後，就更加不能接受現在的他———個又乾又瘦、滿面風霜的禿頭人。泰倫士‧史丹是六十年代英國一群新進男演員中最富歐陸色彩的一個，充滿著性感的性格，戲路和他相近的David Hemmings（*Blow-Up*）相比之下，就顯得膚淺了。可能是泰倫士‧史丹的邪氣太重，所以他始終未能大紅大紫，只在一部份影迷的腦海留下印象。

Alan Bates、Tom Courtenay、Albert Finney、David Warnar、

Peter O'Toole——六十年代英國影壇也曾經蓬勃一時，新人輩出，以上五位的代表作分別是《傻大姐偷情》（*Georgy Girl*）、*The Loneliness of the Long Distance Runner*、《風流劍客走天涯》（*Tom Jones*）、*Morgan* 及《沙漠梟雄》（*Lawrence of Arabia*）。他們五人均有一定的成就和地位，證明他們是有才華的實力派，不是靠一時的青春。

Julie Christie——六十年代的英國女星以茱莉·姬絲蒂最突出，她的美麗充滿著時代感，演技有深度，最重要是她有screen presence，但又絕少霸氣，從早期的《秋月春花未了情》（*Darling*）、《冷暖情天》、《齊瓦哥醫生》（*Doctor Zhivago*）到中期的 *Don't Look Now* 以至華倫·比提（Warren Beatty）時期，她或許逐漸蒼老，但她的美麗和grace從沒有令我們失望。

Rita Tushingham——這隻醜小鴨在東尼·李察信（Tony Richardson）的《甜言蜜語》（*A Taste of Honey*）、李察·黎斯特（Richard Lester）的《色情男女》（*The Knack...and How to Get It*），甚至出場了一陣子的《齊瓦哥醫生》都相當惹人注目。其中一個原因恐怕是她奇特的面孔，但當茱莉·姬絲蒂的境界不斷提升，烈達·杜仙咸已被人遺忘，也許這就是美麗和醜陋的不公平之處吧。

Vanessa Redgrave——雲妮莎不怎樣令我們聯想起六十年代，也許她是永恆的，她的《春光乍洩》和 *Morgan* 都顯不出她後期的神采，直至《一代舞后》（*Isadora*）她才開始發揮她的光芒，當然，她後來在 *Julia* 的超凡境界，其中有幾場戲散發的氣質，真可以大膽說句是後無來者了。

Stéphane Audran——查布洛（Claude Chabrol）在1968至1975年間創作最旺盛的階段，幾乎沒有一部作品不是由他的妻子Stéphane

Audran主演，而其中很多部都已成了minor classics。在這堆電影中，Audran給我印象最深刻的是《屠夫》（*Le Boucher*），在她木然的表情後面，我們可以看出是隱藏著很多人類的美德；她較後期的*Barbette's Feast*也不容錯過。

Michel Piccoli──演過無數法國片，永遠的法國中年男人，又是一個minor institution。

Jean-Pierre Léaud、Pierre Clementi──兩個獨特的小生：前者神經質，後者污穢；兩個都不怎討人歡喜，真不明白為什麼他們都會紅過一陣子。Léaud是杜魯福的愛將，演過他的「安坦五部曲」、《戲中戲》（*Day for Night*）等，又演過多部高達導演的電影，冇得講。但Pierre Clementi居然也演過不少大師作品，包括布紐爾和柏索里尼（Pier Paolo Pasolini），是他行運乎？

Jeanne Moreau── 一個朋友說Monica Vitti的空虛充滿著靈性，但珍·摩露的空虛則純粹是horny！

這句說話也許是過火些，但也並非全無根據。不過珍·摩露也曾經有過較正經、較輝煌的時期，而不是像在《水手奎維爾》（*Querelle*）中只是一個笑話。和她合作過的大師不勝枚舉，像杜魯福的《祖與占》、《奪命佳人》（*The Bride Wore Black*），馬盧的*The Lovers*、《瑪莉亞萬歲》，盧西的*Eva*、東尼·李察信的《慾燄怒火》（*Summer Fire*）及安東尼奧尼的《夜》等等，照計她應該是很prestigeous的，像茜蒙·薛奴烈，一個多偉大的演員，多受人尊重，為什麼珍·摩露成六十歲時還要演些性飢渴婦人，晚節不保？

Melina Mercouri──又一個重量級女星，她丈夫祖路·戴辛（Jules Dassin）導演的《痴漢淫娃》（*Never on Sunday*）、《朱門蕩母》（*Phaedra*）都經不起時間的考驗，全屬作狀藝術片，反而純娛樂的《通天大盜》（*Topkapi*）還來得更有趣味性，她在片中沙啞

放蕩的笑聲，令人永遠留下深刻印象。

花瓶

對以下的名字有沒有印象：安妮達‧愛寶（Anita Ekberg）、嘉寶仙（Capucine）、珍娜‧羅露寶烈吉妲（Gina Lollobrigida）、Daliah Lavi、雲娜麗莎、施華‧歌仙娜（Sylva Koscina）、仙達‧寶嘉（Senta Berger）、愛姬‧森瑪（Elke Sommer）、Rosanna Schiaffino……

她們都是一度紅過的歐陸艷星，雖然沒有真正演過什麼出色的影片，但對六十年代也作過一番的點綴，提起這些名字，是向她們致敬。

Jean-Claude Brialy、Jean Sorel──記得上面兩個名字的人恐怕不多了。他們都曾經是英俊小生，Jean-Claude Brialy演過不少法國新潮派電影，他高瘦修長、風度翩翩，典型的法國中產階級公子哥兒；Jean Sorel更靚到有點像gigolo，但比亞倫‧狄龍還欠性格。他們兩人的電影事業都沒有太輝煌的成就，但正如上面提及的眾花瓶，他們或許不再重要，他們或許已遭淘汰，但他們都曾經點亮過我們的成長期，再次提及這些被遺忘的，給他們due recognition，才正是我寫這篇東西的最終目的。

Anna Karina──最後怎能不提高達早年的愛將安娜‧卡蓮娜！她從來不作高深狀，但卻迷倒了無數的文藝青年、知識份子，最近時裝品牌Agnès b那個「Bande à Part」時裝系列就是以她作為靈感，向她致敬。

六十年代最令人心醉的她，不知又變成怎樣了？

〈從Eva Green回歸到Françoise Hardy〉這篇文多少令我回想起少年時代的偶像，跟著的一篇舊文 *All Those Charming Faces* 正好是向這些早已老去，消失了或再沒有多少人會記得的偶像致敬。

每一個年代都有著那個年代具代表性的偶像和icons，當年那群面孔也不一定比現時的優秀，不過 *All Those Charming Faces* 一文提到的面孔，大部份都並非當年最紅最主流的面孔，這是我很個人化的偏愛和選擇，可以說是我的一本私相簿。

我總覺得小眾永遠是更可愛和珍貴的，活在廿一世紀當下的你們，可有替自己發掘一些較小眾、較另類的偶像嗎？我確是很有興趣知道現時你們的選擇。

20/

**Elaine Stritch/
Brandon De Wilde**

2 0 0 8 年 1 月

這兩個毫不相干的名字怎會扯在一起？

緣起自籌備這本書期間，編輯收集了很多我的舊文，其中不少我早已忘記自己曾經寫過，像〈Salute，永遠不長大的孩子〉，我寫的是在1972年因車禍逝世時才年僅三十歲的美國演員Brandon De Wilde。

當時雜誌的專題是電影中的男性，不知怎的我腦海就浮現出沒有什麼人認識，或記得，以演童角盛名的Brandon De Wilde。

但世事往往很奇妙，最近我看了一隻DVD，是女演員Elaine Stritch在百老匯演出一個很成功的 *One Woman Show*（DVD收錄的是她在倫敦演出時的版本），相信也沒有多少人會知道Elaine Stritch是誰，簡單交代，她曾經演過不少話劇、音樂劇，也拍過一些電影，雖然不算很出名，但卻受到同業的尊敬和推崇，其中最著名是在1970年間演出百老匯殿堂級大師Stephen Sondheim作曲兼作詞的 *Company* 〔Tim Burton導演的《魔街理髮師》（*Sweeney Todd*）原劇的作曲作詞，就是此人〕。Elaine Stritch在劇中不算是主角，但她唱出了全劇最諧謔，亦已成為

經典的 *The Ladies Who Lunch*＊。

　　如今她已是個過八十歲的老婆婆了，但她一個人在台上，兩個多小時又唱又講，依然精力充沛，風采懾人，怪不得那個show得到很高的評價，兼且出了DVD。

　　在尾聲時，她講了一則劇壇逸事：在上世紀中葉，名作家Carson McCullers的小說 *The Member of the Wedding* 搬上百老匯，當時的演員包括Julie Harris和當年才八歲的Brandon De Wilde。首演那晚，眾演員都很緊張，大家都把自己關在私人化妝間內，可能是想培養情緒，或給自己一點演出前的寧靜，到快要開幕時，舞台監督大聲呼叫眾演員就位，而小小的Brandon De Wilde已急不及待馬上衝出自己的化妝間，跳蹦蹦到處跑，用力敲其他演員的門，興奮地叫嚷不停，提醒大家：「It's time! It's time!」。

　　講到Brandon De Wilde在差不多六十年前那晚那份雀躍，Elaine Stritch若有所悟地搖頭讚歎：「Jesus！What an attitude！——And I'm still working on it.」

　　跟著她看看腕錶，然後向著觀眾示意，帶出全晚最後一句對白：「Yes, It's time.」

　　她的個人show到此也就完結了。

　　Elaine Stritch在她整個show完結之前，在最後才憶述這則她沒有經歷過，可能只是聽回來，似乎與她本人全無關係的封塵往事，我覺得絕對不是意外或巧合，肯定是有些東西在這個小小的故事中對她影響至深，或對她有所啟發。

　　除了「It's time」那個pun之外，我相信她確是被Brandon De Wilde對表演事業那股熱切期待所感染，即使已八十歲了，她仍孜孜不倦，要以那位八歲的小演員為榜樣，以他那股沒有保留的passion作為目標。

不過我更相信，她一定也是由衷的喜歡Brandon De Wilde，所以她在一生人只有一次的 *One Woman Show* 落幕前，向這位從不怎樣出名的演員作出誠心的致意。

原來在這世界上，我們或許是極少數，但如果有緣的話，無論在遠或近，或遲或早，我們還是有機會聯繫上的。

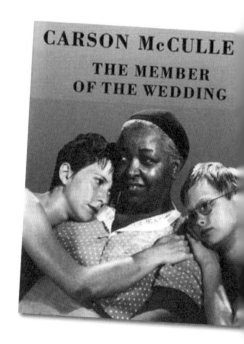

* 在 Youtube 可以看到不同版本的演出，包括Elaine Stritch的版本在內。

21/

我看Gay戲
1997年6月

我個人對gay電影、話劇，特別是本地製作那些，一向都沒有好感。正如張叔平說，香港那些gay製作，絕大部份是掛羊頭賣狗肉。Gay人自己在exploit gay，利用兩個男人接接吻，找個靚身材博出位的脫脫上身去賺取gay鈔票，這樣與何藩拍女人胴體給麻甩佬觀賞有何分別？

不過又不得不說，榮念曾、「進念」搞的那些算稍為好些，起碼他們不只是搬字過紙弄個男裝版肥皂劇，而能把gay的元素分拆，去抽象化、形式化、符號化、疏離化，總算有點藝術層次，不似其他渾水摸魚的，搬出從「進念」處仿來的幾下伎倆，企圖封住對戲劇閱歷較淺的觀眾把口。這些所謂前衛如何粗枝大葉、草率成軍暫且不提，最要命是他們的態度上、精神上其實和電視的婆媽戲、通俗劇同樣婆媽、低俗。

為什麼以同性戀為題材的電影和話劇，鮮有深刻的作品？而最諷刺的是，較似樣的《春光乍洩》，編導竟是由異性戀者去包辦？

最明顯的例子是白先勇，他在《孽子》前的著作，像《謫仙記》或《台北人》系列，絕大部份都是較高水準的文學作品。每一篇都流露出一股難以言喻的無奈與悲情，但一到直接描寫同性戀的《孽子》，就像個

洩了氣的球,藝術境界無法與之前的作品相比。

多年前我有一位華仁校友,成立一間叫「華生」的出版社,宗旨好像是要專門出版華人同性戀書籍,他寄了多本給我,可能是希望我在媒體上推介。那些書的設計和排版皆具心思,內容我大約翻過,總覺得這些小說、故事的作者都太自我中心,將個人的痛苦、不幸、得失看得太重,缺乏客觀、深度,無力將個人的感歎提升至人類共通之哀愁。

反觀以前的同性戀作者,像田納西‧威廉士(Tennessee Williams),把他的同性戀情意結,投射在他劇本裏的女性角色,寫下了一連串不朽的劇作。還有那些驚心動魄、扣人心弦的對白,像那句經典的「Whoever you are, I have always depended on the kindness of strangers」;及傳世的女主角,像《慾望號街車》(*A Streetcar Named Desire*)的白蘭茲、《夏日煙雲》(*Summer and Smoke*)的愛瑪、《豪門巧婦》(*Cat on a Hot Tin Roof*)的瑪姬、《愛君風流》(*Sweet Bird of Youth*)的亞歷山打——她們每一位都有著無可比擬的悲劇性及震撼性。

相對之下,近年擺明車馬的同性戀電影戲劇,香港的不用提,就說外國aids或gay戲,與田納西‧威廉士近乎「詩」的境界,相距實在太遠了,是什麼原因?

我想,很多時偉大的作品都是在痛苦中孕育出來的,現今的同性戀作者在思想開放自由的藝術文化界,無論在生活上或作品中都再無必要隱瞞自己的性取向,不似他們的前輩所處的那個封閉、保守的年代,不得不將自己的思維、壓抑、慾念、苦悶,進行「藝術加工」,以暗示、象徵、隱喻種種手法,投射在字裏行間,因而有一種朦朧的魅力,擦出藝術的光輝。

現在的同性戀作品,一切都來得那麼直接,也因而少了那份餘

韻和曖昧。現在這些作者無法
感受到他們前輩所受到的壓
力，這是他們幸運一面，同時
不幸地，他們亦無法寫出他們
前輩作品那份深刻的悲情。

最近在地鐵看到即將又再重演的話劇《孿到爆》的燈箱廣告，焦點是男主角塗上面膜的硬照。

唉，面膜，面膜，又是面膜！用面膜去營造一個喜劇／搞笑的視覺效果，從荷里活上世紀三十年代，到多年前楊凡作品《祝福》裏面的鄭裕玲，以至現時這部話劇，依然樂此不疲在recycle，我不禁懷疑今次這班創作人的想像力和創意是貧乏到哪一個地步？

《孿到爆》是一部以「gay」為題材的舞台演出，而gay男塗面膜不早已是一般人心目中的「想當然」？是cliché中的cliché？用此陳腔濫調去做主打宣傳，我想的是：買票看是否浪費時間？政治正確與否倒是次要了。

其實我在劇團仍未有資金落地鐵廣告時,已看了它的初演，真的是很不錯的小品，絕不止「塗面膜」水平。也許今次投資了這樣大的宣傳費（相對於一個小劇團來說），就不能再冒險，一定要抓到最多觀眾；而「最多」通常不就等同「最低」？每個人每件事說到底都有其苦衷，也許我還是要學習多些體恤，多些包容。

古老／過時的前衛／現代真是很難
頂。

記得現代舞鼻祖Martha Graham仍在生
時，在八十年代曾親身率領她的舞蹈團來港
演出，是當年本地文化界一大盛事。其實
Martha Graham是一個深諳包裝之道的人，
她很多名作都是在四五十年代編成，但後來
重演時，她總會找來一些當時得令的時裝
設計師替她重新設計服裝，以求令人耳目一
新。但那次演出，即使當中包括了一些她的
經典作品，都令我大感失望，甚至有點替她
難為情，二十世紀舞壇巨人，這就是了？

她著名，可以說是由她始創的Graham
technique——那些扭曲，絕不是傳統式優美
的肢體動作處處可見，但已了無新意，整體
上，無論概念、staging、燈光，都只是給我
過時的感覺，「現代」是不是比那些「傳
統」、「保守」的作品更難經得起時間的考
驗？

又像2008年香港藝術節林兆華戲劇工作
室演易卜生的《建築大師》就看到我慒慒欲
睡。

易卜生對戲劇最大的貢獻是把寫實主
義帶到劇場，也是他的強項，他的傳世作
如《傀儡家庭》、《群鬼》、Hedda Gabler
及前一兩年麥秋他們演出的《野鴨》莫不

22/

古 老 的 「現代」
和無謂的「深層
意義」
2 0 0 8 年 4 月

如是，這部《建築大師》是他老年另闢蹊徑之作，用了大量象徵和較抽象的元素，對當時的易卜生及那個年代可能是嶄新的嘗試，但這種「現代」，到了今時今日已是很過時，相比起其後出現的「現代」／「前衛」作品也顯得格外粗糙、雛形，甚至幼稚，而導演林兆華的手法也是一種我只能説是相當古老及過時的「現代」，而世界上沒有什麼比古老／過時的「現代」更可怕，今次劇本和導演手法皆犯了同樣毛病，對觀眾（起碼對我）來説，是加倍的懲罰了，所以無論主角濮存昕如何有著個人風采，也無補於事，女主角陶虹以一個「婦人」的外形去演一個少女，亦是加重刑罰的另一主因。

反觀榮念曾的《西遊荒山淚》（這年藝術節另一個演出），雖然了無新意，但他的「現代」起碼不會過時，不會有那種「古老現代」所帶來渾身不舒服的感覺。

榮念曾作品的視覺、音響之精緻，及其佈局（我指也是視覺上和音響上）之緊密，從不令人失望，但為什麼他和他的集團如進念、林奕華……總愛附加一些無謂的、似是而非的「深層意識」？老實説，我不覺得榮對今回的主角程硯秋有什麼深刻或特別的感覺，可能湊巧今年是程逝世五十周年，於是正好成為最佳的借口拿他做點子，而説穿了也不過是榮把程當是一隻棋子，讓榮繼續表現多一次他一貫風格的variation。

如果榮覺得Glenn Gould某首演奏，Billie Holiday某首歌曲剛巧配合到現場的氣氛，用它做配樂絕無問題，但為什麼在字幕／場刊中生硬強行擠出程與這些人的一些「形而上」或抽象的關係和玄機？

我敢説在歷史上，他們三人互不受影響，起碼應該沒有任何記載或資料顯視程曾接觸過Gould及Holiday的作品，更不用説受其影響了。現時字幕顯示程歐遊那一年Glenn Gould出世，而他成名的五十

年代程去世，這就是他倆的關係嗎？Billie Holiday灌錄她晚期作品那段時間程去世，這又代表著他倆有著千絲萬縷的關係，非要在字幕上打出來不可？而Leni Riefenstahl那部宣揚納粹主義的經典Triumph of the Will影響了中國的「文革」，這又要算在「文革」前早已逝世的程硯秋身上？

請不要再拋出這些似是而絕非的什麼深層結構或意念了，但不經不覺原來他拋了，大大話話也有幾十年了。

不過，經過了幾十年，我仍會自動自覺去買票看他又有什麼搞作，我想也一定有著某些「對」的地方吧。

23/

走 向 平 庸

—— 是 《 孔 雀 》 的
主題，《長恨歌》的成績
2 0 0 5 年 7 月

《孔雀》裏沒有奇蹟，沒有神話

在柏林影展得大獎的中國電影《孔雀》，驟眼看，好像沒有什麼「睇頭」。

它的結構基本上是分成三段，每段以片中三個主要角色——姊姊、哥哥、弟弟其中一人為重心，點點滴滴，零碎地勾劃一個內地平凡小家庭由1977年（剛好改革開放開始）伸延到八十年代的變遷。

是不是有點似曾相識的感覺？起碼聽落我就覺得了無新意。但始終因為它得獎，崇尚名牌的我也就多了份看下去的動力。

電影的第一章以姊姊為重心，看落感覺得「還可以」，仍在少女階段的女主角內心充滿著浪漫和激情，一天她在野外看到一團傘兵練習，幾十人一下子從天而降，剛好降落在她跟前的是一個英偉的年輕軍官，令她心儀了，於是她毅然跑去報名從軍。是她嚮往當傘兵的浪漫，抑或只是想接近那位軍官？

前些日子我剛看過關錦鵬的新作《長恨歌》的影碟，印象猶深，於是我不自覺地預計《孔雀》的作者會替這位看似敢愛敢做的女主角安排不凡的遭遇，就如《長恨歌》的女主角王琦瑤，一生充滿高低起伏，有如過山車。因而同時我亦開始有點認同《長恨歌》的編劇楊智深對《孔雀》的評語，他的

意思大概是説片子不是拍得不好，但為什麼還要拍這類電影？

看了《孔雀》的頭十五分鐘，我也以為楊智深説對了，我很自然地把它歸納為那類懷舊，家庭倫理，可能還會加點勵志的言情小説式電影。

再看下去，我漸漸覺得有點和我當初的想當然不同，女主角並沒有被軍隊取錄（我仍在猜編導再要折磨她多少時間才讓她與那個軍官重遇？），對她來説應該是一個很大的打擊。她把自己關在房間裏，居然自己縫製了一個降落傘，把它掛在單車背後，然後駕著單車在鬧市奔馳，車後的降落傘也就張起來……我直至看到影片的結尾才猛然發覺這一場戲原來就是女主角一生人最浪漫最激情的時刻，之後她有一段雖然差強人意，但滿以為總會開花結果的戀情也無疾而終。影片第一章的結尾，她終於嫁了，而對方竟是一個極為平凡乏味絕不會惹起人浪漫憧憬的木訥司機。她下嫁唯一的附帶條件是要他向領導説項，幫她轉一份較好的工作。

平庸枯燥的人生

接著下來是以哥哥、弟弟為主力的兩個片段。原來《孔雀》裏面幾個主角都沒有什麼轟烈的遭遇，也沒有經歷過什麼刻骨銘心的戀愛。身形極為肥胖、有點弱智的哥哥，擁有的固然是一段平凡到極的人生，更令我感到意外，甚至有點不服氣是那個弟弟，選角是編導刻意找來一個清秀、纖弱，好像有著一股敏感、感性氣質的男生，影片的前半部他一直都默默地支持他的姊姊，對父母給他的差遣也從無異議，我總一廂情願以為他最終可能得以擺脱平凡，衝出家庭／父母的束縛，放眼世界，闖出他的新天地，找到他豐盛的人生，像費里尼的 *Vitelloni*，像 *Billy Elliot*。

然而滿以為是可愛的弟弟，原來只是一個美麗的誤會，慢慢

我們才發覺他其實也不怎樣可愛。他以哥哥的弱智被他同學取笑為恥，甚至嘗試用老鼠藥毒死他，後來他被父親無理逐出家門，但是不是因此就闖出他的新天地呢？我相信他離家之後的際遇，未必轟烈，但一定富戲劇性，不過編導對他那一段日子是怎麼模樣沒有交代。

若干年後，姊姊已離了婚，搬返回娘家住。一天，一聲不響，弟弟也突然回來了，並帶同一個看來年紀比他大的女人，還有那個女人的小兒子。

弟弟那幾年的空白究竟是怎樣已不再重要，一切已打回原形，他們一家人又再次和以往一樣蹲在走廊吃飯。

以前有著清純氣質的弟弟已變成一個終日戴住太陽墨鏡、煙不離手、低俗的男人，靠吃軟飯混日子，帶著老婆的孩子在街邊和些老頭下棋，做做飯，喝喝酒。

原來《孔雀》要表達的是沒有奇蹟，沒有神話，沒有勵志的人生，是空洞、乏味、瑣碎、不圓滿、懷著失望、遺憾、唏噓的人生。

影片的結尾，他們姊弟倆往市場買菜。在街上，女主角終於見回多年前令她心動的跳傘軍官，然而生活、時間已把他以前的英姿勃發徹底磨平，在我們眼前的只是一個蓄起匹不三不四小鬍子，擔住根快要燒完的香煙，帶著個孩子，等老婆在店內買完東西出來的猥瑣小男人。女主角走近他，表面上好像是在開玩笑，說她曾經深愛過他。那男人一臉茫然，他早已記不起這個好像有點神經失常的婦人是誰了。

接著全片最令我動容，最有震撼力的一場，女主角蹲在街角，一邊洗菜，一邊忍不住放聲嚎哭起來！那是石破天驚，無法停下來的哭！我想她的哭對我來說，已不只是為她自己的命運而哭，而是

為天下間沒有嘗過真正的愛情的人而哭，為從來沒有實現過自己夢想的人而哭，為那些平庸、枯燥，幾乎是沒有意義的人生而哭。

《孔雀》讓我感受到什麼都沒有發生的人生的悲哀，影片結尾點題我們看到劇中那一家大小逛動物園，停在孔雀籠外等看牠開屏。孔雀終於確是開屏了，但在牠開屏之前那家人已走開去了別處。

他們到最終還是沒有機會看到了孔雀開屏那一剎那的光輝和燦爛。

感覺不到《長恨歌》的呼吸

相比之下，《長恨歌》的情節就一浪接一浪。它的女主角王琦瑤解放前在上海選上「上海小姐」，和國民黨高官同居，經歷過特務式的追殺，解放後她又搭上一個英俊不凡的紗廠少東，替他生了個女兒，然後捱過「文革」，到改革開放之後，她仍有足夠的姿色令一個年輕小子迷上，而這幾十年，她身邊還一直有一個在暗戀她的人……這還不是典型melodrama言情小說的情節？

在三個不同時代的三段愛情，給張叔平一次大顯身手，盡情發揮的機會，營造璀璨的場面，耀目的服飾，繽紛的視覺效果，來個天翻地覆，可謂極盡視聽之娛（片中好幾段配樂都是他挑選的）。這一切也只能在電影中找到，現實生活應該不會如此多姿多彩吧！就是這一點，我們也應該好好感謝電影了。

不是拍得不夠流暢，不是故事講得不夠通順，我總覺得整部戲只是徒具外觀的一個真空，不要說感動，或有什麼啟發，我甚至感覺不到它的呼吸。經過了這些年，我總期待關錦鵬給我們多一些個人風格，除了「女人電影」如此籠統的稱號。

電影藝術的包容性很強，melodrama也可以成為傑作，可以

傳世。暫且不去提擅拍melodrama的殿堂級大師Max Ophuls了，像法斯賓達的很多作品，Almodovar的所有作品，不也都是用上melodrama這個模式？但從他們的作品我們能感受到作者的世界觀，他們的電影美學觀。像Max Ophuls，他每一部電影都像是獻給Gay Nineties* 的輓歌，但每次的變奏都不曾令我們失望過。

Max Ophuls最後一部作品 *Lola Montès* 在1955年首演時給電影公司刪剪了三十分鐘，票房慘淡，劣評如潮，但歷史自有公論，如今大部份的電影學者、影評人都奉它為經典傑作。

《長恨歌》上映時，我相信在大中華它會得到客套、禮貌式的嘉許，但它能經得起時間的考驗嗎？它最終會被歷史淘汰、遺忘嗎？

至少我是如此相信。

---

* 也許有些讀者會覺得我這個註釋有點多此一舉，但相信我，大部份的讀者都不會知道Gay Nineties是什麼，一見到個「Gay」字，就當與同性戀有關。Gay Nineties是指十九世紀後期，歐洲大都會如巴黎、維也納的紙醉金迷，糜爛／優雅（視乎你的觀點角度）的生活。

「複雜」的美學
—— 榮耀歸於輩俐
2 0 0 5 年 6 月

找到 *Eros*（《愛神》）影碟，急不及待就看了王家衛導演的部份《手》，感覺相當好。前些日子《時代周刊》將它比作莫泊桑的短篇小說，真是很恰當，短短的篇幅，起承轉合都有了。十九世紀／二十世紀初期的短篇小說，通常都愛借用一件物件去串連整個故事，本片也就是用上了「手」這個意象。

這部《手》是王家衛罕有的結構上頗為完整的作品，感覺上它起碼好像有個劇本作為依據，不似他以前的電影那般飄忽。我問張叔平今次是不是真的有一個已寫好的劇本，張叔平說不是，情況和以前並無大分別，現場即興的比例仍很重，亦同樣花費很多菲林去拍攝劇情發展所帶出各種不同的可能性，最終亦同樣是從無數菲林挑選剪輯成現時這個樣子。但我想也許是片子的長度有限的關係，始終不可能無了期的去得太遙遠，稍有束縛，影片也就變得紮實了。

有一點很有趣，有人稱《花樣年華》、《2046》和《手》是王家衛的旗袍三部曲，而令外國觀眾驚艷的旗袍是在怎樣的環境下縫製成？這部終極曲就來個揭曉，給我們看到五、六十年代香港的裁縫工場，看到那簡陋的環境，看到那些師傅在昏暗的燈火下一針一線在趕工，看到華麗衣服背後的心血。

是不是張叔平在他不自覺中，對這群早已不復存在的無名工匠作出一次敬禮？儘管這致敬，正如張叔平一貫的作風，是那麼的含蓄，輕描淡寫，看似無情。

寫到這裏，對不起我又要叉開來，我想說：若要求情感泛濫，「進念」才是你的選擇。我記得他們的《戀人絮語》最後十多二十分鐘（或不止），用音樂影像向愛情作一次獻禮？歌頌？肯定？擁抱？但那些音樂影像之咄咄逼人，已差不多成為噪音，有如一個瘋婦在大叫大嚷，或有如在強行洗腦。對愛情「歌頌」得如斯竭斯底里，我也不得不寫個「服」字了。

返回《手》，其實我最想寫是女主角鞏俐，她又一次顯示了作為殿堂級女演員的實力和魅力，她在上一部王家衛作品《2046》演一個女賭徒，牛刀小試，亮相了幾分鐘，已令人刮目相看，比起梁朝偉在《阿飛正傳》不遑多讓。

《2046》

《2046》誰演得最好？一般「大路」的評論，當然是梁朝偉和章子怡，他倆佔戲最多，也演得確是令人稱許，但那種「好」又真是很「大路」的「好」，所以另類一些的評論，可能會選擇王菲，她的角色和演繹方式承襲了《重慶森林》那種帶點神經質的性格，加上她自己一貫的灑脫，也委實有她吸引之處。不過如果再刁鑽些，我又不得不提到佔戲較少的木村拓哉、劉嘉玲和鞏俐。至於張震，對不起，他的戲份真的太少了，少到差不多等於冇，即使那滴眼淚也起不到作用。

正如我說，上述三個演員都沒有得到導演太多的著墨去刻劃他們的個性，只好各師各法自行出位，於是他們三個人各用自己的理解、自己的方式，盡量將本來相當lackluster，面目模糊的角色進行

「複雜」化，企圖化平面為立體，無中生有，強行給予角色原本沒有的深度。

像木村拓哉，相信他真的不清楚導演想要他表現些什麼，於是每一場他都惟有用上極intense的眼神，好像有很多隱藏的信息要傳達給我們，加上我們聽不懂的日語在發音上，好像比梁朝偉的廣東話來得更「高雅」，更富詩意，因而令到我們加倍珍惜有他出現的每一場戲。

劉嘉玲今次也很努力將她少少的戲份自行增值，但我沒法不指出，劉嘉玲的長處，從來不是在「複雜」——她絕對不是歸於「複雜」派的門下，像她在《阿飛正傳》裏面的Mimi／Lulu，有血有肉，感情是激發得那麼直接，才令人印象難忘。我記得在片中張學友第一次見到她時的驚艷；他問劉嘉玲是做什麼職業，劉嘉玲叫他把原子粒收音機正在播放的夏威夷音樂聲量放大，然後她隨著音樂扭動身軀，擺出幾下婀娜的舞姿，把張學友看到癡迷，然後張戲說他看不明，叫她可否再跳一次……那場戲是我看電影以來，最美妙、最浪漫的時刻之一。可惜《阿飛正傳》亦同時有著不少沙石，最大敗筆是潘迪華這個母親的角色（當然錯不在潘）。如果我們想深一層，《阿飛正傳》五個主要角色，都是孤獨的個體，在片中我們看不到他們其他的朋友和親屬，唯獨是多了潘迪華這個母親，大大破壞了影片在結構上的工整。

片中還有相當糟糕一場戲，是劉嘉玲往潘迪華家中找張國榮不遂，在劉嘉玲離開後，忽然在房中走出一個類似菲籍的小白臉，從背後緊緊摟著潘迪華，然後潘迪華就相應作出一個看似複雜，想真其實是很「行貨」的表情——就是帶點無奈，帶點痛苦，加上些少哀傷和唏噓，當然又少不了添些飢渴，和身不由己的自責。這個場面加上這個表情，本來沒有什麼問題，如果出現在楊凡的電影，我完

全接受，絕無異議，但對王家衛我的要求是高很多，我相信他應該有更多的才情，更豐富的想像力去營造更具創意的場面，如今拍出這般水平，我是不收貨的。

對不起又一次要返回，今次返回劉嘉玲。在《2046》她的戲份少到無法發展成一個血肉女人，只好把心一橫向「複雜」進軍，但無論她扮到怎樣心事重重，欲言又止，我始終無法感受到她的內心怎會複雜到拒絕承認自己叫Mimi / Lulu，然後她又為什麼好像要強忍著眼淚，硬要梁朝偉講多些Mimi / Lulu的往事給她聽。不過劉嘉玲用「表面」去演繹「複雜」，誤打誤撞，她的努力居然也有著意想不到的娛樂效應。

相比之下，鞏俐在《2046》佔戲那幾分鐘的表現，可以說是一次示範作，替「複雜」下了決定性的定義。

張叔平給她的造型：黑旗袍、黑手套，還有那隻蜘蛛形狀的耳環，其實是相當camp，試想，如果李香琴穿成這樣對著梁朝偉揭啤牌，會有怎樣的效果？其實蜘蛛耳環在近代華語文藝史，也不是張叔平首先採用，白先勇早在六十年代寫的中篇小說《謫仙記》，其中一段講女主角李彤在紐約一間夜總會跳舞，不就是戴著一隻蜘蛛形狀的耳環（抑或心口針？），跳舞時還跳到跌甩落地！刻意描寫這種耳環，又是不是六十年代時白先勇一次Freudian slip？

但看著鞏俐這身打扮，很意外，竟完全逗不到我笑，也沒有任何camp的快感。她望著梁朝偉揭牌時，或她翻出自己的牌時，她的神情是如此的滄桑、落寞、傷痛、fatal、怠倦，好像看透了、洞悉了一切，好像整個世界已沒有什麼事物可以再令她驚喜、興奮，那種絕望的感覺，直令我想起已故的法國女演員茜蒙．薛奴烈在電影《百怪圖》裏面演那個被放逐到孤島的伯爵夫人的角色。我不知道鞏俐在拍這幾場戲那幾個月（在王家衛的電影世界，我想幾分鐘的

戲，大概要用幾個月的時間去拍！），每天開工前她要作出怎樣的準備，才可以培養出這麼heavy duty，身心俱疲的情緒！

《手》

　　在新片《手》裏面，鞏俐將角色——一個從風光開始步向沒落的「交際花」，完全掌握在股掌中。一般演員接到這樣的角色，總會視為一次演技大挑戰，因而有很大的誘惑想表現得更出位，更具戲劇張力，但鞏俐今次反而又變得節制、收斂。我想可能上次《2046》她只有幾分鐘的時間，所以不得不將人類複雜無比的內心世界，和她畢生的功力壓縮，於是一個眼神足以交代出一生的遭遇。而今次《手》，她大約有三十分鐘的時間去發揮，她可以一步一步來，因此亦聰明地化「濃縮」為「精細」，一絲一毫，仔細去勾劃角色在外在和內在的變化。

　　且看那場她在沒有辦法下，要復出上班做舞女，打電話給個老客人叫他記住去捧場的單鏡頭，鏡頭大部份時間是對住她的頭的後面，看不到她的臉，只聽到她的聲音——從最初的裝作輕鬆，到慢慢發覺對方不怎樣熱衷，因而有點亂了陣腳，自信開始一步步被摧毀，但仍要竭力保持自己的尊嚴和氣度，所有細微的變化大都靠聲音去表達，是一次世界級的演出，她的名氣，確是名不虛傳。

　　在藝術的領域，應該沒有什麼規條去限制、跟隨，如果演技也是藝術的一門，那亦應該不可能是一成不變。像在《2046》中的極度複雜，以至《手》中的輕度複雜，一流的演員是要視乎每個情況，本能地作出最合適的演繹方法去配合。

　　於是，複雜或不複雜，那又確是個問題。

陳冠中的新書《我這一代香港人》裏面那篇〈愛富族社交語言——英文關鍵詞〉有提到「has-been」這個名詞，他的闡釋是：「曾經是個風頭人物，或曾經是時尚，但已過氣。」

踏上香格里拉旅程前遇上張樂樂

我和幾個朋友一早計劃好在9月份去雲南麗江和香格里拉旅遊，順便試試Banyan Tree在中國開業的第一間度假酒店，怎料出發前，在《明報》副刊看到一篇有關香格里拉的文章，高唱反調，令我在未出發已有點意興闌珊，不過最驚心動魄是見到這篇文作者的名字——張樂樂！一個久違了，恍如隔世的故人，我是不是見鬼！

在本地的文化界，張樂樂怎樣也算不上「曾經是個風頭人物」，但在這一界別的sub-division——副刊／週刊／才女界（如果這小組別的存在是成立的話），她又確是曾經有過一定的位置，我和她在很多年前也略算認識，後來聽説她嫁入豪門，移居外國，幸福到不得了，與香港的文化界，應早已劃上句號。怎想到多年後，一聲不響，竟在——呀，對了——她的組別——副刊中復出！我驚訝不已之餘，不禁又湧起一陣自憐和自卑，如果我説她在文藝界是個「has-been」，那麼我呢？Surely it takes one hell of a「has-been」to identify a fellow「has-been」，我自己今回可否逃得過「has-been」這個魔咒？

尤敏寶田明三部曲中的草笛光子

在《香港東京夏威夷》裏面的草笛光子，又是另一類的「has-been」。她演的是男主角寶田明在中學時的初戀情人，電影開始時已是很多年後，二人在夏威夷意外地重遇，那時候草笛光子已是一個失婚婦人，生活潦倒，要靠在酒吧兼職伴舞維生，而寶田明卻是個事業如日方中的跨國企業少東，剛結識了獲選為夏威夷小姐的尤敏，正準備展開大規模追求攻勢。和年輕貌美、天之驕女、萬千寵愛在一身的尤敏相比，草笛光子不算是「has-been」算什麼？

然而片中寶田明和草笛光子這條副線，不僅替片中的喜劇基調添多一層淡淡哀愁和傷感，因而令整部電影更具立體感，比起《香港之夜》和《香港之星》更有深度；當尤敏與寶田明這段編導計算編排得完美無瑕的天賜良緣，得到全世界的祝福和羨慕之際，仍有著草笛光子這段小插曲在背後輕輕提醒我們人生的無常，世事的種種不如意，叫我們更加替兩個主角的幸福倍感珍貴。

《香港東京夏威夷》另一有趣之處，是在電影中我們看到尤敏和草笛光子——寶田明一新一舊兩個戀人的交接，而在現實，寶田明和片中的第二男主角加山雄三——兩代風格迥然不同的型男的代表，在當年也正處於替換期，演寶田明弟弟的加山雄三的形象屬運動型——粗獷、短髮、古銅皮膚，穿夏威夷恤短褲，在遊艇彈結他唱歌，這個「少將」形象足足風靡了日本打後十幾年！加山雄三的冒起，正好預告了寶田明那種斯文靚仔時代的終結，他是時候要將青春偶像這把棒交出來了。

香港電影資料館在2005年10月份舉辦了「早期港日電影交流展」，讓我們終於再次看到尤敏與寶田明在1961至1963年合演的三部電影《香港之夜》、《香港之星》、《香港東京夏威夷》，對於一些零星落索的小眾圈子來說，實在是一個了結多年心願或心結的天大喜訊。相隔了四十多年，我們可以再重溫一次久違了溫馨旖旎的美夢，對當年在交通資訊、經濟條件尚未發達，差不多等同困在香港這塊小地方成長的我們來說，跨國旅遊、異地情緣，委實是既遙遠又朦朧的憧憬。而這三部電影，加上當年的娛樂版頭條差不多天天都報道尤敏與寶田明戀情的進展，又彷彿讓我覺得我們天真的夢想，即使不在自己，在別人身上也有實現的可能性。

尤敏寶田明這對至完美的跨國金童玉女組合，可以說是後無來者。1961年電懋與東寶合作第一部電影《香港之夜》在日本首映時，尤敏馬上受到旋風式的歡迎，她的巨型海報掛在銀座最搶眼、最繁盛的十字路口，風頭一時無兩，而寶田明，環顧當年港台的一線小生，有哪一個可以和他比？只有他穿上白西裝、白西褲、白皮鞋，竟是那麼的理所當然、自然，完全不會令人感到核突、老套、刻意！

所以這個小型影展的高潮，除了那三部差不多已成為絕響的電影外，應該是寶田明親臨參與在電影資料館放映室舉行的座談會。當天整個放映室密麻麻擠滿了觀眾，入不到場的大約還有一百人聚在場外看視像轉播。我環顧四周，大部份是上了年紀的女影迷，心裏湧出一陣莫明的親切感；雖然我們都是不相識，但我們是否曾經相遇過？譬如我們當中有幾多個在那個遠久的年代曾在仙樂戲院看《香港之夜》、百老匯戲院看《香港之星》、倫敦戲院看《香港東京夏威夷》？當年的影迷或有些已不在人世，或已移民他遷，剩下的有些早已忘記曾經做過的青春夢，有些已變成裴勇俊、阿Rain的

fans，有些根本沒有渠道得知今次寶田明來港。但總會有剩下的一小撮，有緣地、幸運地、奇蹟地不約而同又一次齊集在一起，向久違了的偶像致敬。

眼前的寶田明，七十多歲依然有著瀟灑的紳士風度，但我無法把這位長者和以前與尤敏合作的寶田明聯想在一起，但他又確是一個真實活生生的個體，和他面對面，聽他講以前拍戲的趣事，令我們無法不相信，一切都是真的，絕不是我們憑空幻想出來。他和尤敏確實曾經青春過，美麗過，出奇地匹配過。有影迷提問有關當年他和尤敏的戀愛傳聞，有人惋惜他們始終沒有在一起，更有人肉緊地抱怨為什麼他不加把勁，眼白白讓尤敏下嫁他人。但如果自私地去想，其實就正是因為結局的不圓滿，因為有著無法彌補的遺憾，才令到我們更加珍惜和緬懷他們留給影迷美好的回憶，而且我們更可以很自由地隨意用想像力寫出各人自己心目中最想看到的結局。

於是有別於凌波金漢、焦姣曾江，這些白頭到老的配偶，我們看著他們幸福，也看著他們老，美貌、魅力一點一滴地消失。

我們的腦海裏，尤敏寶田明永遠停留在1961至1963年，永遠青春，永遠浪漫，沒有無情的現實喚醒我們的美夢。

即使面對著2005年的寶田明，我們仍沒有醒來。

在《教我如何不想她》發現麥玲

買《教我如何不想她》的DVD，已是極小眾的活動，留意到片中的配角麥玲，應該是小眾中的小眾，小無可小了。

現在買到葛蘭婚後復出的第一部電影，彩色闊銀幕，歌舞連場的《教我如何不想她》（1963）珍貴得有如出土文物；她的《野玫瑰之戀》在各大小電影展上了又上，但《教我》則從未出現過，葛蘭本人對她當年這部「復出」之作一直不置好評，很多時都好像不欲多提，她說自己那時候的聲線不在狀態，其實不在狀態又何止聲線，她在《曼波女郎》（1957）的活力、神采去了哪裏？可能她停拍了兩年戲，生疏了，需要多一些時間去作心理調節，找出定位，尋回自信。這些在《教我》都做不到，要到她下一部電影，亦即是她從影最後一部作品《啼笑姻緣》，才回復到昔日的光芒，甚至更上一層樓。

《教我如何不想她》最失敗之處可能是它太謹慎了，不敢得失任何一方，結果處處不討好。這次葛蘭技癢復出，公司上下都好像下定決心只許成功，不許失敗。太保險結果變得過份保守，不敢兵行險著就只有淪為平凡，結果劇本老套，脫離現實。葛蘭的角色塑造到過份完美，反而愈令人感到是尷尬的恭維。1957年的曼波女郎在63年面對扭腰舞、拍青加（Pachanga），確是顯得格格不入了，勉強緊貼時代步伐走，跳起來也只得個貌合神離。而服部良一這位日本流行曲大師負責的音樂又何嘗不是？他之前在《野玫瑰之戀》裏面的幾首歌，無論是改編古典歌劇，抑或創作，首首都各具特色，都是編排得神采飛揚的示範

作，而葛蘭的「瞓身」演繹亦將每一首歌都唱「活」起來。

《教我》全片有二十幾首歌，但差不多聽後都全無印象，亦感受不到主唱者的投入，唯一的例外是它的主打歌 *Muchacha*，音樂上它是一首悅耳、生動、俏皮的出色作品，可惜它出現的timing全錯——在扭腰舞、拍青加、薯仔舞風行的年代，在A-go-go、Beatles快將來臨的風滿樓前夕，*Muchacha* 的Cha Cha節奏又確實顯得不合時宜了。

在可看和可聽性都不高的情況下，眼睛只有在銀幕較隱蔽的地方搜索，然後就發現到麥玲。

在五十年代麥玲是一間叫亞洲的電影公司力捧的當家花旦，後來亞洲倒閉，麥玲便投靠到電懋，充當配角，減輕蘇鳳作為「永遠女配角」的負荷，在丁皓主演的《體育皇后》，我們便見到麥玲飾演她的同學。

到了1963年，麥玲絕對可以被稱之為「has-been」，差不多走到山窮水盡了，但她依然美麗，甚至有著那個年代罕見的西方、蘇珊．貝茜式的美。當葛蘭在銀幕中央落力大唱大跳時，在後面角落不慌不忙伴舞的麥玲，依然有著她的風範。然而到了2005年，對於不知世上曾經有過電懋公司的年輕一代，麥玲和葛蘭又有什麼分別？

所以說時間既是殘酷，但到終亦是公平，每一個「has-been」咒語背後都有著一個期限標籤，經過若干時刻，期限屆滿，每一個「has-been」都得以解咒，從這可怕的咒語中釋放出來。

曾幾何時的時尚指標

上個世紀的二十年代被稱為Jazz Age，當年在美國Dorothy Parker是風頭無兩的作家，和她的好友F. Scott Fitzgerald、海明威等同被視為Jazz Age的代言人。到了六十年代她雖然仍有寫作，但已是一個過氣的名字，再沒有得到同業和讀者的重視。那時後她好幾輩的

另一個作家Truman Capote是紐約社交界的大紅人，最有財力，勢力的闊太富婆都是他的好姊妹。他在1966搞了一個至今仍為人所津津樂道、以黑白為主題的面具舞會，這個舞會的請柬正好被視為誰in out最有力的指標，當時整個東岸的社交界都各出奇謀，爭取得到邀請出席這個舞會，據聞Dorothy Parker也嚷著要Capote預她一個位，當然她最終是沒有收到請柬。翌年她被人發現在獨居的廉價小酒店房間悄然逝世，不少人看到她的訃聞，才驚覺怎麼她原來還未死，居然在世上活到這把年紀！文化評論家Brendan Gill曾這樣講Dorothy Parker：「She was becoming the guest who is aware that he has outstayed his welcome and who yet makes no attempt to pack his things and go.」。

曾幾何時，到了1984年，當Capote去世時，他自己何嘗也不是已淪為「has-been」？

然而當一切事過境遷，今時今日在書店或許會找到Dorothy Parker和Truman Capote的書並列，但有誰會去理會他們曾經是不是「has-been」呢？標籤期限已過！

於是我又曉得安慰自己，我的標籤期限是不是也過了？

已重複講了不知多少次，電影是我從小的至愛，才上中學不久，便開始學人以「藝術」角度去欣賞電影。亦多虧我這份「早熟」，在無數歐陸電影的密集薰陶下，我確是吸收了至優秀的養料，回想起來，實在是我個人的幸運和福氣。

　　不過銅幣總有兩面，我從小對電影作為「藝術」過份盲目的追求，往往令我失去了客觀性和兼容性，對我心目中「非藝術性」的電影嗤之以鼻，甚至未經審裁就定罪，無形中助長了我性格趨向偏激，而我亦由於這份偏激，很多時白白錯失了不少生命中美好的經驗。

　　到我成長後，逐漸才察覺人世間的多樣性和多元化，開始學習去接受及尊重我不覺得怎樣的事物，至少不再介懷與它們共存。

　　而電影原來不就是那麼的多元化！我們不就是可以從無數不同的，甚至意想不到的觀點、角度、心態去品嘗它！以上兩篇文章──〈複雜的美學〉及〈「Has-been」這個魔咒〉正是嘗試在一些較另類的角度去觀賞電影，至少對我來說，亦因而發掘了一些另類趣味，希望你們也多少感受到。

《2046》在康城首映，《時代週刊》對它推崇備至，認為2004年雖然只是過了幾個月，但《2046》肯定會成為04年最佳電影之一，文章內提到片中用了大量拉丁音樂做配樂，它提到其中一首便是本文要講的 *Perfidia*。

一次纏綿的致敬

如果你不覺得自己是我輩常掛在口邊的「小朋友」，那你一定曾在你生命中某些時刻接觸過 *Perfidia* 這首歌。雖然你未必知道這首歌的歌名，但你不可能未聽過這首拉丁情歌的旋律。

Perfidia 不似其他很多「長青金曲」，如 *Smoke Gets in Your Eyes*、*Only You*、*Unchained Melody*……你可以隨口數出來。在某個角度來看，*Perfidia* 差不多可以說是「背景音樂」。很久以前，如果你已居住在香港這個小島的話，它可能有一回在某個黃昏從你某個鄰居的窗戶傳送過來，或者當戲院開場散場、升幕落幕的時候，它會悠然奏起，也可能它是你每天追聽某個電台節目的開場音樂，又或者有一次你在某間咖啡室喝下午茶時，留聲機正在播放著這首歌……。在不知不覺間，*Perfidia* 不同的版本肯定曾經為你生命中的悲歡離合、大小片段，作過

26/

永遠的*Perfidia*

2 0 0 4 年 8 月

配樂。在你的記憶中，它應該有它的位置。

然後，在很多很多年後的一天，當你偶然再次聽到這首既遙遠又熟悉的調子時，你可能會有著像失散多年的舊友重逢的感覺，歡愉之際不免有點傷感，你會同自己說：噢，這就是了。

在這裏，讓我們向這首從不喧賓奪主，默默陪伴我們成長、經歷的名曲，作一次纏綿的致敬。

其實市面上很多收錄拉丁美洲名曲的雜錦CD，都可能選輯了 *Perfidia*。以下是一些給我印象較深刻，各自各精彩的版本：

The Ventures

照手頭資料顯示，*Perfidia* 寫於1939年，作者是Alberto Dominguez。至於Dominguez是怎樣的一個人，我找不到進一步資料了，不過從他同時是另一首不朽拉丁情歌 *Frenesi* 的作者來看，他肯定是三四十年代一位重要的拉丁美洲音樂人。不過我第一次聽到 *Perfidia* 這首歌應該是The Ventures在六十年代彈奏的版本。The Ventures是當時首屈一指的結他樂隊，他們將這首情歌改編成節奏強勁的跳舞音樂，成為當年上榜歌曲，亦是每張The Ventures金曲精選CD的必然曲目。但無論改編成怎樣，它優美動人的旋律，始終沒有被電結他和鼓聲所掩蓋，成為日後我找尋 *Perfidia* 各種版本過程的先驅。多年前我在電台節目做替工時曾播過這首歌，並把它獻給陳欣健，他應該明白何解，我總覺得The Ventures和陳欣健是有著某種血緣關係。

Cliff Richard

六十年代Cliff Richard出過一張叫 *When in Spain* 的唱片，裏面盡是唱西班牙文歌，伴奏當然是他的長期拍擋The Ventures在英國

的counter-part——The Shadows。而這些拉丁情調歌曲在他們的編排下，已變得流行曲化，再者可以説是Anglo-Saxon化。但對於當年我們這些聽慣英文歌曲成長的香港青少年來説，這張唱片未嘗不是帶我們去聆聽英美之外其他國家歌曲的入門。*Perfidia* 在Cliff Richard的演繹下，是充滿著前披頭四的扭腰舞風味。前幾年我弟弟鄧梓峰去英國時替我買來這張重新發行的CD，在CD新時代重聽此曲，不免有點久違了的感慨。

Forever Plaid ／《飛哥跌落坑渠》

有一次去紐約，在飛機上我先找 *New Yorker* 讀，看看當時紐約有什麼精彩演出。在它的推介裏特別提到一部百老匯音樂劇叫 *Forever Plaid*，已演到最後幾場了。那則簡介説：「如果你只有時間看一齣音樂劇，就看這齣吧，記緊帶同你媽媽一起去！」

那次我在紐約並沒有看 *Forever Plaid*，回港後亦沒有把事情記在心上。過了幾年有一次逛唱片店，竟看到櫥窗 *Forever Plaid* CD的宣傳，並替它改了一個中文名——《飛哥跌落坑渠》。

Forever Plaid 沒錯是講一隊叫The Plaids的男子組合合唱團，但他們肯定不是「飛哥」。Plaids是指印在衣料上的格仔圖案，這類衣料長期以來都深受美國保守派人士喜愛，幾乎成為「保守」的同義詞。像劇中The Plaids這種類似Barbershop Quartet的四人組合，在四五十年代美國各大小城鎮均十分盛行，經常在社區的婚禮，生日派對及其他喜慶場合表演，像Four Freshmen、Mills Brothers、The Crew-cuts等就是其中較知名的。隨著後來樂與怒、Beatles、迷幻一代的出現，這類「保守」的組合已步向夕陽。而這部音樂劇正是向這些差不多已完全絕種的歌唱組合作出情深致敬，它的內容是講述這隊The Plaids在一場交通意外中喪生（是給一輛載滿去甘乃迪機場

迎接Beatles初到美國的歌迷的旅遊巴撞倒！），多年後因為地球磁場改位、臭氧層破裂而得以重返人間，讓他們有一次機會去表演及灌錄他們唯一一張唱片，於是他們大顯身手，用他們優美的和音，竭力唱盡四五十年代的名曲，而 *Perfidia* 就是其中一首。*Perfidia* 在他們處理下，是充滿著歡樂和幽默，又有著一種middle America、waspy的感覺。每次我聽這張CD，都會被裏面幾個主角對他們那種日漸式微的音樂義無反顧的熱誠和宗教式的虔誠及投入所深深打動，沒有機會看 *Forever Plaid*，聽它的CD吧！

Linda Ronstadt 和 *The Mambo Kings*

　　Linda Ronstadt過去十幾二十年都不斷在摸索新的音樂領域，她和Nelson Riddle合作的三張唱片——*What's New*、*Lush Life* 及 *'Round Midnight*，唱盡二三四十年代的standards，得到大部份樂評人的讚賞，但我本人卻覺得Linda Ronstadt的演繹說得不客氣是千篇一律，流於沉悶，我寧聽Ella Fitzgerald的「Songbooks」系列。Fitzgerald的造詣絕對比Ronstadt高幾倍。

　　唱完了美國經典，幾年前Ronstadt又出了一張叫 *Frenesi* 的拉丁歌選集，全是拉丁經典名曲，裏面自然有 *Perfidia*。Linda Ronstadt的演繹是「誓要冧到盡」，把它唱得絕頂纏綿。它不是我最愛的版本，但無可否認它有它的特色，起碼是製作嚴謹。此外如果你是Linda Ronstadt的死硬派歌迷，還想聽她唱 *Perfidia* 的英文版，可以找電影 *Mambo Kings* 的原聲CD，不過兩個版本的編曲同是Ray Santos，音樂差不多是一模一樣的。

Perez Prado

　　「講起電影 *Mambo Kings*（應該是Antonio Banderas進軍荷里活

的第一炮），居然沒有收錄Perez Prado這位曼波音樂殿堂級樂手的作品，似乎怎樣也說不過去，亦令到整部電影好像欠缺了些什麼似的。Mambo是五十年代在Cha Cha尚未風行之前極受歡迎的一種拉丁舞蹈，1957年我們葛蘭主演的《曼波女郎》風靡了整個東南亞華人社區，就是食住這股潮流。Perez Prado領導他的大樂隊所演奏的Mambo名曲多不勝數，他的風格極富拉丁音樂常見那種很原始，從某一個層面看其實是很cheap的挑逗性，像不時會有個樂手忽然大叫一聲，那個時候熱血沸騰就不只是男士的專利。像他幾首招牌歌曲 *Mambo #5*、*Mambo #8*、*Cherry Pink & Apple Blossom White* 等，總會令我聯想到五十年代荔園的艷舞表演，他演奏的 *Perfidia* 收錄在一張叫 *Perez Prado-King of Mambo* 的CD，和Linda Ronstadt那首的風格剛好相反，她是極盡哀怨纏綿，他是節奏強勁明快爽朗。將一首情歌變成Mambo舞曲，令人耳目一新，聽落亦精神為之一振。

Xavier Cugat

拉丁音樂二三四五十年代在美國流行樂壇都佔有一個相當重要的位置，Xavier Cugat的輩份比Perez Prado更前，而成就聲望亦更大更高，在三十年代已紅透半邊天，而且不只是在美國，而是在全世界！在中國他的譯名是沙華·谷葛。如果Perez Prado被稱為King of Mambo，那麼沙華·谷葛就應該是King of Rhumba，一種在三四十年代已極流行的拉丁舞。小時候父母帶我去看當時是舊片重映的《出水芙蓉》，裏面就有沙華·谷葛和他的大樂隊客串演奏他的Rhumba名曲 *Magic Is the Moonlight*。每次他出場指揮都是抱著一隻芝娃娃小狗，媽媽說是他的商標。到了今時今日我才明白，他肯定是一個很有商業頭腦的人，外國人要在美國立足，出人頭地，怎可能不出些噱頭？

我手頭上沙華‧谷葛的 *Perfidia* 有兩個版本，在1941年灌錄的、收集在他一張叫 *Say Si! Si!* 的CD，是典型的四十年代風格，加上差劣的錄音水準，現在聽來，不可能不覺得過時，但客氣一點也可以說是具歷史感，有著connoisseur價值；另一個較後期灌錄的版本我手頭上有的CD是Mercury在日本發行的 *Best of Xavia Cugat*，那首 *Perfidia* 我估計應該是沙華‧谷葛在五十年代中至六十年代初期灌錄的。我個人最欣賞沙華‧谷葛在這段期間灌錄的歌曲，一方面當時的錄音水準已突飛猛進，出來的效果極之傳真，另一方面他的風格亦日趨成熟，sophisticated，編曲更顯華美，風采懾人。王家衛的《阿飛正傳》裏面劉德華和張曼玉電話亭那一場經典，及結尾劉嘉玲隻身抵達菲律賓，都用上沙華‧谷葛這個 *Perfidia* 版本做配樂，出來的效果有目共睹，Linda Ronstadt想營造的纏綿，想不到會被Xavier Cugat發揮得淋漓盡致。我仍未有機會看《2046》，如果裏面真的又一次用上 *Perfidia*，我相信仍會是這個版本。

Laura Fygi

我完全不明白這個來勢洶洶的Laura Fygi現象，為什麼近年這位歌手好像和品味扯上關係！我個人對她的音樂相當抗拒，在我心目中，她是典型的middlebrow代言人，她最近在香港的演唱會，其中捧場客不乏政府高官和工商名流，已說明了一切。她一出道就密集式誓要將所有經典名曲一網打盡，*Perfidia* 當然難逃一劫，收錄在她的CD *The Latin Touch* 內。

其實我對Laura Fygi的確是有點過分挖苦，她真的並不是我說的那麼差，我這樣寫是有點惡作劇，不甘心和政府高官分享同一喜愛。她的表現，說實話，比起Linda Ronstadt也不怎樣遜色；憑良心講，悄悄地講，是聽得過。

Percy Faith

　　我一直以為《阿飛正傳》裏面採用那個Xavier Cugat版本是我的 *Perfidia* 至愛，直至我聽了Percy Faith的演繹（收錄在*Latin Rhythms*），Xavier Cugat終於有挑戰者了。

　　我在較年輕較偏激的日子，一向對像Percy Faith這類大型抒情弦樂隊嗤之以鼻，覺得他們的音樂有如糖衣毒藥。其實這類音樂很多時候確是甜了些，但也不至於是毒藥，現在年紀大了，反覺得偶然吃幾粒糖果，也不為過吧。

　　想不到Percy Faith編排的 *Perfidia* 竟會帶給我一股嘆為觀止的震撼。他好像傾盡了畢生功力，把他對音樂的感受和心得，通通注入這首歌曲裏面，當中出現了各種不同的節奏，有時輕快，有時抒情，有時雄壯，有時甚至氣若游絲。除了不斷變奏之外，還作出一次動人心弦的變調，總之在3:04分鐘內給你有「tour de force」及「大珠小珠落玉盤」的驚喜交集。

有些東西是會留下來的

　　相信總沒有人統計過大半個世紀以來，*Perfidia* 曾經出現過幾多個版本，以上我列舉的只是我有緣遇上的，或者可以大膽說，這幾個版本各有著它本身的代表性。但有時最打動我們內心深處，不一定是要靠名氣。在不為意的時候，一闋似曾相識的調子，不知從何處而來，傳入我們的耳朵，好像在半夜，電視播放的新馬仔、鄧寄塵的喜劇，赫然聽出配樂用上了 *Perfidia*，不管是罐頭音樂，抑或是由陸堯大樂隊演奏，我們各自或許會有著不同的感觸。

　　是的，有一天，我們都會被遺忘了，被時間淘汰了，但有些東西是會留下來的，會有人記住的。《往事追憶錄》會留下來，張愛玲會留下來，然而我想卑微如 *Perfidia* 也許也會留下來。

近期在香港的文化／藝術中心指數上升得最快的肯定是Cesaria Evora，特別是翩娜‧包殊上幾個月在香港藝術節首演的舞劇用上了一些她的歌曲之後，本地「文化界」（？）開始注意到這位來自大西洋近非洲西岸Cape Verde群島的女歌手，我發現在HMV，她最新的CD *Cabo Verde* 都有被擺出來作重點推介。

其實她的著陸在時間上可説是啱啱好，令我們有「終於鬆一口氣」的感覺；過去一大段日子，我們一直是在期待「真命天子」的出現，我和一些朋友經常各自在HMV等店中尋尋覓覓，目的是希望找到一點新的驚喜，希望在Edith Piaf、Mabel Mercer、Billie Holiday、Ella Fitzgerald那個光輝傳統發掘到新血，我們亦嘗試透過一些外國刊物的推介，或自己大膽買些看似有料到的不知名歌星CD回來博一博，亦總有些少成績。儘管這些收穫也並不怎樣理想，例如我們發現了年輕貌美、自彈自唱的爵士女歌手Diana Krall，和另一個同樣十分年輕、聲音像極了Billie Holiday的創作女歌手Madeleine Peyroux以及近年靠翻唱standards馳名的荷蘭籍女歌手Laura Fygi……等等，無疑她們每一位都有一定的功力和光芒，雖然我很想逼自己毫無保留去接受她們，但我

27/

歡迎 Cesaria
Evora登陸香港
——兼談天國與地獄
1 9 9 7 年 6 月

心深處其實很清楚，她們確實沒有給我一種驚艷的感覺，我所作出努力好像只是為發掘新人而發掘新人，而她們撇開別的不講，始終是缺乏點新意。

而正好，Cesaria Evora有的就是新意。

Cape Verde是一個既遙遠又陌生的地方，只大約知道它曾經長期由葡萄牙統治，與我們聽慣的Rodgers / Kern / Porter / Gershwin兄弟那個美國音樂傳統完全是兩個世界。但我相信好的音樂絕對可以打破國界和語言的障礙，平時不論你是鍾情白光、莫扎特、Sting、Coleman Hawkins抑或Suzanne Vega，只要你有機會聽到Cesaria Evora，你一定被她的歌聲深深感染到。我雖然聽不懂那些葡萄牙/非洲語言混雜的歌詞，但它充滿哀怨、輕鬆、憂傷、開懷、溫柔的調子，加上Cesaria世故、幽怨、母性、風霜、自成一格的歌聲，還有上佳的音樂編排，以及許多不知名的稀有樂器伴奏，的確令人耳目一新，絕對值得仔細品嚐。假如 *Cabo Verde* 令你滿意，就不妨去到盡，Cesaria Evora前五張在香港有得出售的CD也就不要錯過，——把它們買下了，它們分別是 *La Diva au Pieds Nus*、*Destino di Belita*、*Mar Azul*、*Miss Perfumado* 及 *Cesaria*。

有一點很有趣，就是她的CD封面。早期發行那些皆十分粗糙，好像隨便影張snapshot交差做封面就算數，一看就知是慳水慳力之低成本產品，而她本人的裝扮、姿勢更鄉下得可憐，好像全未見過世面，任人擺佈，令人無法不馬上將她歸納第三世界，那幾張CD放在唱片店World Music——非洲一欄，實在恰當不過。然而最近期那兩張已有明顯改進，已感覺到有「設計」，看出花了不少心思和金錢；羊毛出自羊身上，可想而知她的CD愈來愈賣得，已被大眾受落了。

起碼在這一時刻，在Cesaria Evora尚未至到成為某一層面的常用

詞時，你仍然可以無畏地向任何人宣佈自己喜歡她，但以她目前在香港的走勢，很快你可能在提起這個名字時要三思，即使提，也需要用些技巧。

讓我舉一個例子。

記得年前我搞了一個聚會，播的音樂完全是四五十年代的standards，當Edith Piaf的 *La Vie en Rose* 響起時，一個我不認識的來賓突然行到我跟前，向我道謝我揀了這首歌，他說他很喜歡Edith Piaf。

當時我的反應是冷笑數聲。

當然我這樣寫是誇張，我當時的冷笑只是在心裏而已，並沒有衰到笑出來，我現在這樣寫只是想強調一點……「喜歡Edith Piaf」，在某些圈子，對某些人來說，是最「基本」，最「不爭」，亦是最「自然不過」的事實，就像我們平日吃飯、睡覺一樣，完全沒有必要講出來，一旦講出口反而暴露出自己的修養不足，特別是 *La Vie en Rose* 根本就是Edith Piaf的「簽名歌」，你不喜歡它，說出來，我反有興趣聽聽，或者你再拋拋書包，問我怎不播她那首 *La Goualante du Pauvre Jean*，我或許還會對你刮目相看。

明白我的意思嗎？

這個小插曲又令我想起另一個派對，一次完全相反的事件。

那個派對我選播的全屬南美拉丁節奏音樂，一個女孩子帶同她的醫生男伴來，那位叫阿John的醫生當時我還是第一次碰到，作為主人的我基於禮貌和他聊幾句時，他問我播那麼多拉丁節奏音樂，怎麼沒有Eydie Gorme的歌？我聽了當時的反應是嚇了一跳：怎麼在九十年代，仍會有人care去提起這個名字？

Eydie Gorme是誰？與Edith Piaf相比，可真是天國與地獄了，Edith Piaf是樂壇的殿堂人物，在音樂史上應該是永垂不朽了，而

Eydie Gorme，只不過是五六十年代流行音樂一個小小的anecdote，是另一個樂壇anecdote Steve Lawrence的妻子，打扮得挺俗氣的，唱過幾首早已被人遺忘的上榜歌，包括她的「簽名歌」——*Blame It on the Bossa Nova*！

但在我眼前這位年輕醫生，連這般芝麻綠豆，全無重要性的小歌星他都知道，並且懂得在適當的時候提出來，由此可推想到在音樂的領域，還有些什麼他不知道的？我折服了。

事實上，其後的日子，我間中見過他幾次，可以證實他的確是位高人，一個品嚐藝術的connoisseur，甚至連我最不懂、最不接受的京劇，他也瞭如指掌，認識這位John醫生的讀者，應該知道我在講誰了。

而近期電影《聖訴》(*Doubt*)裏面有一場學生在禮堂學跳舞，就是用上了Eydie Gorme的*Blame It on the Bossa Nova*！

1997年6月30號回歸前一天，我正準備交稿，當時我腦海裏浮現的，竟是張愛玲的中篇小說《連環套》。

我一向都標榜自己以香港為根、為家鄉。但現今一想到英國統治下一百五十多年的歷史，我認識的實在太少了。五十年代我還有一絲記憶，但之前的香港又是什麼一個模樣？那麼多年，香港人的生活、習俗、儀態，我可以說和大部份香港人一樣是一無所知，淪陷時期的香港已遙不可及，追溯到十九世紀或二十世紀初期，則更是天方夜譚了；而張愛玲的《連環套》正好彌補了這一空缺。

《連環套》在張愛玲芸芸作品中評價相當低，連作者本人也認為「惡劣、通篇胡扯、不禁駭笑……」，但這個中篇對我來說很有意義，它雖然不是經典，文字上依然有很高的水準，不少造字文句皆可圈可點，足以作為寫作人的典範，她的文筆刁鑽刻薄之餘，卻不歹毒，在洞悉人性種種醜惡、俗賤之際，流露出一種悽然的接受和寬恕，絕對是大家風範。

不過，《連環套》最令我驚喜之處，是它所描寫的時空乃一幅活生生二十世紀初期香港的浮世繪。

那個時期的香港，除了一些圖片之外，

實在沒有留下什麼痕跡，更從來沒有什麼傳世的文學作品去紀錄，反映那個時代香港人的眾生相，而《連環套》似乎是我們僅有的資料。讀這篇小說時，我終於醒覺到，以前看那些香港歷史照片，裏面的人物，不應只是「古生物」樣本，而是和你我一樣，皆有血有肉，有愛有恨，每個人都有著自己的故事。

《連環套》是其中一個極精彩的故事。

張愛玲的《連環套》在1944年發表，距離小說描繪的年代相隔了三十多年，所以她筆下的世紀初香港並不是她的親身經歷，但她勾劃的那幅生動豐富的人海眾生相，我認為仍有相當的可信性。張愛玲寫《連環套》的時差，大約等於現在有些年輕作者寫五六十年代的香港，雖然是遙遠些，也不至完全陌生，總有些根據。

那麼張愛玲描述的那個差不多一個世紀以前的香港又是什麼的模樣呢？《連環套》主要集中寫一個出身低賤的鄉下女子來到香港，如何在坎坷的人生路途中發揮她的生命力和求生本能，通過她的遭遇，我們可以看到一個開始成形的大都會，小說出現的人物，除了一般中國鄉民、商賈、店小二之外，還有來自印度的布商，來自英美的洋行大班、外國修女……真是華洋雜處。

《連環套》比起張愛玲其他作品，較為平鋪直敘，但它的廣度絕對彌補了它的深度不足，它情節起伏，人物穿梭，此上彼落，川流不息，令人眼花繚亂、目不暇給，有如坐過山車，一坐上去就不能回頭，只有一直看下去，直至最後一頁。

一般論者都貶低《連環套》的地位，本人不以為然，就拿張愛玲的精句來說，《連環套》也多不勝數，隨便翻來也有無數值得一再品嚐：

「人本來都是動物，可是沒有誰像她這樣肯定地是一隻動物……。」

「在色情的圈子裏，她是個強者，一出了那範圍，她便是一眾腳底下的泥⋯⋯。」

「如果洋娃娃也有老的一天，老了之後便是那模樣⋯⋯。」

「然而要知道他是禿頭，必得繞到他後面去方才得知，只因他下頷仰得太高了⋯⋯。」

「規矩的女人偶爾放肆一點，便有尋常的壞女人夢想不到的好處可得⋯⋯。」

「她要孩子來擋住她的恐怖。在這一刹那，她是真心愛著孩子的⋯⋯。」

「憑什麼他要把她最熱鬧的幾年糟踐在這爿店裏？一個女人，就活到八十歲，也只有這幾年是真正活著的⋯⋯。」

「照片這東西不過是生命的碎殼；紛紛的歲月已過去，瓜子仁一粒粒嗑了下去，滋味各人自己知道，留給大家看的，惟有那滿地狼藉的黑白瓜子殼⋯⋯。」

「按照文法，這不能為獨立的一句話，可是聽他的語氣，卻是到此就完了⋯⋯。」

如未看過，請找《連環套》來看看吧，它是輯錄在張愛玲全集《張看》一書內。

在大中華文化學術界中，評論張愛玲作品的文章之多，應該是除了《紅樓夢》之外，再沒有人可以爬在前面了，像我文學根基只能稱得上「入門版」的又來趁熱鬧，實在是班門弄斧，未免給人見笑。

不過我一直都有著還《連環套》一個公道的衝動，起碼也希望能有多些人對它多加留意。在眾多張愛玲作品中，《連環套》的評價一般偏低是事實，這部中篇小說最初發表時，傅雷已把它貶到一文不值，直到多年後再次「出土」，也沒有引起什麼人士垂青，連作者本人也認為「儘管以為壞，也沒想到這樣惡劣⋯⋯」。

我在上文已列出了我偏愛它的主因，或許也是相當的主觀，而且不乏「香港本土情意結」的元素作祟，但除此之外，它是否真的如此不濟？如果說它缺乏深度，同樣是「萬花筒」式，近乎小人物光怪陸離歷險式的小說，像Henry Fielding的 *Tom Jones*、*Joseph Andrews*，在英國文學中不也有著相當崇高的地位？為什麼《連環套》不可以？

其實我覺得張愛玲私底下是很重視她這部作品的，試想我們幾時有見到張氏這樣對她其他小說，如此詳盡去追溯她孕育這則故事的前因後果？《張看》的序，她不厭其詳地描述她怎樣和她的好友炎櫻在中環一間殘舊不堪的戲院和炎櫻父親以前一位印籍老朋友碰頭，然後慢慢又從這位印度人帶出他的前度岳母大人，亦即是《連環套》女主人翁的生活原型。既然張愛玲肯如此著墨為這本「失敗」的小說作出這般精心刻劃的前奏，肯定有她的原因，就讓我們好好再看它一遍吧。

最近在報章上讀到張灼祥校長在他的專欄，引述了張愛玲講她小說的人物的一段文字：「柳原和流蘇的結局，雖然多少是健康的，仍舊是庸俗，就事論事，他們也只能如此。」

不知怎的，我讀完心是一酸，簡單一句「他們也只能如此」已道出了人生的種種無奈和不盡如意。

　　張愛玲的確是個百分之百的悲觀主義者，即使在她最通俗的「賣文」作品，她也如是，我曾經這樣寫由她編劇的電影《六月新娘》：

　　「拍於1962年的《六月新娘》（有VCD／DVD版），編劇是張愛玲，應該是她離開大陸，要生活，被迫『從俗』時的作品，本來期望就不大，但求聽到些精彩的對白，也就還了心願。

　　「對白依然是精警，但比起張愛玲的小說，已是收斂了，口語化了，最意想不到，亦最驚心動魄的，是這部『從俗』，表面上看似無殺傷力的作品，仍舊嗅到張愛玲對人性的絕對悲觀，及對戀愛、婚姻不存在任何幻想。

　　「片中男主角張揚是個花花公子，張愛玲完全沒有美化這個角色。你可以看出，結婚對他來說，只是人生另一個階段，婚後他肯定會繼續花天酒地，而女主角葛蘭亦不見得對張揚有什麼深刻的愛意。她和演海員的喬宏那段小誤會，也許已是她一生人最浪漫的時刻。

　　「片子的結尾，可以說是影史上最荒謬的一場戲。結婚前夕，男女主角發生誤會，新娘子走了，新郎居然可以馬上找個舊女友（一個舞女）來頂替，沒有感到任何不安，最後新娘又變回女主角，他亦不似有特別驚喜，總之好像只要婚禮如期進行，誰是新娘也沒有問題。至於新娘葛蘭，張揚的舊女友最後一刻『犧牲』了自己，說服葛蘭重做新娘，葛蘭亦毫無歉意，一句感激說話也沒有，就重新取代了新娘的位置，完全是一個沒有『情』的世界。

　　「對男女關係，婚姻制度不信任，很多編導會用嬉笑怒罵的手法去表現，但他們都是作出諷刺、或批判、或鞭撻；而張愛玲顯然

已不相信諷刺、批判、鞭撻，可以改變人性，於是她用最悲觀的方法——苦中作樂，將人性的弱點編成通俗喜劇，大家笑個飽，也許就可以暫忘我們淒涼的處境。」

　　唉，就事論事，或許我們也確是只能如此了。

29/

Gore Vidal
與利冼柳媚
1981年6月

　　我在早期的《號外》連載《穿Kenzo的女人》那段期間，也曾用利冼柳媚這個筆名寫過一連串遊戲文章，她的知名度當然不及錢瑪莉，但居然也有著她一丁兒的擁躉，現在有時碰到某些不太認識的人，仍和我提起他們是多麼的喜愛利冼柳媚，還有司徒潔貞，那些文章如何的惹笑、過癮。最近我自己翻出來重看也依然感到趣味盎然。像這樣肆無忌憚以camp的文筆在中文文字界到現在似乎依然是獨家經營，當然我須坦白，我並非那麼有才華，可以原創這樣的文體，我只是仿美國作家Gore Vidal那本上世紀六十年代經典小說 Myra Breckinridge 的風格而寫的。

　　Gore Vidal的兩本姊妹作 Myra Breckinridge 和 Myron，齊齊將camp帶入文學。

　　Letitia Van Allen，是書中一個女角色的名字，也虧Gore Vidal想得出來，單是這個名字本身，就已經十分之camp，甚具氣勢。假如你也覺得這個名字有趣的話，我相信你一定會迷上上述兩本小說。

　　其實我在書店買 Myra Breckinridge 是很偶然的。有一天，我在書店翻到 Myra 的平裝本，麗歌·蕙珠（Raquel Welch）做封面，還印上各大報章、雜誌對它的評語——

outrageous、hilarious、shocking、dazzling、brutally witty、a cruel sexual joke……似乎它於1968年初版時候是極為轟動，在好奇心的驅使下，我買了 *Myra* 來讀，誰知一看之下，就像發現了寶藏，不停地追下去，難以自拔，一口氣看完之後，馬上又跑到書店，找它的續集 *Myron* 來看，很久沒有試過如此興奮。

Myra Breckinridge 是一個天方夜譚式的故事，它講一個由男變做女的變性人 Myra，隻身跑去荷里活，投靠她開辦演員訓練學校的舅父，做訓練班的導師，教授儀態談吐。但她最終的目的是想去做明星，不過不是普通的明星，而是要做個有著四十年代光華、荷里活全盛風采的艷星！

事實上，書中 Myra 的世界觀、人生哲學、生活方式，甚至一舉手一投足、一言一笑，全是以三四十年代的荷里活電影作典範，她的朝聖地不是耶路撒冷、不是麥加，而是美高梅——Metro-Goldwyn-Mayer的片場！她對電影、對美國大眾文化、對性的見解更加令人精神一「震」、耳目一新，她引述了 Levi Strauss、批評了 Robbe-Grillet、多次提及 Cahiers du cinéma、推崇了 Parker Tyler 的影評，更膜拜了 Pandro S. Berman（你可以查查他是誰）的電影，可以說，整本書是 literary chic，充滿了半開玩笑半狠毒的諷刺。

但 *Myra Breckinridge* 最吸引我的地方不是它的題材、內容或主旨，而是它的風格。

陳冠中近年發表那篇極精彩的文章〈坎普、垃圾、刻奇〉（收錄在他的專著《我這一代香港人》，牛津大學出版社）裏面如此寫道：「某些電影，某些書，好像一直是在某處等待，等你去看，等著跟你說話……

「為當時的我而寫，直觀的感到在解答我朦朧的求索……你如獲灌頂，如開天眼……那怕當時只是看過似懂非懂，卻成了解放你

的思想的過程部份⋯⋯」

我在1970年代讀 *Myra Breckinridge* 時，以上陳冠中那段文字，完全就是我當時的感覺，我絕對有著那種「灌頂」、「開天眼」的經驗。它像一枝神仙棒，替我指出一條以前只是隱約感覺到，但又不知應該如何去實踐的文學小路、蹊徑，如果真的有camp文學這一流派，那麼這本以一個荷里活影癡兼變性人作第一身敘述的小說，就肯定是camp文學的manifesto，它將高級、流行文化、highbrow、lowbrow、藝術、色情、學術、gay gossip共冶一爐，令我嘆為觀止。

以前我從來不知道文字是可以被運用得這般尖銳、八卦和camp，*Myra* 一書對我來說，簡直是替文字開墾了一個新領域，讓我發覺原來文字竟還有那麼多可愛的可能性。在書中Gore Vidal大量運用了典型的三四十年代荷里活編劇寫給女主角的對白，而且更故意加重了那些對白本身不十分口語化、很戲劇化、很風格化的特性，給人一種荒謬／唐的感覺，加上他不時套用舊電影的小節，引伸一個又一個電影典故，將the worst of荷里活融入日常的生活中，令到喜歡電影的我更加為之著迷。*Myra*、*Myron* 的娛樂性，無論在境界抑或量度，都要比一般暢銷小說為高，而且在它嬉笑怒罵背後的sparkling intelligence，更是為暢銷小說所缺少的。

看過 *Myra*、*Myron* 之後，我陸續搜羅了Gore Vidal的其他作品，像他早期講美國人在歐洲的 *The Judgment of Paris*、短篇小說集 *A Thirsty Evil*，影射甘乃迪夫人姊妹的 *Two Sisters*，歷史／野史小說 *Burr*，兩本雜文 *On Our Own Now* 和 *Matters of Fact and Fiction*，以及據稱是一個古希臘的gossip column的小說 *Creation*。這些類型各異的書籍清楚反映出Gore Vidal多元化的才華，但無論他寫什麼，他比針還要鋒利，刺人不用本的文筆則始終如一，就算他的幽默，也是帶有毒汁的。

不過，Gore Vidal始終有著他的限度，他永遠只能做到巨匠而不能成為大師，作為他的讀者，你只能indulge自己去喜歡他，卻不可能會動情迷上或愛上他的作品。基本上，Gore Vidal是很cynical，他心中蘊藏的是恨多於愛、譏諷多於同情、破壞多於建設、聰明多於仁厚，這種背負如此多負面的人很難會叫人暈得一陣。

　　我對Gore Vidal是無限的喜歡，卻不感動，我看他的東西時得到觀感的快感多於精神上的滿足，但當一個人的恨、譏諷、破壞、聰明已經達到如此一個巔峰，我們除了驚嘆佩服之餘，還有什麼話說？

　　不過還是要多謝Gore Vidal，催生了利冼柳媚和司徒潔貞，如果她們得以叨到一點光，能夠somehow搔著某些讀者癢處，我就心滿意足了。

　　以下就是利冼和司徒的一些輯錄。

利冼柳媚篇（上）

相信，很多新讀者都不知道我利冼柳媚是誰，為了他們，大概要在這裏再次自我介紹一下：我是一個女作家，我自傳初稿的一部份曾經在頭十多期的《號外》優先發表過，轟動了整個文壇，震驚了全港的社交界，更改變了胡菊人對文學創作的觀感。但女作家只不過是「我」其中的一部份，真正的我可以說是個謎一樣的女人，一個奇女子。你們這些小市民根本無法想像得到我的絢麗。

看過我自傳初稿的幸運兒相信都不會忘記我曾經一度淪為沒落貴族，但我是一個極富傳奇性的女人，在我潦倒之際，甚至一度準備下海伴舞去籌錢給我的寶貝兒子Tommy出國留學，誰不知在那最艱苦的時刻，我竟會突然收到我亡夫一位遠親的巨額遺產！一筆數目大到難以估計的遺產！

於是我又重新過著我的奢華生活，首先我花上數倍的金錢把以前的大屋從債主手上贖回來，重新粉飾，誓要將它變成遠東區的社交中心，和馬可斯夫人一爭朝夕。

當然，我是極度需要熟手的下人來打理這所華廈，我最近請的全是以前跟了我們利家數十年的老工人，但我總覺得這間屋實在欠缺了一個年輕力壯的男人，如一個花王、或者一個house boy來替我處理些粗重的工作，於是我在一些年輕人的週報登了下列一則廣告：

「某巨富孀誠聘請花王兼house boy一名，應徵

者年齡須在廿一歲以下，五官姣好、體魄健碩、資質蠢鈍、不懂英語為合。有意者請附半身全身近照各一張，連同校長親筆簽名之會考肥佬證明書一份，寄往半山區××道××號收。油脂免問。」

讀到這裏，很多自作聰明的讀者一定以為我打算步查泰萊夫人的後塵，引誘青少年作不道德的行為，不過你們錯了，我雖然沒有資格做淑女，但也不至於會變成蕩婦，我只不過利用個house boy，好使我在必須多疑心煩、脾氣暴燥的時候，可以隨時找到個下人來出氣，被我呼喝、奴役、責罰、謾罵。如果一個人不將心中的怒火發洩出來，是會很容易衰老的。

自從那則廣告刊登後，我收到如雪片飛來的應徵者，就用抽籤方式，抽出幾個幸運兒，其中一個叫做高大威的，我覺得他的名字很cheap，在好奇心的驅使下，便召他來見見。

他十八歲，毫無疑問是出身於貧民區，見工時看到我家中的氣派和我的艷光，早已方寸大亂，而我正好在他驚魂稍定之前，客觀地以一個公立醫院女護士長公事公辦心情，去仔細研究他身上每一方时。

外形上，他百分之百符合了他的名字，也符合了我的要求，令我相當滿意。「高大威，我決定試用你三個月，從明天開始你就搬來這裏的下人宿舍住吧。」

也許有些讀者會替我擔心，我請的下人當中沒有一個懂英文，以後怎樣應付我那群來自世界各地的貴賓？其實我已經有了一套頗為完整的計劃，我正準備

替自己請一個精通英語的社交秘書，而且我早已決定找一個心理變態的老處女來擔任這個重要職位，一個與美無緣，見了令人不安的先天不幸者來一勞永逸地為我服務。

於是我不斷在一些專為知識份子而設的刊物登廣告，希望吸引到些除了看書之外再無其他潛能的女人留意，而我亦終於得償所願，請了一個叫司徒潔貞的物體。

司徒潔貞是屬於那些不受年齡限制的女人，我的意思是，無論她在二十歲、抑或在四十歲，她都一樣不能令任何人怦然心動。外形上她完全符合我心意。不過我還有點不放心，於是我決定試探她對男人需要的程度。

「司徒女士，你喜歡呂奇嗎？」

「呂奇？男人？」司徒好像見鬼，驚叫起來，「我們姊妹被男人壓迫了數千年，你還好意思問我這個多餘的問題？」

她的回答已令我安心了一半，但我仍不罷休，繼續迫問：「既然你討厭男人，那麼在工餘你用什麼方法來打發時間？」

「研究電影，特別是電影中女性的地位。」

她的嗜好令我大出意料，不過從她的語氣聽來，她對電影似乎比修女對天主更虔誠。我自問對電影的修養也不差，於是便乘機在她面前炫耀一下自己豐富的經驗！

「你喜歡那位女明星？我相信你一定不會忽視上

官筠慧，你可認為早在五十年代她已具備了一切進步女性的條件？」

「對，但她就是少了個腦袋。」

司徒潔貞的回答可說是一針見血，顯然她也算得上是個有料之人，接著她繼續發表她的理論：「到目前為止，丁瑩仍是我心目中最偉大的女演員，她在《離鄉情淚》裏將中國傳統女性的美德昇華成為一系列符號，為後人提供了不少研究粵語片方法演技的線索。」

「嶺光時期的丁瑩的確有非凡的表現，在《金夫人》一片中她甚至搶盡白燕的鏡頭。」我也不甘示弱，盡量顯露自己對丁瑩的心得，「但嶺光前身自由影業公司時期的丁瑩則不行了，無論她主演《甘蔗姑娘》抑或《海王子》，都逃不出她師姐林翠的框框，不過她始終欠缺了林翠那份存在主義式的俏皮。」

「利夫人，不說別的，單是林翠已值得寫一本專書去研究，只可惜我仍未搜集到足夠的資料，尤其是現在，我正在忙著完成一本書，叫做《春梅與秋菊：論盡粵語片（1955-1965）的第二女主角》。來見工前我剛寫好譚倩紅，馬上就要開始林艷那一章，到時又要忙找資料了。我很奇怪，以林艷的喜劇天才，她為什麼從不曾出現過在莫康時的作品裏？」

「也許你會在我的書房裏找到答案！」我露出一個神秘的微笑。「我自己私人的圖書室裏珍藏了《銀燈》精裝合訂本，從創刊至今的《銀燈》一張不漏，歡迎你參考。」

「那太好了。」司徒潔貞喜出望外，幾乎不相信她自己的耳朵。

似乎她十分感激我的慷慨，其實對付這些姿色平庸的女人，一定要有善意，不然很容易就會激發起她們的自卑感。

談了大半天，好辛苦才把司徒潔貞打發走，我不禁鬆了一口氣。看看手中的鑽石腕錶才猛然發覺已經差不多七點半，再過多幾分鐘《抉擇》就馬上要在電視播出。不，我不可能再浪費我寶貴的青春去看別人抉擇，過了幾年艱苦家庭的生活，我已厭倦了憂鬱，從今以後我一定要好好享受人生。

我，利冼柳媚，是時候發揮抉擇力量了！

利冼柳媚篇（下）

我的身世可以說是最圓滿的。我是一個寡婦，有一個永遠活在我記憶裏的丈夫，有一筆供我用之不盡的遺產，有一個嫁不出去的女兒，一個正在巴黎攻讀髮型和時裝設計的兒子，家裏面的下人當中，有一個不識英文、體格魁梧的園丁，一個心理不正常的老處女秘書，以及一群對我唯命是從，任我虐待到差不多senile的老工人，我還欠缺些什麼？我真是想不出來。

暫時請容許我的文筆扯回今年的聖誕，對我來說，這將會是一個很開心的節日，因為我的寶貝Tommy將會暫時拋開他繁忙的髮型時裝課程，回港度假，母子團聚。所以我一定要好好去計劃一下聖誕，我要Tommy過一個愉快，難忘而又有意義的假期。

為了充份明白年輕人的心態，我要在Tommy回港之前，做一點資料搜集的功夫。

於是，在一個月圓之夜，當我輾轉反側睡不著的時候，我便起身順手披上一件低胸半透明的睡袍，手上拿住一枝洋燭，一個人飄到去下人宿舍，準備從我的園丁高大威的身上找線索。

想不到在半夜三點鐘，高大威的房間仍有一些微弱的燈火，我一手推開那道半掩的木門，赫然發覺我的私人秘書司徒潔貞竟在裏面漱口！

「司徒！半夜三更，你在高大威的房中做什麼？你那篇〈論容小意的辯證演技〉完成了嗎？剛才《婦女生活》的編輯還打電話來追稿呢！」我的聲調充滿嚴厲，表情在冷艷中滲出一股威勢，靈感三分之二來自高寶樹，三分之一穆虹。

「利夫人，我……」司徒潔貞顯得有點驚惶失措，「我剛給阿威補習完英文。」她勉強擠出個焦姣式的笑容。

這時高大威剛剛從浴室中行出來，身上除一條小小的底褲之外，什麼也沒穿，他見到我顯得十分慌張。細聲說：「夫人，有什麼要我阿威效勞的？」

「有！」我好整以暇，坐在房的中央，用一種近乎梁素琴在《神鵰俠侶》（謝賢、南紅那個版本）演李莫愁時的語氣去問他：「這個司徒女士說她剛教完你講英文，你可將學到的唸給我聽聽。」

高大威的眼睛充滿畏懼，站在那裏，怔怔說不出話來。

「唸呀！」好一個典型的譚倩紅！

高大威低著頭，無言以對。

於是我轉身向司徒潔貞說：「請你馬上回你的房間，關起門寫稿，還有，以後不准你再教任何人英文！」

驚惶失措的司徒潔貞，立刻唯命是從，急急腳跑回她的小房間，剩下我和高大威兩人。

「我問你，如果你有假期，你會做些什麼？」為了資料搜集，我的聲音變得很溫柔，帶有一點母性的愛。

「夫人，你指你會給我假期？」高大威似乎不相信自己的耳朵，「我首先會去廟街換一條錶帶，然後我會買一件飛機恤。或者我會去廟街揀套運動裝，還要買對波鞋……」

「廟街對於你真是有那麼大的吸引力？這個世界上除了廟街之外，你還想去些什麼地方？」高大威的回答完全超出我想像能力以外，我不知應該再問些什麼才好？

「去海洋公園哪，還有太空館，或者去大會堂花園照相也很好。夫人，你真的肯放我假？」高大威一臉傻氣，完全察覺不到我進入他房間真正的目的。

「到時我會通知你，不過明天你記住要在花園施肥、灌溉，更不要忘記剪草除根。」

「是，夫人。」他在我面前，永不敢說不。

既然我見我完全問不出什麼名堂來，只好悄然返回我那間豪華套房，獨自一個人玩砌圖遊戲，心中不

斷盤算應該如何替Tommy安排節目，高大威太蠢了，也許司徒潔貞會有一兩個好建議，我決定明天在她的身上找答案。

「如果我為Tommy搞　個disco派對，你說行得通嗎？」

早上司徒潔貞替我準備寄聖誕卡的名單時，我裝得很若無其事地問她一句。

「利夫人，我不認為這是一個好主意，因為disco已死。」她以為她的回答很巧妙，「而且我覺得Tommy是不會喜歡你替他搞disco的。」司徒潔貞的表情突然變得苦口婆心到有點像蘇杏璇，更加惹起我的反感，於是我來招反客為主：「我才不信你，因為你根本就不了解男人的心理！」

「你呢？你以為你自己很了解男人的心理？也許五十歲以上的男人，你會略知一二，但五十歲以下的，你比我還要無知！」

一時間，司徒潔貞變到像隻鐵嘴雞，完全忘記了主僕、尊卑之分。

「你……你這個目無王法的老姑婆，你給我滾！」我氣得渾身發抖，差不多說不出話。

「我根本就沒有打算留在這個地方，我現在就辭職不幹，從明天開始我將會成為油麻地戲院的帶位員，利洗，早抖。」

講完之後，她竟頭也不回就踏出我的書房，當她行出房門口時，突然回頭，露出一個狡黠的笑容：「利夫人，我保佑你明早起床照鏡時，發覺你的樣子

變成張徹！」

　　司徒潔貞這句咒語嚇得我心驚膽破，慌忙跑入化妝間照鏡，心中不斷叫大吉利是。我的樣貌皮膚那麼嬌柔，怎會無端端變成張徹！但她的咒詛在我的心中留下一個不可抹殺的陰影，從此之後每天早上起來，我就擔心自己真的變成張徹，所以對安排Tommy的聖誕節目，已顯得沒有心情了。

司徒潔貞篇

　　當我把水晶杯裏面最後的一滴薑汁撞奶都飲光之後，我把手往嘴邊輕輕一抹，不期然發出一個奸獰的微笑。

　　哈哈！哈哈！哈哈哈哈！我勝利了！

　　經過三年的辛苦佈局，我終於達到了我的目的——把我以前的女主人利冼柳媚女士神不知鬼不覺清除掉，如今我獨自吞佔了利冼柳媚的一切財產，任我揮霍。想不到像我這樣一個平凡的女秘書，也會有飛上枝頭的一日，但想不到的事情還有更多呢！

　　當然我首先要感謝我那個十八吋黑白電視，記得我初來利家上工，做利冼柳媚女士的私人助理時，我不介意她把我調去住下人宿舍，更不介意她把我安排住在花王高大威的隔鄰，我唯一的要求是要利女士配給我一個黑白電視機，繼續我的研究工作，我要利用我工餘時間不斷去看電視上的粵語長片，將我的心得詳細紀錄在我那本將會轟動香港整個學術界的著作：《春梅與秋菊——論盡（1955-1965）粵語片的第二女

主角》。現在大概你們都已明白為什麼我不需要彩色電視機了，我的世界是黑白的，是方銀幕的，雖然也有例外，像余麗珍擔綱主演那三十部局部七彩古裝宮闈法術片，但這些電影如果用黑白電視機去觀察，我硬是覺得我會得到更多的啟示，總之，從1955年光藝公司成立那一天開始，至到1965年陳寶珠蕭芳芳主演的《彩色青春》為止，當中十年內那幾千部粵語片就是我的全部思想、哲學、道德、品味、習慣、口才、化妝、衣著、髮型、裝飾靈感的來源！我永遠都不會忘記方華那件旗袍上釘著的每一粒珠，每一塊膠片。它們才是美的靈魂。

但各位讀者，你們不要以為我真的是那麼全心全意去做學術上的功夫，我每天坐在電視機前苦心鑽研，還有另外一個出人意表的目的，我就是想向銀幕上那些偉大的粵語片第二女主角學習，她們的種種陰險、歹毒、黑心、奸詐、狡猾、猙獰、潑辣、刁蠻、任性……像柳青、譚倩紅、玫瑰女、李香琴、陳好逑、楊茜、梁素琴、陳綺華、容玉意、容小意、鄭碧影、梅蘭、梅珍、林丹、李鳳聲、綠珠……試想這個世界上還有什麼人會比這群可敬的女配角具備更多人類的劣根性？她們銀幕上施展的每一個毒計，安排的每一項陰謀，我都刻骨銘心地記在腦袋裏，每一次她們嫁禍於人的計劃得逞後，我見到她們面上發出那陣幸災樂禍的陰笑，正好是我內心深處的真面目、真本性。

和我鬥？利洗柳媚是註定要失敗的，無疑她也算是鑽研過粵語片的權威，但她玩票性質的研究又怎比

得上我苦心考究的專業水準？況且她的虛榮心太重。一向都只嚮往模仿那些大牌女星，揣摩她們的淒楚表情，分析她們每一滴眼淚的社會意識，又那裏還有時間和心機去向那些連一個特寫鏡頭也分配不到的女配角學習種種殘害人之道？但我就不同，當利冼柳媚做林鳳的時候，我安於做林艷，她要做丁瑩的時候，我只要做丁櫻，她扮演白燕時，我一心一意去扮任燕，當她把自己當做紫羅蓮時，我知道我頂多只可能做到金影憐的地步。

但做配角有什麼不妥？只有精明如我才留意到那群女配角在銀幕上不為人留意的角落進行她們各項不可告人的勾當，日積月累，我怎可能不洞悉她們的一言一行，一招一式，剩下的問題是：在芸芸的毒計當中，我選哪一條去害利冼柳媚？

結果，在經過數年來的深思熟慮之後，我決定用一套不留痕跡的方法——慢性毒藥！

對，我每天都悄悄地把一些慢性毒藥放在利冼柳媚的鮮奶燕窩裏，過了大約半年，她的身軀愈來愈衰弱，神智也變得不清，脾氣比起她更年期那幾年來得還要暴躁，而我又乘機火上加油，挑撥離間，遣走了所有工人。（完全仿照羅蘭在《冷月驚魂》裏的經典場面，連每句對白，每個小動作我都做到足，最奇怪的是，利家那些女傭的反應竟然和銀幕上的黎雯一模一樣，你說奇不奇？）

之後我就更放肆，索性把利冼軟禁在地牢一間黑房裏，逼她簽字將她旗下所有的物業財產通通轉到

我的名下。（梁素琴，你還記得你在《鐵證如山》裏頭對付麥老太李月清時所用的同一手段嗎？）毫無疑問，現在我已經是全港數一數二的富婆。

我要將利宅大事裝修，把它煥然一新。找對室內設計雖然沒有受過什麼專業訓練，但卻有足夠的知識去美化每一個宏大的客廳、睡房和弧形樓梯，不是嗎？粵語片裏面每一個富有人家的佈景，都是我心目中的香格里拉。

啊！還有花園，我差點忘記花園也是這些不朽電影中十分重要的一環，所以我也要好好將這個花園整頓一下。於是我吩咐園丁高大威大量發塑膠花去些木屋區，讓那些家境貧苦，營養不良的孩子穿塑膠花，幫補家庭的收入，不要讓那個做私校教員兼患了肺病的爸爸黃楚山獨力支撐。當高大威收集所有發出去穿的塑膠花之後，我這個花園就會變得彩色繽紛，成為全港獨一無二的長春園。

最後還有服裝這一環，老實說穿衣之道我是比不上利冼柳媚，但愛美是人之天性，我又怎會例外？問題是，要怎樣去穿才能達到林艷在《能言鳥》中那套宮廷晚禮服的效果？這種種的細節，我要先和薛家燕商量，徵求她的意見，再從長計議。

寫到這裏剛好又是時候送飯落地牢給利冼柳媚，到時再逼她簽多幾張支票，對了，還要逼她供出薛家燕的電話呢！

至於我以後怎樣在家燕的悉心指導下美化自己，有機會再告訴你們。

FILM ANNAL 1967

*** BLOW UP　春光乍洩　　　(Antonioni　義)
RED BEARD 赤ひげ　　　　　(Kurosawa

** 10:30P.M. Summer
Georgy girl
Who's afraid of Virginia　　(Dassin
Woolf?　　　　　　　　　　(Harizzano
Giulietta degli spiriti
The adventurers　　　　　　(Nicholas
Two for the road　　　　　　(Fellini
Bonnie and Clyde　　　　　　(Enrico
　　　　　　　　　　　　　　(Donen
* The girl with green eyes　(Penn
Summer fires
The sailor from Gibraltar　(Tavis
A man and a woman　　　　　(Richardson
The eye of devil
A countess from Hong Kong　(Lelouch
Torn curtain　　　　　　　　(Lee Thompson
A thousand clowns　　　　　(Chaplin
The taming of the shrew　　(Hitchcock
The wrong box
Is Paris burning?
紅狫沙漠　　
Fahrenheit 451
Darling!
Rebellion 冊令叛亂
Cul-de-sac
蕃城異記
That term ca
A man for al
This concer
The idol,

LA
STRADA

ANTHONY QUINN
GIULIETTA MASINA
RICHARD BASEHART

Top 10 :
1　怪談
2　A ship of fools
3　Circle of love
　The Group
　r Zhivago
　e collector
　遙迢柬英會
　knack
　hold a pale horse
　nd of Music

a the Greek , The Chase , Bambole.

Films '66
F
Best Director - Sidney Lumet
Most disappointing film - Viva Maria
Best Chinese film - 甲午風雲
Best Actor - Oscar Werner
Best Actress - Simone Signoret
Best title song - Help !
最佳彩色美術設計 - 怪談
　,,　,,　黑白 ,, ,,　,, - The knack
　,, 彩色攝影 - Dr. Zhivago
　,, 黑白 ,, ,, - Behold a pale horse

Best Director for 1968
Anthony Harvey for Lion in the Winter
Paul Newman for Rachel Rachel
Carol Reed for Oliver
William Wyler for Funny Girl
Franco Zeffirelli for Romeo and Juliet

Best Supporting Actress
Ruth Gordon in Rosemary's Baby
Barbara Hancock in Finian's Rainbow
Abbey Lincoln in For Love Of Ivy
Sondra Locke in The Heart Is A Lonely Hunter
Jane Merrow in Lion In The Winter

Best Supporting Actor
Beau Bridges in For Love Of Ivy
Ossie Davis in The Scalphunters
Hugh Griffith in The Fixer and in Oliver
Daniel Massey in Star
Martin Sheen in The Subject Was Roses

Best Musical or Comedy Acto
Fred Astaire in Finian's Rainbow
Jack Lemmon in The Odd Couple
Walter Matthau in The Odd Couple
Ron Moody in Oliver
Zero Mostel in The Producers

Best Musical or Comedy Actre
Julie Andrews in Star
Lucille Ball in Yours Mine And Ours
Petula Clark in Finian's Rainbow
Gina Lollobrigida in Buona Sera Mrs Campbell
Barbra Streisand in Funny Girl

Best Musical or Comedy Film
Finian's Rainbow,　　　　　The Odd Couple,
Yours Mine And Ours,

Best Song in a motion picture
flix Ortolani and Mel Frank for Buona Sera Mrs Car
Richard and Robert Sherman for Chitty Chitty Bang
Jules Styne and Bob Merrill for Funny Girl
Jimmy van Heusen and Sammy Cahn for Star
Michel Legrand and Alan and Marilyn Bergman fo
Windmills Of Your Mind (in The Thomas C
Affair)

Best Dramatic Actor
Alan Arkin in The Heart Is A Lonely Hunter
Alan Bates in The Fixer
Tony Curtis in The Boston Strangler
Peter O'Toole in Lion In The Winter
Cliff Robertson for Charley

Best Dramatic Actress
Mia Farrow for Rosemary's Baby
Katharine Hepburn For The Lion In The Winter
Vanessa Redgrave for Isadora
Beryl Reid for The Killing Of Sister George
Joanne Woodward for Rachel Rachel

Best Dramatic Motion Picture
Charley, made by Cinerama
The Fixer, MGM
The Heart Is A Lonely Hunter, Warner Brothers
Arts
Lion In The Winter, Aveo-Embassy
Shoes Of The Fisherman, Paramount

Best English Language Foreign
Benjamin, made by Paramount Pictures
Buona Sera Mrs Campbell, United Artists
Joanna, 20th Century Fox
Puer Cixe, National General
Romeo And Juliet, Paramount

Best Foreign Language Foreign
The Bride Wore Black

杜魯福是不

全世界最快樂

是。

作者：杜魯福
翻譯：譚小宇（香港業餘自由寫作人）

【文林月刊】編者原按：1973年1月，本誌【影響】曾試譯刊了一次《杜魯福專論》是浮泛專論，其中有一篇《楚浮是全世界最快樂的人》，這裡我們刊的另一個譯文版本，則是1971年鄧小宇同學忽然天外發來，一次熱情的郵譯，原載1972年3月10日【中國學生周報】。我們首兩篇譯文，各有所長，西此魯福的原意，許是在兩者之間，惟原文第五段第六行之「四個小時」應為「四個月」，則大致可以肯定，兩1971年至1973，三年於茲，我們始終不曾找回原文，對照翻譯，這種輕鬆的態度，就算是「讀者不太甚解，每有會意，便欣然忘食」，也是必須在此鄭重致歉的。

（鄧小宇 英國通訊）談趣：記得自從看了你1966年夏天高在《鬼人》上映之後，《瑪利亞慈》上演之前的論文《路易馬盧為什麼好》時起，就對文中的小配角杜魯福注意起來，（除離校什麼小配角？那時候我不是開頭第一句就說「全世界我最鍾愛的導演是法國的法蘭索瓦杜魯福，嗎？」之後數年，找到機會不同場合一看，二來或三番了杜魯福的幾齣片子，發覺他本身的演有介紹過，而杜魯福也是一直是我心愛的導演之一，現在的「他」正如D力中，他的《野孩子》 歌起了羅《祖與占》，屢他繼作生涯的第二個高潮，不覺想起馬賽馬霍遊和反叛？周稍近編年對他非

然後那女人像跨那個發低子拉到商店的貨櫃的看
自己，那男人被她盯著的舉動嚇怕，立即轉身走
為上著，而那街上已聚集了不少好奇的勞觀
者，那女人抽搐地離開現場，「Cut」一場戲
拍完了。

〔譯者按：看到這裡單杜魯福怪不約
而同，作了個會心微笑。對了，那場戲就是他第
四部長片 La Peau Douce 其中一段。〕

這就是我之所以是最快樂的人的原因──我
＿＿＿的白日夢轉化為現實，而且我因而得
＿＿＿個導演。

＿＿＿改進生活，因為拍電影時我們
＿＿＿在茅林內，使它適合自己的口
＿＿＿以及是童年慾夢的延續，我們可
＿＿＿時或長久的思想情緒，一部
＿＿＿大概是我們能成功地表達，不是是自覺

想思法找找杜魯福的「全家福」刊登出來，以響
影迷，怎樣？
再，無論如何請告訴我白先勇的地址或我如
何寫信給他，祝
編安

譯者　鄭小宇

我是全世界最快樂的人，原因是：

有一天我在街上走著的時候，忽然看
不高，但身材美妙的黑髮女＿＿著一套＿＿
中的衣著，不俗不＿＿＿＿
臉上微笑，好像要＿＿＿
性感是多麼＿＿＿
就被所吸引，他＿＿＿
喃喃語，大概是＿＿＿
手對他的情話毫不＿＿＿
部的初紐不跌＿＿＿
＿之後我抱著了＿＿＿
想像，其實這些男組＿＿＿
各大城市也無時不發生了＿＿＿
一面來對付那個登徒子，我＿＿＿
果，然則孤怜的不是那個女人而是那個傻男的，豈
不妙哉！我立刻把這段都市小插曲寫在記事簿
上。

四個月後，我重回這條街，帶同攝影機，廿
五個技術人員，兩個由我挑選的演員，一個是金
髮、貓瞇、美貌，身材結實的男人，及一個是
(大概他已猜對了)黑髮，身段美妙，穿了一套最
切合身的初紐的女人，而我則在進行我從來不產
運人誤是沒有功用及沒有趣味的職業──我在導
演。

我叫那男演員經過那個黑髮女人，回頭，跟
在她後面，向她喃喃細語，我沒有寫下那段對
白，因為觀眾是看不到的，但他們會猜測到那些
對白會是什麼。突然那女人抓住那個男人的衣
服，好像怕他會飛走似的，對他大城我設想了四
個(我寫下，拍片前一晚才交給那位演
員的對白：「你是誰？你以為你自己是什麼東
西？她們個個都投授懷送抱的嗎？你把她們帶
到什麼地方去？你一定以為自己是唐璜二世？是
不是你分明用功夫特別到家？你從來有沒有照鏡
看看你自己的樣子？來來，快看看你的醜模，」

Part 3
城 市 漂 流

30/碎鑽鑲成的皇冠——向我們的女藝人致意

31/社交版的樂趣

32/不是莫，是榮！

33/殺戮波場

34/十姑娘的美學概念

35/「唔該你擸醒我」

36/又到選美

37/又見珊房　又見珊房

38/Notes on Aunts　男人中年變師奶

39/大男人有大男人好

40/我們的惡女

41/女人入貨時的十二種基本表情——看男士選美帶來的靈感

42/銅幣的另一面——我們幸有和久井映見

43/像這樣的一個女侍應

44/非禮與同情

45/Mourning Becomes Monica

46/Grand Exit

47/《摘星奇緣》與香港的公共交通

48/等待Philippe Starck設計電飯煲

49/60cm的重要性

50/我們的香港怎搞了

51/我們的鄰居

52/兩個城市的集體記憶

53/上海的隨想

54/上海和香港的終極決戰

30/

碎鑽鑲成的皇冠
—— 向我們的女藝人致意
2 0 0 4 年 5 月

陳冠中有一篇長文寫的camp、trash、kitsch，其實我們香港都有；有數不清的例子，我意思是只要翻開香港過去幾十年的演藝史，我們的女藝人（特別是那些三四線的女演員，做配角甚至閒角的）一代接一代，都在為camp、trash、kitsch作最佳示範，是這三個名詞的活字典。當然我指的垃圾，是陳冠中，亦即是Pauline Kael筆下所講的「好垃圾」，是褒，絕不是貶。

記憶重拾零星感覺

其實要多謝兩間電視台在晨早和深夜一直有重播五六十年代的粵語長片，不少有心人得以從中發掘黑白片時代眾女演員所帶來的趣味性和娛樂性，而且這幾年更推出了很多以前舊電影的VCD／DVD版本，令我們終於可以隨時自選到余麗珍和鳳凰女的永恒鬥爭，又或者可以仔細研究和比較無數女演員在不同的電影中發出各款的「卡卡」笑聲。（發音應該是把那個「卡」音讀低些，其實「嘎嘎」也接近我的原意，但現在有幾多人會識得這個字？）

以下我舉的例子，只是冰山的一角，掛一漏萬是少不免；我絕對相信有

不少狂熱份子會對歷年在香港出現過的女藝人比我有更深的認識和研究，在這裏我只是希望有些讀者在我的字裏行間會得到某些共鳴，發出會心微笑，因而對這些或我沒有提及到的女藝人作出重新的評估，又或者察覺了她們的存在，不多不少能增添我們生活上的情趣。

這絕對是一個camp、trash、kitsch的寶盒，Pandora Box打開了，她們都出來了，而且排名不分先後：

小燕飛——在《金蘭姊妹》一片，她和黃曼梨、梅綺、容小意等分演女傭／媽姐，骨子裏暗暗滲出一絲淫味，而那種淫，是一種幾近絕跡的淫，一種廣東順德式的淫，也許現時只有在某些老式茶樓的女知客、女招待身上仍隱約可以找到。

容小意——在五十年代中聯這個「愛國組合」，容小意算是最洋化的一個，所以通常有「洋」毛病的女角，如飛女、貪慕虛榮、撒嬌、被寵壞的千金小姐這類角色都由她一手包辦，雖然她的年齡是遠遠超越她演的角色。當然觀賞她的樂趣亦正源於此。還有她的鼻音發聲，和吳君麗各領風騷。

白燕——令人懷念之處不是她演那些苦情戲，而是她偶爾演的反派、兇惡、蠻不講理的角色，看她絕不手軟去罵人是至高的享受，請不要錯過深夜電視有時播她在《血染杜鵑紅》演那個女董事長，或《倚天屠龍記》的殷素素，當她唸要殺死龍門鏢局七七四十九人那段對白，直令人拍案叫絕。

楊茜——張瑛、白燕主演的那部《倚天屠龍記》很奇怪，竟是一部很不自覺地camp的電影，除了白燕之外，演張翠山師妹的楊茜（這個版本中，武當七俠竟有一個是女的）也功不可抹，她和白燕講數爭奪張瑛那場戲：「你唔駛旨意搶走我師兄」，由她一板一眼唸出來，其樂無窮。楊茜是張瑛的前妻，

但張煒是否由她所生，已無從稽考。

黃曼梨——Mary姐是惡家婆、惡老太的頭號人物，她將人性中「嘟嗦」（正字應該是「狼戾」，但在廣東話發音的領域，讀到「嘟嗦」二字，應該更有共鳴吧）的一面發揮到淋漓盡致，而甘國亮的電視劇《不是冤家不聚頭》就將這「嘟嗦」推到一個新高峰，劇中她和演媳婦的馮寶寶幾場「嗌交」、「對罵」戲，絕對是經典中的經典，百看不厭。

黎灼灼——另一個演惡女人的高手是黎灼灼，《黛綠年華》一片，她演一個安排幾個女兒出來做交際花的名副其實「媽媽生」，最後她神經失常，發癲的壓軸戲，她的演出可以用「壯觀」來形容，是交足貨有餘了。

丁櫻——《黛綠年華》中，她演黎灼灼其中一個女兒，最後因染上梅毒而失明，甚富戲劇性；感謝DVD，我們又可在《空中小姐》看到丁櫻的另一次演出，雖然她戲份還算不上是女配角，但她每次出場都很努力去搶鏡，哪怕是站在葛蘭背後做活動佈景板，仍堅持眼睛上下左右不斷碌來碌去，兼打眼色，總是有著一定的功效，當然葛蘭是驚都未驚過。

梁珊／馮真——不知為何提梁珊就想起馮真，除了她倆都在左派電影公司出身之外，究竟還有哪些共同之處？其實一北一南，一個偏向暴躁，一個傾向神經質，也算是各走各路，可能剛好是互相補給吧！

上官玉——原來的藝名好像叫鶯鶯，和後來改的上官玉都是很camp的名字，她的娛樂性是來自她的嘴形和她的鵝蛋面。

譚倩紅——委實厭倦看她在電視演那些慈祥、知情識趣老人，還是看她年輕時在武俠片演那些蠻不講理的師妹有趣得多。

鮑起靜——同樣，慈祥賢淑和一本正經亦是令人對鮑起靜提不起興趣的罪魁禍首（按：最近看她在《天水圍的日與夜》演師奶，添多了一份傻更更，會不會是導演許鞍華不自覺的投射？另外我在這篇長文沒有提到此片另一女角陳麗雲，亦證明了這些碎鑽確是數之不盡的）。

梁素琴——原來是二三幫花旦，後來在武俠片扮演些女道士（如李莫愁），在時裝喜劇她就扮演些戴深近視眼鏡的老姑婆，和梁醒波、新馬仔等人演對手戲。

南紅——和白燕一樣，南紅的精彩處不在她的招牌苦情戲，令我們難以遺忘的是她的《黑玫瑰》系列，她演神出鬼沒的女賊和神探謝賢鬥智鬥嘴那幾場戲，玩弄謝賢於股掌之間，卡卡笑到十分得戚。但到了後期拍電視劇，她又成功轉型，掌握到「惡」和「發爛渣」的神髓。

夏萍——如果南紅在電視「發爛渣」，夏萍就發「嘟噥」，可以說夏萍是承繼了黃曼梨，幫「嘟噥派」繼續發揚光大，經常「唔好老脾」。其實遠在七十年代邵氏那部《面具》，夏萍已開始發功，她演一個鑲上義肢、坐輪椅的富婆，當她發現她「包」的「鴨」秦漢和別的女人偷情時，怒火攻心，竟「惡」到扯下義肢，猛力擲向秦漢，整個人陷入瘋狂狀態，和黎灼灼在《黛綠年華》那場一樣，同樣是神經錯亂的示範作。

金霏——《面具》片中另一女角，她演一個模特兒公司老闆，她audition秦漢時竟要他脫光衣服，藉口是要看他有沒有紋身。在七十年代，這樣的題材確實是相當的「前衛」，當然金霏看完滿意之後，就帶他回家「享用」。那場床上戲，金霏「放」得恰到好處，此後陳萍胡錦她們的過份露骨已成為例行公事或交貨，你不由得不佩服金霏的淫蕩的確是高一層次和有

較多細緻的變化。

恬妮／胡錦／陳萍——在李翰祥的風月片中，總少不了她們思春時咬牙切齒、舐舌、呻吟的表情，恬妮和胡錦的底線是她們欲仙欲死的表情，而露點就要派陳萍上陣了。

邵音音／余莎莉——又是李翰祥的愛將，不過她倆的娛樂性是近年進化出來那張奇異的面孔多於以前的叫床。

陳曼娜——這是一個很獨特的個案，值得寫一篇專題去作深入研究，不說別的，她驚人財富的來源已叫人議論紛紛。有人說是她前夫的饋贈，又有人說她炒樓炒金，更有傳說是她中了六合彩，無論如何，她生活得開心到極是鐵一般的事實，看她的表情是多麼的「得戚」，經常笑到嘴也合唔埋。還有大家有沒有留意到她的嘴形，她好像經常在「嘛」（音妹）一些東西，「嘛」到津津有味，「嘛」到停不了，那究竟是什麼美食？好像永遠都吃不完似的。最近TVB有一個甘草演員專輯，其中一輯是專訪陳曼娜，原來她的日常生活除了跳社交舞之外，也喜歡上網！她究竟在網上搜索些什麼？上些什麼網站？尋找些什麼資料，和些什麼人通電郵？網上購物？訂購些什麼？一個個謎我都很想知道答案。

李香琴——講到演西宮，鳳凰女比李香琴更精彩，鳳凰女奸得來更有層次。但千萬不要錯過李香琴有份演出的時裝片《黑寡婦》，她就是飾演片名的黑寡婦，一個名叫冷若冰的女人，要買起企圖自殺的張英才。有編劇居然改得出「冷若冰」這個名字，也可算是camp的師祖了。

鳳凰女——除了西宮、奸妃、陰毒婦之外，鳳凰女還有著一份幽默感，她演喜劇也是一絕，陰陰嘴笑的表情無人能模仿到，TVB會出《各位觀眾，鳳凰女小姐》的影碟嗎？

　　余麗珍——居然有皇上會娶如此其貌不揚的女子為東宮實在是異數，可能亦正因她如此其貌不揚才得到萬千廣東婦孺的認同和擁戴，時至今日，看她這個無頭東宮的頭飛來飛去，或者她跪在地上搖頭舞動水髮，依然是一大樂事，而且肯定她沒有吞ecstasy。

　　鄧碧雲——在芳艷芬余麗珍白雪仙等勁敵當前，她聰明地另闢蹊徑走鬼馬路線，也殺出一條生路，但鄧碧雲最輝煌的時期是她演電視《家變》和《名流情史》，她一言一笑，一舉手一投足都散發出令人回味無窮的戲味，每一句對白，一經她的口唸出就擲地有聲，叫人精神為之一振，用「偉大」去形容《家變》時期的大碧姐絕不為過。

　　文蘭——梁醒波的女兒，很少女人的身體語言可以硬得過她，她行路時好像一輛坦克車。不過她有份投資、楚原導演的《我愛紫羅蘭》，是六十年代頗具水準的文藝片。

　　胡美儀——她和陳曼娜都給人一種happy go lucky的感覺，她曾客串一個城市當代舞蹈團的舞劇，當中唱了多番變奏的《帝女花》，有時力竭聲嘶，有時狀似呻吟，有時震音，到最後來個氣若游絲，輕到幾乎聽不見，和Jane Birkin的 *Je T'aime Moi Non Plus* 互相輝映。

　　毛舜筠——近日她主要是走小女人、小八婆路線，其實多年前她在一部古裝賀歲片《水滸笑傳》演潘金蓮，那極其誇張、卡通化、去到盡的淫蕩表情，直叫人看到目瞪口呆。

　　梁舜燕——提起個「舜」字，我又想起Lily姐，我們記住她絕對不是因為她演過「上等人」，she's much better than that，我們記住她，是因為她和華慧娜都是在香港開儀態學校的鼻祖。

　　楊寶玲——《晴天霹靂下集大結局》是一部過份刻意去camp

的電影，但全片最叫人驚喜的不是黃韻詩（黃韻詩好，是預咗），而是演在夜總會與蛇共艷舞的楊寶玲，她在被色狼跟蹤那場戲，就驚慌得十分妙，她的角色名字叫狄露，和冷若冰有異曲同工的camp。

薛家燕——我曾經在一篇文章寫過，薛家燕的演技主要是來自四個表情——喜怒哀樂，雖然在camp的領域，沒有人要求深刻的演技，問題是薛家燕她太大路了，而camp總是要帶有些小眾味的。

馮寶寶——和家燕相反，寶寶的表情是刻意地過份細緻，是不是她對自己的要求過高了？結果過了火位。還是懷念她在《不是冤家不聚頭》和家婆黃曼梨大吵大罵那幾場嗌交戲裏較生活化的她。

惠英紅——也許只有李志超才會去到如此盡，安排一個印巴籍人士和惠英紅在《妖夜迴廊》演床上戲，但亦難得惠英紅七情上面搏到如此盡去完成李志超的安排，替這部不上不下的電影挽回一點異彩。

于倩——晚期的于倩滿面風霜和鬱結，見到會令人一陣心痛，已經去到了悲劇的境界，電視《香江歲月》、電影《花街時代》就是這個時期的代表作。不過她另一些早期作品如邵氏的《慾燄狂流》和《油鬼子》，我們總可以看到年輕時走性感路線的她，在《慾燄狂流》她演一個玩弄

男性的富家女，開場一幕是她和一個男妓在她睡房狂歡後，她一邊卡卡笑，一邊將鈔票掟到滿房飛舞，是camp的又一典範。

丁佩——在《花街時代》，她和于倩有好幾場對手戲，滿以為兩位過氣女星復出相遇，會擦出稀有火花，可惜導演陳安琪捉到鹿都不識脫角。丁佩好像吃長齋多年，偶爾她接受訪問時，言下之意總好像在暗示經過和李小龍的一段情，無論什麼都再也引不起她的興趣了。是過激戀情的後遺症？

鄺美寶——後丁佩一輩的肉彈，現時好像又是另一個吃長齋的女人，是否她經過呂良偉之後，對其他一切又同樣再也不感到興趣呢？在週刊有時見到她的近照，總帶有點過來人笑看浮生的味道。

尹婉媚——雖然她不是明星，是名媛！但她和鄺美寶的交情好像不淺，她們的合照也不時在週刊出現，亦勉強算是半個圈中人，不過當一個是帶著笑傲江湖的超然，尹婉媚仍然漏夜趕ball場，對社交活動樂此不疲。她曾經贊助過中國東北某隊足球隊來香港比賽，among other things又是釋囚會的主席，順帶一提她的密友是陳細潔。

劉亮華——第一代的香港國語片肉彈，後來好像在嘉禾擔任高職，之前在邵氏她拍過一部《盤絲洞》，是七隻蜘蛛精中的大姐，據聞當年這七隻蜘蛛精為了爭戲份而交惡，成為娛樂版的頭條。

張仲文——是肉彈中的肉彈，其曲線之誇張，可媲美珍·曼絲菲（Jayne Mansfield），當年她的外號叫做「最美麗的動物」，加上她是《叉燒包》的原唱者，這張名單怎可能少了她！

穆虹——在《四千金》裏面，最具趣味性的是穆虹，她辛苦

找來的男朋友經常被二姐葉楓搶去，逆來順受的她，最多是面色一沉，然後熄燈睡覺。但各位千萬不要錯過她那面色一沉，是令你回味無窮的沉。然而她又有風情的一面，另一場戲她跳rumba時，輕柔地扭動腰肢，表情與舞姿都「滋陰」到極。

蘇鳳——在《四千金》她演四妹，她的娛樂性是來自她無可再生硬的演技，在《野玫瑰之戀》，她的善良令到你煩，宜得摑她一巴掌。

歐陽莎菲——她後期在邵氏演中／老年風情婦人，總比之前在電懋演慈祥婆婆更吸引，像在《傾國傾城》演西太后的近身侍婢，在《萬花迎春》演樂蒂的保守親戚⋯⋯她的crowning touch是在港台《香江歲月》客串一集演「夫人」一角，不言而喻地挑逗萬梓良，即使最終不能成事，表情依然相當「得戚」。

李殿朗——她在《火龍》演末代皇后，走難那場戲一口爛牙，毒癮發作，眼淚鼻涕直流，造成一幅極震撼的地獄圖。而譚家明的《最後勝利》一有她出現，整場戲也就馬上「生」起來，不過我認為她在《香江歲月》和歐陽莎菲同場出現，演歐陽的養女／侍女／秘書（？）最為經典，每一個表情，每一個眼神都充滿著無與倫比的複雜和曖昧，將人類最難捉摸的情緒變化作畫龍點睛。

夷光——六十年代來自寶島的肉彈，如果電懋的DVD仍會繼續推出的話，你將會見到她在《深宮怨》演皇太后。她令人最難忘的是在《都市狂想曲》演闊太，臥在床上被幾個女傭像扯大纜似的替她束腰，這個片段在youtube有播。

范麗——五六十年代邵氏的旗艦肉彈，亦是當年血氣方剛的小子們的禁果、集體性幻想，要見識她的本錢可找《千嬌百媚》來看，有時我真的感到有點不可思議，以前的肉彈像張仲文、夷

光、范麗、狄娜，她們的胸部怎會如此發達？現時香港的女人又怎麼愈來愈不濟事？要靠北女來撐場面。與這些前輩相比，朱茵，請借歪。

林黛——作為永恒的大王巨星，絕對可以從很多不同的角度去欣賞她，個人特別欣賞當她激人和被人激的時候。在電懋的《情場如戰場》，和《溫柔鄉》她是擔任激人的角色，在前者她激那個樣貌平凡的表姐秦羽，在後者她激表哥張揚的幾位女朋友並惡作劇地破壞他們的感情。到了邵氏，在陶秦的歌舞片《花團錦簇》，她就倒過來，演一個保守古板的婦科醫生，被時裝設計師陳厚激到死去活來。順帶一提，1962年的《花團錦簇》裏面有很多時裝表演場面，替本地camp立下里程碑。

高寶樹——她在《花團錦簇》演一個時裝王國的老闆雪夫人，在《千嬌百媚》她是歌舞團的創辦人，在《萬花迎春》她是樂蒂家裏的女總管，三部電影裏面她都架上眼鏡，擺出一副很嚴屬、很權威、要求很高的姿態，可說是女強人形象的始祖。後來在現實生活她當上導演，很多時候嘴上掛上支長煙嘴，來個煙視媚行造型，她其中兩部作品叫《販賣人口》和《大小通吃》，這兩個片名和她的形象合起來，令人作出會心微笑。

仙杜拉——仙杜拉的鬼馬已跡近走火入魔，反而叫人懷念她以前的拍檔亞美娜，和她又同是唱英文歌為主的姊姊桃麗斯，如今她們又在哪裏？有「女貓王」之稱的沈夢又如何？

羅蘭／容玉意——她們兩個平時看來好像冇料到，但惡起上來又另計，像羅蘭在電視版《神鵰俠侶》演裘千尺時，或容玉意在《如來神掌》演孫碧玲時，又有不同的睇法，與此同時，讓我們也一提演柳飄飄的陳惠瑜。

蘇杏璇／程可為——不知為什麼又會把她們相連，也許她們是同期出道的緣故吧。蘇杏璇早期演些弱質可憐角色，演得好但沒有火花，不過近年她改變戲路，變得愈來愈暴躁、打橫行、蠻不講理、大聲夾惡、見人就罵，成為「發爛渣」一派掌門；而程可為依然故我，仍是陰啲陰啲，經常擺出左右做人難的表情，是「滋陰」幫幫主。

佩雲——還記得這位出現過在不少電視劇的配角嗎？她的金髮、她的豬膽鼻、她略帶神經質的眼神，都是她獨特之處。

白茵——兩頭唔到岸是白茵的致命傷，她既非善男信女，但講到惡又暫時輪不到她，於是她唯一搶鏡的武器是靠她那頭染到極黑的恤髮，不過我預測她會愈來愈惡，愈來愈霸道。

梁愛——亞視有時真的很可愛，像有年它的台慶，藝員不夠於是所有甘草演員都獲得星級待遇，像梁愛以前在TVB大都是演些勢利眼嘴藐藐的女傭之類，那晚在亞視她一頭白金短髮，一套隆重晚裝，和在TVB時的她判若兩人，十分有型，如果你在東京Yohji Yamamoto的青山總店見到她，還以為她是Yohji一個舉足輕重的得力副手。

葉萍——講起嘴藐藐，令我想起久違了的葉萍，在惡女人群中她只是副線，演技亦過份地誇張，她的代表作是《家變》。

韋以茵——年輕時她以一個住公屋的弱質女子姿態出現，曾被《號外》選為在熒幕上被強姦次數最多的女星，到後期在她從熒幕消失之前，大都演些心理不平衡的老處女。

陳復生——如果韋以茵是弱者，陳復生就是強人，如果有需要，她可以在人氣排行榜上戰鬥到最後一秒，她的缺點是她自以為只要演技誇張就可以搶鏡。但世事永無絕對，我們至今仍未能把她徹底遺忘，何嘗又不是因為她那對太想要說話的眼

睛？

馬海倫／李麗麗——同樣以前是邵氏明星，馬海倫即使演些垃圾劇，做些垃圾角色依然隱約從她身上發現到一些星光，李麗麗則好像早已看淡一切，拍劇只是她的職業而已。

湘漪——要看湘漪的威嚴，大概要回到三十年前的長劇《強人》，她演一個主持大家族生意的老太。最近亞視邀請她復出演《萬家燈火》，怎可能派她做一個慈祥的老婆婆？白白浪費了她的強項，也浪費了我們的時間。

鄭孟霞——和湘漪剛相反，一個震騰騰慌失失的小家子氣婦人，《不是冤家不聚頭》她演託兒所的女工人是她的演技示範作。我們怎能相信她就是唐滌生夫人？

森森／斑斑——一個很獨特的組合，她們分開做獨立個體，沒有什麼睇頭，但一旦合起來，特別是合唱時，synchronized的舞姿，煞有介事的台風……我也不知道是camp、trash還是kitsch，總之是盤古版的twins。

瑪莉亞——「粗」是肥媽的特色，我説的粗不是指她身粗，而是粗糙的粗，她整個人的presentation都相當粗糙，包括她煮的東西。

黎愛蓮／苗嘉麗——Irene Rider / Margaret Miller，兩個國籍不明的女人，都曾歌影視數棲，發光了一段時間，黎愛蓮似乎仍緬懷過去，打扮幾十年都沒有怎變；苗嘉麗近年曾在銅鑼灣開了間齋舖，每晚招呼客人，樂不可支。

鄭裕玲——醒神是鄭裕玲的殺手鐧，她每次出現都是watt數十足，好像有著用不完的能量，永遠醒神。當然她的「表姐」系列的生鬼也令人難忘。

原子鏸／鄭佩佩——不論這個秤不離鉈的母女組合是否鄭

佩佩的策略，起碼這條路線令她們拿到些母女廣告。這對母女兵，和森森斑斑的姊妹兵，以及楊傳亮與母親的母子兵，都是 combination camp 的好例子。

西茜鳳——才女界中，camp、trash、kitsch 都具備的要數西茜鳳，八十年代她曾經有一段時間極熱衷曝光，但後勁不繼，近年已芳蹤杳然，她雖然不是藝人，但我猜想如果有人找她客串，她一定樂意應承。

黃真真——無論作為一個導演或一個演員，她亦都具備了西茜鳳那三大元素，例子是《女人那話兒》和《走火槍》。

黃莎莉——這些年來亞視挑選的甘草很多都帶給我們驚喜，當年黃莎莉這個「大家姐」經常胸有成竹，處變不驚的表情，似乎比先前商台的「處變不驚」口號來得更具說服力。

柳影虹／謝雪心——又是亞視。柳演義氣女子，不作他人選，而謝雪心的臉型和她的前輩上官玉極接近，如果上官玉也需要接班人，應該就是謝了。

宮雪花／劉月好——兩位超齡亞姐，兩個充滿生命力，求生意志極強的奇女子，沒有什麼可以難倒她們，儘管世界千變萬化，天翻地覆，她們也不會倒下，會如常的活下去。換句話說，她們是張愛玲筆下那個唱蹦蹦戲女伶的現代版。

江美儀——《萬家燈火》她一人飾兩角，在《忘不了》演張栢芝的姊姊也十分精彩。她代表了現時很多出來社會搏殺的中下層職業女性，夠狼夠狠，兼極度現實，像她這類女性通常都會在旺角一帶或某些屋苑的商場開 facial 店或時裝 boutique，而且店名愛用一個單字，像「顏」、「妍」之類。

文素——八十年代驚鴻一瞥的肉彈，她的表情別創一格，通常都是不慍不火、運籌帷幄，在這方面，她深得 Tina Viola 的風

範，她的敗筆是摸索不到定位，做肉彈又不肯露點，乳溝成了她的底線，怎去競爭？

苗金鳳——尖而脆弱的聲線幾乎成了她僅有的特色，但她始終有著她那套的sophistication，簡單一句，她又是一款另類上等人。

呂有慧／陳嘉儀——早在《山水有相逢》她們已演少婦，到了今時今日，她們仍在演少婦（中年版），她們可愛之處是從不覺得她們要求些什麼，一切隨遇而安，淡泊名利，終於悠然見南山。

朱咪咪／譚蘭卿——兩代喜劇演員，是comedy多於camp，其實朱咪咪很有camp的潛質，可惜她選擇了大眾化、老少咸宜的不歸路，如果她守得住，抗拒TVB，繼續走她早期講咸濕笑話路線，她大可以成為香港的Bette Midler。至於另外一位喜劇演員沈殿霞，在camp這個範疇更乏善足陳，和薛家燕一樣，她太面面俱圓，太八面玲瓏了，camp有時是需要有些厲言疾色的。

陳秀珠——你們有沒有發覺陳秀珠的樣子愈老愈狼，脾氣愈老愈躁，表情愈來愈「惱」。

商天娥——情況和陳秀珠相若，不過

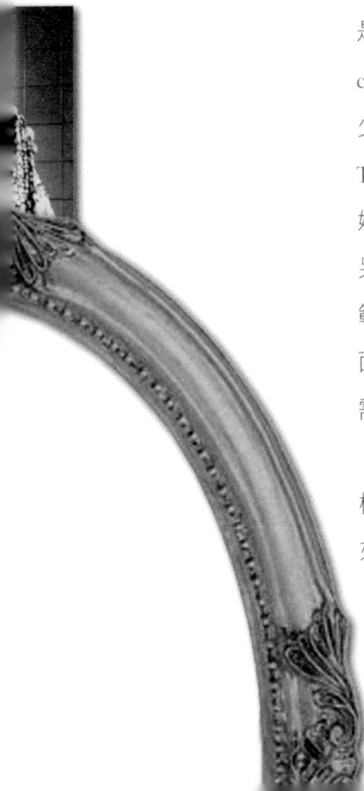

她更硬朗，更惡。

吳君如——吳君如時至今日仍是有佳句而無佳篇，她的喜劇才華仍未被人恰到好處的發揮出來，《金雞》一、二集仍未算是她的代表作，我仍在期待更精彩的吳君如出現。

謝月美／黃文慧——我是她倆的忠實擁躉，她們有份演出的電影／電視／話劇，我都盡量不錯過，在《不是冤家不聚頭》黃文慧演一個好得戚的大肚婆，經常托住個肚子在馮寶寶面前曬命，就十分出色，可惜在VCD版她的戲份差不多完全被刪去，真不明白TVB為什麼要這樣做。講到「發爛渣」，她們兩個都唔講得笑，謝月美發得來夠硬朗，中氣十足；黃文慧則偏向較嗲較怨的一種「發爛渣」方式，但最終效果都是只有此家，別無分店。很多年前周采茨搞話劇，演諾卡的全女班經典名劇 The House of Bernarda Alba，她有一個意念想找本地電視台一大班甘草來擔綱，但礙於種種客觀條件，最終只找到謝月美和黃文慧，一個演管家，一個演Matriach，兩人在台上一唱一和，有著無比的化學作用，我想如果真的能找到如陳復生、韋以茵、劉玉翠、楊寶玲等人演那群女兒，一定會是經典中的經典，即使現時這樣卡士不完整，黃文慧這個威嚴母親大聲一句：「夜喇！好瞓喇！鎖門喇！」立即把背景從原來的安德魯西亞直搬到廣東梅縣！廣東味，有時原來都是camp的元素。

陳麗卿——前香港話劇團成員，她聲線之響亮遠遠超乎你我的想像。當年話劇團演《蝴蝶君》（M Butterfly），她演一個女幹部，用「文革」式的表情和聲線去審問蝴蝶君一場，令我認識到祖國camp這個組別。如要重演王爾德不朽的camp示範作《不可兒嬉》（The Importance of Being Earnest）當中Lady Bracknell一角，非她演莫屬（這位夫人有著我們西太后的權威，

但多了一份英式的幽默），萬一假如這個角色派不到她，由她去演那個戰戰兢兢的家庭女教師Miss Prism也一定會帶來意想不到的成效，當然如果Miss Prism由《不是冤家不聚頭》時期的鄭孟霞去演，就保證精彩絕倫，可惜現時仍沒有科技可以任由我們穿梭時空去選角。

韓瑪莉——在上帝面前我怎敢説藝人之家的成員是camp、trash、kitsch！但他們的「召集人」鄭明明又好像什麼都沾上一點。

張鳳愛——七十年代一個能編劇的女藝員，是當年的麗的才女，但她太minor了，有關她的資料相信已所餘無幾，但如果不立此存證，可能她的legacy就從此失傳。相信我，她神經質的眼神，絕對不比佩雲失色。當然，一個是文藝神經，另一個是師奶神經。

英麗梨／金影憐／玫瑰女／麗兒……和張鳳愛一樣，這群五六十年代粵語片女配角的資料大概也是已經無從稽考，不過像這麼獨特的藝名，在廿一世紀的今天，大概再沒有人會用了。

吳君麗——她至今仍有人記得，應是歸功於她演過的幾套超級苦情戲多於她是個粵劇花旦的身份，她瘦削的尖臉和震顫的鼻音，都是催淚的強力武器。

陳好逑——如果一個二幫花旦能有耐性與時間角力，若干年後再復出來接受訪問，或再踏足舞台做正印，終會得到大老倌的禮遇和尊重，陳好逑是一個例子；任冰兒，在某程度也是。

半日安——他是男人，但經常在粵語古裝片抓住枝龍杖，扮演老太太、太君之類的角色，對於這些反串藝人，我們通常都好奇想知道他是不是gay的，不過我更有興趣知道半日安那個年

代，在香港廣州一帶的gay scene又會是怎樣一回事。

陳立品／馬笑英／大聲婆／陶三姑／馬昭慈／馮瑞珍／陳皮梅——加上半日安——她們就是所謂的三姑六婆，讓我們默哀吧，她們已是絕跡的恐龍，如果還有一個後輩，大概是亞視那個肥肥矮矮，專做大妗姐之類的女藝員。

白光／葛蘭／任劍輝／白雪仙——如果camp的品味與同性戀有糾纏不清千絲萬縷的關係，以上四人如此受到gay人的擁戴，理應入榜吧，但我怎樣看也不覺得她們特別camp，是不是她們的藝術造詣，已脫離（超越？）camp，去到另外一個境界呢？

唐若青／黃蕙芬／李湄／盧燕——講camp，怎可能漏了西太后！至少在戲劇裏的西太后是大中華camp的靈感和元素的重要源頭。唐若菁在《清宮秘史》用街市婆式的兇神惡煞去演繹西太后；黃蕙芬在幾部有西太后的電視劇唸對白時慢幾拍，好滋油；李湄和盧燕用較低調的方式去演繹這個老佛爺，可能有較高的藝術層次，但講到娛樂性，則遠不及前二者了。

周啟邦／譚月清——他們太自覺地要camp已令他們失去了趣味性，真正camp的人會娛己，但不會很刻意很自覺去娛人。在這裏一提只是honourable mention，其實城中社交界起碼有兩對姓雷的夫婦，都比周啟邦夫婦camp得更堪玩味。

許瑩英——很不幸，在camp的國度也不可避免有階級之分，許瑩英是下品，但亦無損她帶來的樂趣。多年前，得如茶樓在電視賣月餅廣告，「雙黃單黃共三十二個……」就是她的聲音，後來她在亞視多數演些惡女傭，連事頭都鬧。

鄭少萍——又是一個下品camp，她的強項是「得戚」和狗眼看人低。如果鄭碧影的「得戚」是千金小姐的「得戚」，鄭少萍的是屬公屋師奶的「得戚」了。

李燕萍——李燕萍的camp大概已去到最低層了，我對她認識不深，我仍未跌到去那個層面。

黃韻詩 / 黃夏蕙——最後怎可少了這兩位camp、trash、kitsch的殿堂人物，但要講要寫的之前已有很多了，而且一切都是那麼的self-explanatory，大概沒有必要再在這裏畫蛇添足了罷？

樂趣的來源

寫完以上的名單，看著那堆名字，再重溫她們的形象，我問自己，我們為什麼會從這些女藝人身上得到如此豐盛的樂趣？除了她們其中某些樣貌、造型、表情、扮相獨特之外，她們還有些什麼共通的特徵會令到我們如此樂在其中？以下是我的一些觀察：

激人和被人激——當我們看到這些女演員激人或被人激的時候，總會替我們帶來一絲快感，像上面我舉林黛的例子，或南紅在《黑玫瑰》裏，黃文慧在《不是冤家不聚頭》裏面；此外，鄭裕玲在很多電影或電視片集都經常被人激，我們之所以有快感，是否我們潛意識裏面的虐待和被虐心理作祟呢？

以下我描述的好幾個構成camp的特徵都被逼用上了廣東話形容詞。因為這些形容詞實在太傳神了，完全表達出那種感覺的精髓，恕我無法在普通話的詞彙裏找到接近的形容。

滋陰——像滋陰，用普通話要怎樣講呢？其實滋陰是一種很廣東女人的特徵，通常一個滋陰女人會表現得很包容、有耐性、陰啲陰啲、慢火煎魚，不用趕時間，用一種懷柔的手段，企圖不聲不響達到目的，像程可為、佩雲、穆虹、狄波拉（《狂潮》），就是其中的表表者。

得戚——有些少「皇帝女唔憂嫁」的心態，勝券在握之餘更

有點飄飄然，陳曼娜就經常擺出一款極得戚的笑容，尹婉媚／陳細潔也是（特別是她們食雪茄的時候），李香琴／鳳凰女得寵之際，亦當然十分得戚。

卡卡笑——我無法在我所認識的普通話找到卡卡笑的同義詞，哈哈笑就絕對不是。卡卡比哈哈複雜得多，卡卡是得戚的延續，帶有點心花怒放，但同時又有點不懷好意，幸災樂禍，是歹毒的，甚至帶有挑戰成份。粵語武俠片裏的邪派高手、道姑、洞主、島主通常一出場就卡卡笑，李香琴／鳳凰女奸計得逞，快將余麗珍趕盡殺絕時也如此，此外于倩在《慾燄狂流》裏亦掟錢到卡卡笑，當然南紅在《黑玫瑰》裏面的得戚和卡卡更是傳神。

權威——不知為什麼權威很容易就變成camp，像西太后之所以成為永恒的camp icon，不主要就是來自她的權威？在上面的名單，數權威，除了幾位西太后，非湘漪莫屬，她的不苟言笑，或不滿意時面色一沉，都把權威發揮得淋漓盡致。在低一層次，半日安／陳皮梅的老太君、老夫人，只要有龍杖在手，也表現出一定的權威。如果湘漪要找繼任人，如無意外，應該是白茵跑出來了，商天娥還要耐心等和繼續修煉。

狼與狠——不夠權威，或火候未夠的，就會企圖用狼與狠去搭夠，這方面，陳復生和陳秀珠有足夠的資格做代言人。至於胡錦、恬妮等人的咬碎銀牙又是另類的狠了。

惡——惡也是快感的重要來源。不過惡也分好幾種，最基本的基本上不值得提，這類二線惡人多的是，三姑六婆經常都是箇中能手。但不要忘記，白燕在《倚天屠龍記》的惡其實也是基本惡，但她發揮得如此精彩燦爛，不是殿堂級女演員是做不到的。

歇斯底里——要入流，起碼要去到歇斯底里的惡，像羅蘭在《神鵰俠侶》，容玉意在《如來神掌》，唐若菁在《清宮秘史》，又或者誇張如葉萍的嘴藐藐。在剛才名單中我還漏了黎少芳，她的惡是瞪大對眼碌來碌去，此外她慌失失的表情，好像做了很多虧心事怕人發現也極具效果。

發爛渣——再上層樓便去到發爛渣的領域，「發爛渣」是很多中年女性特別喜歡用的一種手段去應變危機，是本著兩敗俱傷、一拍兩散、玉石俱焚、同歸於盡的心態去收拾殘局。三姑六婆最懂得運用「發爛渣」這門危機管理學，同時亦是謝月美／黃文慧的強項，楊茜在《倚天屠龍記》也發圍得不俗，值得參詳。

「悗」——如果發爛渣是形於外，「悗」就是發自內，發爛渣是加諸於人，而「悗」則是自我折磨、心煩氣躁，夏萍、南紅、梁珊、陳秀珠，以及中期的蘇杏璇都是「悗」的代表。

「啷嚟」——長期「悗」下來，遲早就會變成「啷嚟」，進入至高的境界。它已不再是一種手段去達到某些目的，或化解什麼難題，它是很多上了年紀的女人的天性，一種漫無目的的宣洩，「啷嚟」的女人基本上對什麼都不滿意不順眼，隨時亂發脾氣，她們是集不可理喻、蠻不講理、無理取鬧於一身，最經典的例子是黃曼梨在《不是冤家不聚頭》裏面的惡家婆，又或者大家要仔細留意她的接班人夏萍的演出，就會充份體會到「啷嚟」是什麼一回事。

行政立法兩會及三司十一局

看著這份名單，我還有一個想法，要是由這群女藝人入主行政立法會及三司十一局，會是多麼的精彩！很值得政府認真

考慮。

　　須知道這些女藝人很多都是來自左派，所以她們的思想正確，政治取向絕對不成問題，試想由黃曼梨去鬧司徒華，派謝月美／黃文慧去與劉慧卿對罵會是什麼場面！行政會召集人可委任白茵，至於立法會主席，有誰可以比湘漪更勝任？高寶樹倒是一個問題，她參加過多年的雙十節酒會，有不少與童月娟合照的「罪證」，但假如何志平娶個台灣明星也沒有問題，為了統戰，高寶樹理應順利入局吧？

　　剩下的如葉萍、黎少芳、馮真、容小意等人，在對付民主派時，由她們來搖旗吶喊，助長聲威，絕對遠勝動員維園阿伯的下策。

　　有了她們，民建聯也可以安心讓路了。

　　所以如果政府真的從這份名單委任他的班子，至少我會絕對支持全面委任，而政改方案也就不必再費心了。

31/

社交版的樂趣

1999 年 12 月

最近在某日報社交版連載了兩個社交界三四線人物,透過記者互相指責、謾罵,數對方不是的整個過程,其激烈、潑辣程度,比起一般師奶煮飯婆有過之而無不及,印證了去到「嗌交」這門學問,並無貧富階級之分,管你是名牌衣著、珠寶首飾,一到重要的對罵關頭,名太也好,公屋阿嬸也好,大家都能將這人類特殊本能發揮得淋漓盡致,大家都變得平等起來,「嗌交」的確是無分貴賤。

一般有識之士可能對這類報道嗤之以鼻,認為無聊到極點,正如我父母都詫異,這兩個女人的名字連聽都未聽過,她們究竟是誰?她們的對罵究竟會有什麼人感到興趣?

我是其中之一。

我覺得這兩個知名度極低的女人發生口角,居然可以見報數天,除了一再證實安地·華荷(Andy Warhol)那句「每個人都可以做十五分鐘名人」的不朽金句之外,也的確替我帶來不少的閱讀樂趣。在我眼中,這則小插曲的娛樂性遠超過洪朝豐每天辛苦經營的街頭鬧劇,她們的不經意、不自覺、真性情流露,更能滿足我們的偷窺慾,而她們「嗌交」的原因又竟是那麼的「濕碎」,加上她們在報章上的造型——那股氣勢,那

股怒目相看，那股玉石俱焚，要拚個你死我活的神態，絕對有震撼力，亦提供了近年最佳娛樂。香港就是因為還有著大量這類三四線名人存在，不時發生這些無謂的爭執，也得以保住它底魅力，大都會本來就應該如此。

這則消息又令我得到一點啟發：「嗌交」、「發爛渣」，始終是女人的強項，由她們發起，有她們參與才夠睇頭。大家有沒有留意每天的交通輕微意外，兩車相撞，雙方車主行出來講數時，如果其中一方有女人，十居其九都是惡到嚇死人，連爛撻撻的貨車司機也怕她們三分。像洪朝豐事件，最具娛樂性，對我來說，不是他本人，而是以有限的口齒、有限的詞句組織，全情支持洪朝豐的那個家姐；又像黃子華的廣告，令我至今難忘的也不是黃子華，而是那個與他對峙拉鋸、搶紙巾、眼超超的阿婆。

回頭說，既然三四線吵架也那末具娛樂性，兩個一線的對罵又會有什麼睇頭？譬如章小蕙和馬薛芷倫（無論我們怎樣不喜歡馬薛千篇一律的pose和眼神，也不得不承認，她確是第一線的）？不過我相信她們吵起來也遠不及上文提到的那兩位有趣，因為章和馬薛無論如何也不會去到那末咬牙切齒，有你冇我的地步。

大家又會不會進一步無聊到去構思最希望看到誰與誰對罵呢？

例如你想看到莫文蔚跟誰吵嘴？

趙金卿跟誰？

譚玉梅跟誰？

「九巴媳婦」又跟誰？

講起「九巴媳婦」這個奇特的名銜，相信只有香港的傳媒才會想得到、封得出。為什麼這位女士（我記不起她的名字）每次出現在報章的社交版，一定要加上「九巴媳婦」去說明／解釋她的身份；又像那個李桂蘭，她名字的前面永遠要掛著「劉李麗娟的胞

妹」，有時甚至是「前民政事務總署署長劉李麗娟的胞妹」！我記得以前我見過「九巴後人」、「九巴媳婦×××之胞弟×××」等等，看到這些如此滑稽的「解釋」，我都不期然從心底裏笑出來。所以社交版也不是全無作用或social redeeming value，即使你對誰穿上誰設計的作品，全身行頭總值多少港幣不感興趣，看看這些「名銜」，也是其樂無窮。

亦舒（倪匡胞妹、倪震姑姐），就是因為這些，香港不仍很可愛？

32/

不是莫，是榮！
2 0 0 0 年 1 月

一篇文章在交出之後，排版印刷過程中，總會有人為疏忽，偶爾的錯漏在所難免，但最要命是很多時候，錯漏往往出在最關鍵的那一個字，而很多時候，往往就是錯那麼的一個字，整篇文章的論調就不成立，甚至意思完全被扭轉。

像上期我在雜誌寫那篇〈社交版的樂趣〉，我寫到讀者最希望看見社交圈誰與誰「嗌交」，雜誌是這樣印著：「⋯⋯你想看到莫文蔚跟誰吵嘴？」

老實說，我絕無興趣目擊莫文蔚吵嘴，無論是跟誰。我原本要寫的不是莫文蔚，是榮文蔚！不知編輯何故將榮變成莫，雖然榮與莫都同屬靚女，在美學上她們也許叮噹馬頭，但從純娛樂性，視覺效果來看，莫文蔚完全不是那麼一回事。

愛靚，單看明星已經夠，社交版怎有得比，社交界人士無須要靠面孔謀生，所以單講美麗，社交版肯定敵不過娛樂版，但既然不是人人都可以天生麗質，後天的補給就是社交版的賣點，亦是帶給我們無限樂趣的泉源，於是我們會看到那些各出奇謀，看到那些氣勢、眼神、姿態、扮相、造型、行頭⋯⋯這

些都是娛樂版稍遜的。

像榮文蔚，除了她拍照從未笑過這項特色之外，她最殺食是她那對無懈可擊的模特兒一字膊頭，既橫且挺，好像有萬語千言要由膊頭講出來，但又欲語還休。身體語言，不就是這樣嗎？榮文蔚的膊頭，和趙曾學蘊面上的油光、周啟邦夫人的乳溝、馬海倫有如古希臘雕塑的側面，都是上帝創造的傑作。

從雜誌編輯將「榮」變成「莫」，而察覺不到其中微妙的分野，就反映到我們的sensibility有著多大的分歧，一直以來我從寫作得到不少樂趣，亦很希望讀者從我的文章可以分享到我的樂趣，但如果讀者看到莫或者榮都覺得冇分別冇所謂，他們得到的樂趣肯定不怎樣多，起碼遠比我預期中少。

想到這裏我是有點失望和沮喪的。

馬薛芷倫

前一個星期《明周》有篇馬薛芷倫的專輯：記者貼身採訪她在巴黎活動的情況，譬如她下榻哪間酒店，房租多少一晚，買什麼牌子時裝，每件的價值若干，還有穿什麼牌子的衣服，去看哪一位設計師的時裝表演等等，圖文並茂。顯然它的編輯覺得馬薛芷倫具市場價值，很多讀者都想知道她的巴黎行蹤。

不過我今次要講的不是這些，而是我留意到這篇報道其中幾張照片：馬薛芷倫穿上她新購的時裝，擺出一個模特兒的甫士！今回她真可以說是百密一疏，失手了。

此話何解？一般名媛拍社交照，通常都是端正的、微微笑的站著面對鏡頭，沒有什麼花巧，好像在告訴別人，她們是在記者誠意要求下，不便拒絕而作出適可而止的曝光，她們不是刻意要出鏡的。但今回馬薛芷倫擺出不止一個煞有介事的模特兒甫士，顯然已不是一般的snap shot，未免給人一種與傳媒「過份合作」的感覺，而且更會招來一番揣測——究竟她是不是很渴望一嚐做模特兒的滋味？

說實在的，差不多每一個女人的心

215

底裏都會有當模特兒的慾望，不過大部份人都沒有機會發作出來，有些則忍住不發。君不見那些慈善騷，名媛闊太在天橋上行得不亦樂乎，亦總算短暫地實現了她們的夢想。

但被傳媒封為波場天后的馬薛芷倫，竟如此輕易就暴露了她恨做模特兒的心態，未免太大意，太忍不住手了。

邦妮‧郭臣（上）

被本地傳媒捧為「波場天后」的馬薛芷倫，幾個月前在某報章發表她的波場風頭人物心水選擇，郭志怡（Bonnie Gokson）赫然上榜，馬薛給她的評語是：「具八十年代典範」！

女人絕對是不能小覷的性別，一句「八十年代典範」真是可圈可點。

但仔細一想，這句說話也不是沒有根據，郭志怡要做的，她率先做的，通通在八十年代已完成，跟住一大段日子，她除了繼續keep fit扮靚，繼續換男朋友，繼續告訴人她和她姐姐的感情有多麼好，繼續在波場與其他新秀比身材之外，她還有什麼值得人講呢？要知道波場是酷愛曝光的紳士淑女必爭之地，有人淡出之際，總會有更多生力軍磨拳擦掌，急不及待取替其空位，而每個A級波，ring side檯子的數目又不可能驟然增加，這場音樂椅遊戲怎樣玩？誰能保得住頭位，誰要降班，誰要出局，真是少一分努力，缺一分堅持也不可能坐得穩，即使緊守第一線那群，別人看著她們年復一年、波復一波賴死唔走，背後自是怒目相向，暗咒她們阻住個地球轉。

其實走了這一段日子，郭志怡有沒有想過突破自己？像她姐姐郭志清（Joyce Ma），被國際傳媒選為全球十大傑出衣著女

人，有誰敢講她半句？偶然出來亮相，主人家頓感到畀面，面子增光，那才矜貴。邦妮，是時候改變策略了。

想不到來到2008年，郭志怡終於破關而出，再次發功，來一個全面性的comeback。不用我重複，相信很多人早已知道，並品嚐過她在中環開那間，以成為全港精英社交中心為目標的餐廳。對生活質素一向講究／研究的她，再來一次色香味演繹，全誠奉獻她畢生修為，實為我們這城的一大喜訊。

邦妮・郭臣（下）

我當然說不上識得郭志怡，但多年來，她一直都是公眾人物，對她的言行、作風，總叫做有點認識。

我覺得她性格最可愛之處是她「喜怒極形於色」，也許她以為自己遮掩得很好，以為擠出個大方的笑容就可以騙倒人，誰不知她那副很勉強、帶有很多保留的笑容，一看已識穿她內心是怎樣想了。

幾年前，白韻琴的另一半生日，在Quo Quo宴客，我叨陪末席，當晚的賓客我依稀記得有鄭明明、黃玉郎、祈文傑、還有……樂蓓！而郭志怡亦湊巧地與她當時的男友在我們隔鄰共膳，喁喁細語，她應該認得出白韻琴、鄭明明、黃玉郎、樂蓓等人，見到我們這邊廂熱鬧的情況，她那個很勉強、很有保留的笑容又出現了。

但在溫室中長大的郭志怡不明白，白韻琴、鄭明明、樂蓓她們才不會理會你郭志怡是誰，她們是活在一個截然不同的世界，她們都是挺起胸膛，奮鬥不懈，身經百戰而結果求仁得

仁，各自得道，她們絕不會理會郭志怡的出身，更不會羨慕她的品味，或欣賞她的修養。

　　也許有人會笑郭志怡的修養其實也是很superficial，但起碼她識得拋一大堆前衛畫家、爵士樂手、新紀元先知的名字，而這堆名字對那邊廂的人來說是沒有意義的，這堆名字她們根本不屑去認識，亦懶得理會。

　　但郭臣小姐，你可知道那邊廂的人的數目是日益壯大，在未來的日子，你大概要擠出更多勉強的笑容了。

白蓮達周

　　如果郭志怡已歸入八十年代，那麼周啟邦夫婦會被安置到哪個時空？盤古初開，宇宙洪荒時期？

　　對於新一代的傳媒人來說，他們存在之久遠差不多可以與時間看齊。

　　他們從英國回來，穿阿高高、Paco Rabanne式太空時裝，替三區婦女會籌劃名媛時裝表演幾乎已是遠古傳說，當然直至目前一刻鐘，大家都仍可感覺到他們依然在場，他們仍盛裝閃耀不少社交活動，但畢竟很多關鍵性的波，他們已芳蹤杳然，而漸漸地他們的缺席亦成為大家都接受的事實，不再引起什麼的關注。

　　但無可否認，周啟邦夫婦對本港社交界的進化是有決定性的建樹，他們最初出場的那個年代，名流太太想出風頭大都是唱粵曲，做折子戲，是周氏伉儷把「潮流」、「時裝」的概念引進社交圈子。

　　雖然時至今日，名媛都崇尚haute couture，外國也好，土產也好，定要由名師設計，不似周氏夫婦至今仍愛自買衣料，自

行設計，更很多時，自己一針一線縫製獨一無二的「創作」，
這種精神確實有點與時代掛不上鈎。

　　最近在報章看到一張照片，是周夫人在廚房示範煎魚，我
見到那廚房裝置，完全是六七十年代的格局，不似現時新派人
士的家，大都採用德國式廚櫃，注重線條，講求協調，將一切
器皿工具通通隱藏。

　　看到周夫人在她傳統式廚房內興致勃勃地烹飪，我總有一
絲感動，這不是與他們一直以來我行我素，自得其樂的精神一
脈相承嗎？世界在變又與他們何干？

34/

十姑娘的
美學概念
2001 年 8 月

何鴻燊家族的糾紛，我覺得在外觀上最有娛樂性，最具可觀性是何鴻燊那位名為十姑娘的胞妹。在一個飯局，當大家的話題扯到這段新聞時，有一位朋友說十姑娘簡直就是成個Joan Crawford Look，真是一語道破，亦是一言驚醒我這個夢中人，我終於恍然大悟，一下子完全明白為什麼我們會覺得十姑娘那麼fascinating。

Joan Crawford，鍾·歌羅福，這位在1977年逝世的荷里活三四十年代紅星，在香港大概不會有太多人認識，如果她出現在《百萬富翁》的問題，肯定就死得人多了。但在camp品味的圈子，她確然是很重要，很經典，甚至是一個殿堂級人物，特別是她年紀老了之後的造型，可能未至於驚心，但絕對矚目。

Joan Crawford Look應該是指她年華逝去之後，開始將兩道眉愈畫愈粗，愈畫愈戚，一對眼球拚命碌大，一定要炯炯有神，口唇塗得又厚又紅，髮型吹得條條in place，鑽飾珠寶愈大粒愈搶眼愈好，一切以誇張為原則，務求要營造出一股氣勢，甚至霸氣。

在我較年輕的日子，每次在雜誌或電影見到鍾·歌羅福的出現，總是忍俊不住，覺得她的扮相有點荒謬、滑稽，我真的摸不著頭腦，為什麼有些女人會替自己設計

出這般誇張的造型。但那是我年輕時候的感受，那時候的我仍不知道「老」是什麼一回事，亦懶得去鑽研這個好像完全與自己無關的題目。到了現在，當我年紀漸長，我才慢慢明白，我們無法和時間鬥。講到扮靚，鍾·歌羅福絕對不是蠢女人，她把自己塑造成這個模樣，我現在才深深體會到，是逼不得已，是沒有辦法中的辦法。

菲·丹拿薰（Faye Dunaway）主演的電影《親愛的媽咪》（Mommie Dearest）是鍾·歌羅福的傳記。影片一開始，我們見到她早上天未光起床，準備入片場拍戲之前，在家中先用熱水洗面，然後再從冰箱取出大量冰塊洗多一次，一冷一熱以求收縮毛孔，就知道她對自己的面容，絕對是一絲不苟，每一細節都作最認真處理。而我亦很相信，鍾·歌羅福一生人照鏡，研究自己的容貌的時間，應該比我們多出萬倍不止，她對自己的強項與弱點怎會不知道得一清二楚，她怎會無緣無故亂將自己變成object of ridicule？

但要戰勝時間談何容易？如果像鍾·歌羅福後期那樣一把年紀仍不退下，仍要在閃光燈前與後輩一爭朝夕，唯一可以做的，就是不惜任何代價去搶鏡，即使誇張到近乎荒謬也要孤注一擲，再加上用老女人特有的氣勢去嚇窒人，才有一線站得住腳的希望。

要第一手認識這個她，可以看她幾部演藝生涯較後期的camp經典，像五十年代的《琴俠恩仇》（Johnny Guitar）、六十年代的《蘭閨驚變》（What ever Happened to Baby Jane）。片中她和另一老牌女星比蒂·戴維絲（Bette Davis）演一對老姊妹，兩個老虔婆互相折磨、虐待對方，簡直是一次camp的tour de force。

回頭說我們的十姑娘，在她的面上、她的儀容、她的氣度，絕對有著鍾·歌羅福的signature look，可以說十姑娘畢竟是識貨之人，亦可以說鍾·歌羅福的影響力有多麼的深遠，她的legacy的確造福了不少如十姑娘的老美人。

「唔該你摑醒我」

很多年前，梁李少霞有一次真的如此懇求張叔平。

那時我們都較年輕，看到一位長者（已忘記是誰）忽然作出驚人打扮，與他（或者是她？）本身的年紀完全不配合，我們除了驚嘆，帶點幸災樂禍的自娛之際，梁李想得更遠，她吩咐叔平，有一天如果她發神經，走火入魔，把自己打扮成這般模樣，就「唔該你摑醒我」。

的確，對於一群對時尚、潮流極為敏感的追隨者來說，年齡委實是最大的障礙。年紀愈大，穿著打扮就愈多制肘，除了要用布料飾物去遮蓋身體上層出不窮的缺陷（如頸紋，如鬆弛的手臂，如過豐的腰，如下墮的股……）之外，也要作出明智的平衡，不能一味隨潮流，勿因一時之快，打扮得過份年輕化，過了警戒線也不知，最終淪為他人笑柄。

所以當我在旺角信和中心一間專賣日本藝能界CD / DVD店，看到澤田研二2005年的一個名為「Greenboy」的演唱會DVD版本時，除了有點久違了的驚訝之餘，亦不禁擔心，他變成什麼模樣？會不會嚇死人？

我對日本歌壇沒有太多研究，每年只是看它的紅白大賽，總叫做大約知道有些什麼新人入選，那些舊人出局。在七八十年代，

那時正是澤田研二演唱事業的黃金期，當時每年紅白的高潮，就是拭目以待他的出場，看他以什麼形態打扮亮相，當年他的妖、冶艷和一身「奇裝異服」，都令到香港的觀眾嘩然，亦直接影響到我們的鄭少秋、梅艷芳、張國榮……。

然後在八十年代中期打後，香港的電視台停播了一年一度的紅白，直至不記得是1997或98年才再次恢復轉播，而澤田研二也不知在何年開始已經出了局。近年看到一些娛樂新聞報道，説他拍電影演癡呆老人，真是聽見也吃一驚！在江角真紀子主演的日劇《平民律師》，澤田研二也有份演出，已是一個行動緩慢的臃腫老頭，完全看不出，也無法想像他曾經是一個形象百變的光芒巨星！

所以現時看到這張2005年攝錄的DVD，心情是異常的複雜，他仍否能保持到一個天王巨星那份尊嚴和氣度？他會否實現了我最壞的想像，把演唱會變成一次self-parody？一個caricature？making a fool of himself？

不是未見過過氣偶像歌星上台，Tom Jones、林沖、謝雷……其中不乏一看就知拉了面皮，打了botox，面部肌肉幾乎動也不肯動一下。如果澤田研二也加入了這些活死人行列，我不會訝異，只是有點惋惜，亦感到辜負了很久以前當澤田研二第一次來港演出時，林子祥吳正元夫婦驚艷之餘，更特地作了一首歌頌他的曲子。

直至我看到他出場，才放下心頭大石。

他沒有刻意去「年輕化」，是意料中那個白髮參差、身形無可否認是有點腫脹了的老頭，動作已不復當年的瀟灑，但又奇蹟地不覺得他有什麼太礙眼的老態，反而他一踏上舞台，就一下子變得活力十足，以前的魅力光芒也都返回來。他在台上的服飾完全跟得上潮流，而不是滯留在時光隧道的那股過氣時尚，兼有著一份優閒式的隨便，因而不會覺得刻意或造作，反又添多一絲老頑童式的趣致

和幽默，像打頭陣那身以天藍為主色的長風褸，裏面一件鮮黃色鑲滿扣針、鎖鏈和襟章的運動上衣、配上永恒的牛仔褲，活潑得來又不肉麻，後來一件有四隻衣袖，自由配搭，又可以外內反過來穿的西裝褸，更是有趣，另外他穿上粉藍色fun fur，還扣上了幾個毛公仔，竟和我們的Tina Viola近日每次出街都帶同一隻放在包或袋的毛動物公仔，有著異曲同工的巧妙，可愛但不是強天真，時裝高手不就是應該這樣？

看有些老牌歌手演出，很多時會給人一份白頭宮女、大勢已去、時不我與的傷感，但看著澤田研二這個2005年演唱會，我是開心的、欣慰的，他仍然是in good shape、top form，他絕對可以繼續唱下去，表演下去。

講起澤田研二，不禁令我聯想起最近做起歌星出CD專集的甘國亮。

在我看來，甘國亮的legacy有二：除了其一他幾十年前在TVB監製那幾套電視劇如《山水有相逢》、《執到寶》……之外，其二就是他近年日趨極端的渾身名牌打扮，並似乎全職活躍於酒會界。其實前者，即使有像林奕華這類忠心粉絲仍傾力繼續護航，有電視台（特別是港台電視部）及雜誌（如《號外》）某些愛尋根、愛另類的小監製、小編輯（我説的小是年紀小，而不是職位小）見到他出現時依然壓不住心中的興奮之外，一般的普羅大眾，甚至小眾對他的認識恐怕已只是限於他矚目（驚心？）的打扮。特別是近一兩年，他出現在各酒會、產品發佈會的造型照，不斷刊登在各大小八卦雜誌和報章的娛樂欄。在公關公司小妹妹的心目中，他比那對夫婦更有利用價值，在刊物編輯的眼中，他的扮相似乎比那個假髮姨更具震撼性。不過我可以肯定，對那群公關公司的小妹妹來説，甘國亮的履歷頂多是隱約記得他曾經是某電台台長而已，而她們如此

樂於邀請他出現在所有與時裝稍為扯上一點關係的場合，不外是他好使好用，絕對可以令這些小頭目對她們的上司／客戶有所交代：首先，也不知何解，可能是他和某些編輯關係特好，只要他出席，他在場的照片總會被登在雜誌報章上；其次，他是個極度「合作」的嘉賓，他永遠肯遷就場合，把自己打扮到與大會主題完全吻合，試想一個把自己扮成John Galliano去Dior酒會的人，你還可以找到第二個嗎？

當然甘國亮絕對有自由去做他愛做的事，但日劇有一個常用的對白，就是直斥對方：「請你適可而止！」在我們香港也有一句常用語：「見好就收」。作為一個一直都頗欣賞他才華的旁觀者，我真的不想見到他被人叮走的一日。

其實警號不是沒有，像去年Giorgio Armani來港，接見了不少城中名人，在《明周》我看見他擁抱吳卓羲、吳彥祖等俊男時那副欣喜的表情，和他被甘國亮熊抱時的表情，完全是兩個模樣，樂與苦形成強烈對比。又像最近甘國亮出了CD兼拍MV，我在電視看到其中一個超大特寫，赫然清晰見到他鼻樑上無數粗大的毛孔，叫人眼睛不知道要轉去哪裏避，怎不利用電腦把這些不應出街的detail一一清洗？

但從另一角度看，可能梁李少霞又有點過慮了，有時睡著其實會不會比清醒更幸福？

36/
又 到 選 美
1 9 9 7 年 7 月

今屆的港姐已塵埃落定，我最慶幸是任葆琳三甲不入，我實在是怕到她不得了，我最怕就是那些以學歷來作賣點的港姐（亞姐在這方面似乎完全放得下）。雖然選美大會一直都愛強調美貌與智慧並重，但我總覺得這是宣傳多於一切，智慧永遠只是個藉口，美貌才是戲肉，一廂情願去標榜自己的學歷，正好中了大會的計。

歷年來那麼多女孩子參加各種選美活動，目的可能各有不同，但無論是什麼，絕對不會是想去充實人生或學嘢，「進軍娛樂圈」相信已是其中最單純的目的。不過以我來看，選美應該是窮一切方法都無法打入娛樂圈之後的最後一擊，試想二十幾個爾虞我詐的女孩子，被迫聚集在一起相處幾個月，接受「集訓」，然後不斷傳出篤背脊、鬆踭、艷照、同高層有染的新聞，到出鏡的時候，要擺出各種不同的造型、扮相，要服從大會的安排去跳舞、走位、穿梭、擺pose，最後更要在幾百萬對眼睛的注視下接受淘汰出局的殘酷現實，我真看不出有什麼值得開心之處。

最要命還是要應對司儀的問題，其實大會安排那些考佳麗智慧的問題，主要是想佳麗出醜，令觀眾有一種「佢唔識我識」的優越感，而那些自以為有學歷的佳麗偏偏與大

會作對，居然答啱一些簡單不過的問題，還沾沾自喜，卻不知她們的小聰明大大削弱了節目的娛樂性，分分鐘更拉低了收視率。

像李珊珊這樣十七八歲的女孩子，中學畢業後去參選，我還可以明白接受，亦相信她真的會見多一點世面。但像任葆琳這樣的哈佛大學生，她怎會去癲埋一份？她不覺得整個過程對她這樣程度、年齡、經歷的人來說有點荒謬？有一日她會想起來，會不會覺得今次參選是她一生人最錯的決定？

評判團究竟憑什麼標準去選出冠、亞、季軍，相信大會主辦人也說不出個所以，不妨想一想，大會每年都找一些名流太太去做評判，當她們看到一個個急不及待要脫穎而出的參賽佳麗時會有什麼感想？她們會不會想到，這些佳麗將來很可能被自己的丈夫「包」？她們的心理會不會變得有點不平衡？因而直接影響到她們評分的標準？

37/

又見珊屏
又見珊屏

又　見　珊　屏
又　見　珊　屏

2 0 0 0 年 1 1 月

　　我是個運動白癡，平時甚少看電視上的體育節目，所以即使看奧運，我的選擇，或者從觀看奧運所得到的樂趣，與一般觀眾大概很不相同，姑且讓我報道一下我的奧運樂：

李麗珊

　　起初大部份熱心的香港人都期待李麗珊再下一城，多拿一個奧運金牌，然而隨著奧運比賽的日子一天一天過去，我們對她的期望也一日比一日低，拿不到金牌只要能入到三甲都好，後來變成入到五強也不錯，到最後只要入到前十名已算是有交代。當我們的注意力從李麗珊身上轉移到其他項目，如乒乓、跳水、游泳、體操、馬拉松……的時候，有時鏡頭失驚無神一轉，竟又回到李麗珊競賽的現場，又見到她抓緊風帆不放，繼續竭力在「兀」。與頭一兩日的分別，是她的神態愈來愈狠，表情一日比一日惆，一日比一日躁，看到這裏，我不禁聯想起鞏俐手機廣告裏面那句金句：「你還在？」

　　我很清楚我這樣的想，這樣的寫，有點像拿李麗珊的失誤來開玩笑，是很不應該，為港人所不容。理智上我知道自己應對李麗珊或所有的運動員作出支持和鼓勵，而我的確是有這種心意，但與此同時，當我見到她

仍在「兀」的時候，雖然我很清楚知道比賽仍未完，我已有點感到她像個宴會完結後仍賴死唔走的來賓，無論她是一個怎樣重要，怎樣受歡迎的來賓，也畢竟是過了限時，對整個場面，我無法不感到有點滑稽，替她尷尬。

回頭說，滑浪風帆也真是一個攞你命的項目，有些比賽一鋪定輸贏，無論是勝或敗都來得乾脆，不似李麗珊這個項目，分成差不多十日來賽，每天無論是領先，或落後，都同樣有很大的心理壓力，不知明天又是一個怎樣的局面。

其實今次李麗珊也考起全港的傳媒，用什麼方式，多少時間去報道她才算恰當？報道得多，特別在她開始落後時，會被視作給她加添更多額外壓力，報道得少，又會被看成看風駛悝，太現實。那些節目主持人也不知如何定位，一時又叫她努力加油，爭取最佳成績；一時又叫她放輕鬆，不要給自己壓力。結果李麗珊變成今屆香港電視奧運直播的負資產，其實報道得多也好，少也好，最終都是個雙輸局面，都符合到李麗珊在接受訪問時說什麼落井下石，看清楚別人的真面孔，誰是朋友，誰是敵人⋯⋯那些控訴。

為誰拚搏為誰搶

從過去幾屆奧運開始，我都留意到無綫體育部一位女記者，對她的出現是萬分的期待。她可以說是代表典型香港某些先天後天皆不足的女性的拚搏精神，為了爭取到有利位置，為了訪問到得獎運動員，她可以不擇任何手段，合法or otherwise，甚至對敵台記者動粗，碰撞、拉鋸、鬆踭、搶咪，為的就是來個「獨家」訪問，如有需要，她分分鐘會作出激烈行動，不惜襲擊，脅持她的目標運動員。最精彩的不只是這些，而是在她得手後，開始用她半鹹半淡的港式普通話或英語去進行所謂「獨家」訪問時，她的問題可真是妙

絕，通常別人拿了金牌，她會問人開不開心，滿意不滿意自己的成績，別人拿不到獎牌，她問人有沒有失望……你明白她帶來的娛樂性嗎？

但細心一想，這位女記者也有其不足為外人道，有其辛酸的一面。她替老闆在過去多少屆的奧運賣命了？到今天仍在賣，鞏俐那句手機廣告金句「你還在？」一樣可以用在她身上。另一方面，多年前曾代表敵台到奧運現場採訪的顧紀筠，如無記錯，也曾是她動粗、襲擊的對象，事隔多年，顧紀筠已穩坐在無綫奧運直播室，以一姐姿態和阿叻直接對話，有時鏡頭從悉尼現場返回錄影廠，顧老闆會氣定神閒來一句：「辛苦晒喇。」對在澳洲驕陽下的那位女記者來說，箇中又包含了多少的血淚和慨嘆呢？

38/

Notes on Aunts
男人中年變師奶
1987 年 10 月

亦舒曾經有一次嘆息:「為什麼城中有那麼多男人,一到中年,就好像被人閹割,做咗太監,一下子連面上的鬍子都冇埋,個個變晒做師奶咁!」

她跟著列出一些例子,像某老牌導演,十足個老太婆,某文化刊物出版人,不過是中年,竟變得像以前北方大戶人家的老媽子,怎麼搞的!

亦舒是那種足不出戶,憑著幾份週刊,加上本身的想像力,就能洞悉天下一切事物之人,她居然留意到「男人變師奶」這個從未有人正式談論過,但又的而且確存在的現象,足見她的觀察是多麼的細緻入微。

不過在我繼續之前,首先要講清楚很重要的一點,「男人變師奶」並非指同性戀者(雖然同性戀中有不少人都擁有我們現在要討論的師奶形象):本文講的師奶,大都是不折不扣的「真男人」,他們大部份都是有妻兒,有家室之人,但不知什麼緣故,可能是內分泌失常,令到體內之男性荷爾蒙減產,又或者是更年期特有的現象,城中不少中年男人,在外形上,性格上愈來愈傾向陰柔,愈來愈顯露出女性特徵和品味,可以說,他們似中年女人多過中年男人。星期日,在商場或酒樓,看到父母攜帶子女,全家大細逛街,很多時你會發覺,有不少父

親，行為舉止十足似個auntie，孩子們抱住的已不是父母，而是少了個父親，多了個aunt！

用aunt去形容這類男性，我認為比「師奶」更適合，「師奶」只不過是aunt的一個sub species，是較小家、較low brow的aunt，而aunt的層面遠比師奶廣，比師奶更概括，包羅更多不同的品種。怎樣去分辨誰人是aunt，誰不是？假如我要讀者們enjoy這篇文章，令他們信服這個怪現象，我一定要提供充份的資料和例子，讓讀者能夠在現實中印證到真的有aunt這回事。可惜aunt本來就是一個相當抽象的概念，只能憑平時觀察、累積得來的經驗去感覺，很難有一套明確的定義或公式分辨怎樣的一個男人才算是aunt，而且aunt和「麻甩佬」很多時只是一線之差，隨時越界，所以在本文，我會盡量列舉多些例子，盡量多作描繪，希望能引導讀者去領悟和揣摩到aunt的神髓，能夠自行在現實中玩辨認aunt的遊戲。

性格上，行為上，一般的aunt都具有以下其中一部份特徵：

Majestic——他們大都有著一種自以為雍容的氣派，在客觀上，他們這種所謂氣派無論真的是noble，or just in a cheap way，他們都很自覺他們的majestic air，

並引以為榮。

濕碎／小家——除了majestic aunt之外，濕碎小家，有著主婦式精打細算的aunt也為數不少，知慳識儉是aunt們的美德。

Authoritative——aunt很喜歡擺出一個有權威款，給人一種運籌帷幄的感覺，不過他們是重威多於權，即是說，他們是重視權威的姿勢多於實際的權力，aunt通常對自己的authority都有點沾沾自喜，aunt亦預咗別人對他們的尊重。

惱——大多數aunt都具有「惱」這個特點，他們很容易發惱，好像特意用來配合他們目光如炬的眼神，有時即使他們內心不惱，面

部的表情亦會無緣無故變得很慍。用表情、眼神去表達他們的不滿意，是很auntily的態度。

巧婦持家——不少aunt對家務有特殊天份，他們喜歡執拾、打掃、買餸、煮飯，簡單講句，他們能幹，in a domestic way。

小心眼／小氣／敏感——正如前面講過，aunt是預咗受到他人尊重，這方面他們是絕對唔講笑，他們愛計輩份，論尊卑，如果有人敢對他們稍有不敬，唔畀足面，他們會認為是絕大的侮辱，視作深仇大恨，記足一世。

注重儀容——姿整、愛修飾是aunt的天性，他們深諳保養之道，對自己的形象、言行、舉止感到自豪。在社交場合他們很喜歡作很大方得體、很charming、很面面俱圓的微笑，他們對自己的風度充滿信心，對自我包裝有十足把握，總之，在儀態、扮相方面，aunt覺得自己好掂，無懈可擊。

誇張——言談間，一般的aunt都習慣在語氣上作出相當的誇張、加重，來營造戲劇性效果，他們會用很多形容詞，很多emphasis去突出他們在這方面的造詣。

幾許風雨——aunt總是覺得自己有極豐富的人生閱歷，見慣場面，嘗透一切風風雨雨，起起跌跌，他們又愛告訴別人他們早已對世情看得通透，睇到好化，達到無慾無求的境界，因此他們認為《隨想曲》、《順流逆流》、《幾許風雨》等歌曲是為他們度身訂造，是他們的寫照。如果在卡拉OK某間房傳出男聲唱上述三首歌，一定有個感嘆aunt在裏面了。

The Magic & Myth of Wonton Noodles——芸芸眾多食物中，aunt對雲吞麵似乎情有獨鍾，他們一有機會，大都愛去那些雲吞名店吃番碗雲吞麵，此外食齋也是他們另一心愛食譜。

透過性格、行為，很多時候需要較長時間去觀察了解，才可以

分辨出一個true aunt，但如果單是看外形就快得多了，只要你訓練有素，很容易一眼就可以看穿一個陌生男人是不是aunt，或有沒有成為aunt的潛質。事實上，有不少男人他們的性格一點也不aunt，但外型不知為什麼卻aunt得可以。

跟著我會列舉一連串有關aunt在外形上的特徵，如果你發現有男人擁有超過五項這些特徵時，他已擁有aunt的潛質和可能，需要繼續觀察、印證、再觀察，如果那人已中了十項或以上，你已不用懷疑，他的確是個bona fide aunt，假如擁有這些特徵的人是你自己，就要小心，你可能早已在不自覺中加入了aunt的行列！

容貌——我很難用筆墨去形容一個aunt的容貌應該是怎樣，所以請恕我舉一個實例，我覺得羅君左（即以前《香港八六》飾演順嫂親戚，陳積弟弟那位），無論他的眼、耳、口、鼻、面型、眉梢，無一不具備了possibility。

髮型——aunt如果不是得天獨厚，有天然曲髮，通常都一定會去電髮，然後來個blow dry，吹成一個蓬鬆、圓拱的形狀，不少aunt更經常做henna，將頭髮漂到略呈金黃色。話雖如此，我亦曾見過相當多數目的禿頭aunt。

Skin Type——我曾撰文將女人skin type分為dry及shine，此分類亦可用於aunt面上，dry aunt一般都很瘦，至於滿臉油膩和發光的aunt，就顯得福氣多了。

Laser Eyes——上文已談過，aunt大都目光如炬，說得準確些，應該是目光如laser，aunt那對會發光的眼，只要將焦點一集中，分分鐘好像雷射激光，能射穿你的身體。

The Far from Perfect Body——aunt的體型，如無意外，都很有問題，最常見是：大肚腩、腳短、豐滿但鬆弛的胸部。

Ass or No Ass——很奇怪，aunt的臀部，一不就是特大，一不就

是無屁股可言，令褲子包住臀部那部份空盪盪。

指甲的美學——aunt愛修甲，也愛留尖指甲，如無可能保持隻隻手指甲都尖，首先尾指一定要尖。

白的偏愛——白色似乎是aunt共通的心愛顏色，不過他們選擇穿白色時，優先次序是由下至上，首先鞋要白，跟著褲要白，最後才輪到衫白。

飾物——謝謝天，白色貝殼頸鍊、玉墜，終於已成過去，不過不少aunt仍忘不了佩戴粗金頸鍊來表現本身尊貴的身份。

透明襪——不知什麼原因，aunt都愛穿可以映到他們白皙膚色的透明襪。

薄底、金扣懶佬皮鞋——這類很「瀟湘」的皮鞋，令他們行起路時，加添一份輕盈的感覺。

薄質地長褲——如果是白色（機會很大），分分鐘就會見到那條黑色G string底褲若隱若現。在冬天，他們是會穿上皮褲的。

永遠的手袋仔——有個朋友曾經說過，發明男人揸手袋仔那個人應該拉去打靶。然而，手袋仔是發明了，而aunt十居其九都有拿手袋仔的習慣，無論是Louis Vuitton或ACE，他們都愛將那個扣穿在手指擺盪，或將皮包夾在腋下，急急腳前行。

陰陽色膠框眼鏡——另一項可怖的發明，亦深受群aunt歡迎，有些更扣上眼鏡鍊，以防眼鏡遺失。

鑲鑽金錶——如果負擔得起，aunt們都愛佩戴隻勞力士式的鑲鑽金錶，以示身價。

上裝——西裝方面，aunt愛選擇些闊身、富「歐陸風格」的shiny、條子、縐紋linen質地西裝，行起路時，令他們更顯「論盡」。

至於穿獵裝的aunt，又有著另一種效果。

Missoni式的multi-color鬆身毛衣，亦深得他們的心，毛衣混以皮革，也是另一熱門item。

The Art of Shoulder Pad——在西裝、大樓加shoulder pad，本屬平常，但像不少aunt在絲質恤衫、毛衣也要加上shoulder pad，就驚心動魄得多了。

The Last Detail——如果胸口生了即使一兩條毛，aunt亦會開恤衫的鈕扣，恣意地向世人展露他們最後的男性特徵。

看到這裏，你們可對aunt有點認識，進一步揣摩到aunt的神髓嗎？至於什麼原因造成城中大量中年男人集體變成aunt？我真的答不出。像亦舒，以她一向誇張的言詞所說，怎麼有些男人一下子連鬍子、腳毛都不見了，變得唇紅齒白，成個滿面福相的奶奶？似乎要涉及到醫學的範圍，非我所能理解，不過我覺得，在行為上、性格上、外形上有師奶傾向，很多時都是由於矯枉過正所造成的惡果，例如有不少撈偏門的人，想upgrade自己，扮正經、扮斯文、扮高級，但又唔識嘢捉錯門路，一扮就扮到像個aunt；此外有不少aunt的形象，都是由他們的太太一手造成，很多太太喜歡得閒無事行公司買嘢，手痕起來就替丈夫買衫，但她們對男性衣著認識有限，又往往以女性的眼光品味來挑選，結果她們變成不是揀衫給丈夫，而是揀衫給姊妹。在街上，特別是假日，我們見到一些男人著到像個「姣婆」，拖男且帶女，其實罪魁禍首是他們的老婆。

不過，講到底，寫本文都是抱著遊戲的心情，並沒有打算得罪或取笑什麼人，還得請眾aunties看了，多多指正，多多包涵。

附錄：三種態度

Aunt對事物很喜歡作以下的反應：approval、disapproval和reservation。

當然，作出這三種反應的不一定限於aunt，一般人在某些情況下也是會如此反應，但總不及aunt們，差不多凡事都採取approval、disapproval和reservation的態度。

Approval和disapproval，顧名思義，是有贊成、同意及不贊成、不同意的意思，但approve不同agree，approve比agree強烈得多，它除了一般性的贊成同意之外，還帶有批准、通過、認可的意味，得到endorsement，carry authority的形象，另一方面，disapproval所含的反對程度亦同樣強烈，甚至有condemnation的意思。

至於reservation，可以說是較溫和的一種disapproval，但又不等於disagree，reservation這個立場遠比disapproval或disagree複雜。Reservation是覺得整件事情好有問題，因而採取一種「保留」的態度，暫時不去作出明確的yes或no；有時即使對事物有很多不滿或疑問，但礙於環境所迫，不能肆無忌憚去disapprove，要收斂，於是唯有退而求其次，擠出一個生硬、勉強的笑容去表示reservation；又有時可能對方身份太高，令到人覺得自己未夠資格disapprove，唔敢去disapprove，亦唯有作reservation。假設，有日你見到Joyce Ma穿得很難看，大概也不敢當面disapprove她吧。

總之作reservation之人，因為要壓抑自己真正的感受，通常都較辛苦，不及approval和disapproval那麼來得淋漓盡致。但同時假如有人是reservation的高手，他們可以把reservation turn into an art。這一來，reservation的impact就會比a simple approval或disapproval大得多，令到被人表示reservation的人，唔上唔落，唔知點好。

如果要舉現實印證得到的例子，羅文就是最愛在公眾場合作approval、disapproval和reservation的人之一。但凡TVB有什麼大型節目，而他是台下在座客時，如果台上的表演嘉賓說話大方得體、深得他心、「畀足面佢」時，我們從鏡頭一定會見到他點頭稱是，從

心底裏流露出approval來；但如果台上嘉賓大言不慚、目中無人，或言語間對他，或他那一輩的人有所不尊敬，又或者大會在排名或出場序上有什麼不妥善之時，我們馬上就會見到羅文不悅之情複雜地流露出來，至於是disapproval抑或reservation，則視乎事情的嚴重性和損傷性而定。

另一個簡單得多的case是邱德根，在亞視那些亞姐、未來偶像等節目中，只要司儀捧亞視，或笑無綫，邱德根就會不斷在台下點頭，approval after approval。

最後我要舉的例子是郭志怡女士，她是某年亞洲小姐的評判，當其中一位候選佳麗用帶有鄉音的廣東話答問題時，Bonnie本來很甜美的笑容馬上變得有點牽強，好像有什麼事難為了她，令她很難做，但礙於作了承諾又不得不繼續評下去，and this is reservation。

39/

大 男 人
有 大 男 人 好
1 9 9 7 年 1 0 月

在韓國旅遊，我察覺到當地的男人行出來大都是神神氣氣的，而我們香港，是否由於經阿旦發揚光大的那種小男人心態作祟，很多本地男人都充滿小家子氣，愛佔便宜、計著數，平日與同僚談北上召妓時眉飛色舞，放假一穿上運動套裝，腰間纏上個包，就彷彿變了另一個人，伴妻攜兒，衝上茶樓霸位。他們樂於平淡，甘於平庸（不止甘於，簡直引以為榮），看到他們那副安安樂樂的樣子，真是令人搖頭嘆息，男子氣概往哪裏去了？

想落其實有時大男人主義也有其好處，起碼大男人行出來要威風（不同我們香港人平日的所謂「威」），要有尊嚴，唔可以哀畀人睇，要主宰一切，而不是現時那些嘻皮笑臉，對老婆唯命是從。大男人有時即使際遇不甚理想，行出來依然要昂然闊步，從好的方面看，大男人令整個都市都神氣起來。至於女人，其實我的要求很簡單，大家一定要打扮、化妝，不知從何時開始，香港愈來愈多兇神惡煞、不施脂粉的女人，早已與溫柔絕緣，請看電視時事節目不時訪問的那些公屋師奶，你就明白我的意思。我寫這篇文章的時候，正在新加坡機場的候機室，剛好殺進一批從不知是歐洲還是東南亞回程的香港旅行團，看到一個個頭髮枯旱蓬鬆、面

黃若紙的「阿太」，穿上如制服般的跑步裝、波鞋，得戚地依偎在那個樣子猥瑣的丈夫身旁，高聲談話，並不時與丈夫以「老公」、「老婆」相稱，我真的感到有點作悶。

40/

我們的惡女
2005 年 8 月

　　有時我真的懷疑，「惡」是否已屬一個不合時宜的icon？我環顧周遭的公眾面孔，發覺確是不容易找到一個符合這個條件的女人。

　　唯一的例外也許是「名媛界」的榮文蔚，當然我對她的認識只限於照片上。在我的印象中，這些年來我從未見過一張她的照片是面帶笑容的，張張都見她流露出一種煞有介事的凌厲，她的身體語言已講得很清楚，她絕對是no joking的一族。

　　其他的人譬如馬詩慧，時至今日，她出現在八卦週刊和電視台的娛樂新聞時，依舊散發著一股驅之不去的惡氣，但我懷疑那只是她的「職業後遺症」，她的惡形惡相是典型八十年代Mugler、Montana等人的時裝形象，顯然她仍未能從那個hangover清醒過來。

　　梅艷芳生前在舞台上有時也裝到很惡，但她的惡比馬詩慧的更無謂，她從不曾是個模特兒，給我的感覺卻是她很渴望嘗試當模特兒的滋味，於是在舞台上她就要擺起仿模特兒的姿勢，包括「指定表情」——惡在內。所以說，她在舞台上的惡只是「模特兒妄想症」，不是真正的惡。

　　葉德嫻最近復出開演唱會，報道說她限制多多，不准觀眾遲到，不准吹口哨舞動螢光棒，不准嘉賓上台和她合唱，兼趕客離場（其實她只是在終場前唱一兩首英文歌，有

什麼大不了？相信一般觀眾都可以忍受吧！）這些限制又算不算是惡呢？從某一角度看，可能算，不過我認為是屬麻煩多於惡，而且更接近薛家燕那個電視廣告的徵狀：「心煩、多疑」。其實只要葉德嫻在開演唱會前服下幾劑「口服液」，相信一切問題都能迎刃而解，包保她在台上跳cha cha，肯定比家燕姐在家中跳得更「滋陰」。

鄭裕玲主持《百法百眾》和《一筆勾銷》，也扮到好似好惡、好嚴厲，其實她真的沒有必要惡成這個模樣，這種惡是「堅持原則」式的惡，趣味性、娛樂性均不強，但如果她不是惡成咁，那些節目也就更乏善足陳了。講起來范徐麗泰和鄭裕玲一樣，都是用「堅持原則」來作為她們惡的後盾。

廣東婦孺惡

同是政界，北面比我們范徐高很多班（在官階上）的吳儀也有她的惡，和不怒而威的氣勢，然而那是適度的惡，只要下面的人交到貨，她就不會訴之於惡，but on the other hand……

大陸歌手韓紅的扮相已相當惡，而且看來有點「野蠻」，看她2005年初來港在大球場為海嘯賑災排排站大合唱那一部份，當別的歌手開口演唱時，她就在旁邊大聲「呀」當和音，「呀」到好肉緊，頭搖手舞，踏蹄踏爪，呼天搶地，好像海嘯奪走了她的至親，而我們的肥媽瑪莉亞見到這個景象，竟又不甘寂寞，在那排歌手的另一邊又照辦煮碗好像瘋了一樣地大「呀」起來，一左一右剛好造到麗音的效果。

其實「惡」在香港是有著一個根基極深厚的傳統，我們廣東式的「婦孺惡」實在唔講得笑——黃曼梨、黎灼灼，以至再次一等的馬笑英、陶三姑等人在五六十年代的黑白粵語片，留下了很珍貴及definitive的教材，可惜這個傳統已後繼乏人。蘇杏璇淡出後，如今

整個影視圈似乎只剩下一個商天娥有些潛質去承繼衣砵，反而在同性戀圈子中的極底層，這種「三姑六婆」惡，竟然被爭相模仿，能得以隱蔽地流傳下來，不致滅絕、失傳。

煽動唧嚓

黃曼梨等人當年這種極具南中國特色不可理喻的大聲夾惡，居然意想不到地可以在劉慧卿身上印證到，怪不得我一直都是那麼不可理喻地擁戴這位議員，原來是我的潛意識作祟。相比起來，余若薇的elegance和風度，不是不欣賞，但總覺得欠缺了一些spice，不夠刺激；周梁只是聲浪夠大，聲線夠爛；陳婉嫻的草根式苦口婆心和大義凜然，令人想起和黃曼梨同期的紫羅蓮。紫羅蓮雖然也身為女主角，但從不曾大紅大紫，陳婉嫻應該引以為鑑，這個形象前景委實有限，好應該快快來個大翻新，重新替自己定位。

而這邊廂劉慧卿的語不驚人誓不休，她的煽情，她的「唧嚓」，她的「躁」，卻剛好是我杯茶，她採用「無理取鬧」的方式去爭取「有理取鬧」，總是有著意想不到的戲劇性效果。

如果劉慧卿是香港目前的頭號「惡女」，「惡女」這個形象起碼就不會所託非人，且讓她暫時來「頂檔」，而我們亦可以靜靜地、耐心地等待下一個「惡女時代」的來臨。

41/

女人入貨時的
十二種基本表情

———— 看男士選美
帶來的靈感
2005 年 9 月

看亞視和無線舉行的男士選舉，娛樂性和趣味性最強並不在競賽本身，而是在現場觀賞的女士們，包括台上的司儀及評判員，以及在台下搖旗吶喊的女性觀眾。

在這方面，無線更懂得利用女士的力量。亞視用了傳統選美一貫的模式，現場觀眾不少是他們台的貴賓和藝員，當然少不免包括男性。就熒幕所見，這些男觀眾大都顯得不自然，有點不是味兒的模樣，也不見得有心機看，似乎大都是「畀面」而來，因而削弱了氣氛。女的剛好相反，而且年紀愈大，好像看得愈投入。李韡玲（《經濟日報》專寫美顏養生那位作者），不就是看得手舞足蹈，笑到「口都合唔埋」，如果沒有她撐場，亞視的氣氛肯定更冷清。

而無線今回卻出奇地進取，孤注一擲，來個全女班，試想觀眾席上坐滿幾百個來勢洶洶的李韡玲，加上沒有男人在座，她們更無須避忌，實行「師奶」也瘋狂。單就氣勢經已勝出「幾條街」，葉家寶今回肯定是輸了給陳志雲。

佈景方面，無線也顯得較有心思。他們把那群嘉賓評判每四個一組安排坐在一連串名為「包廂」實則看來更像一個個詭秘的洞穴，有點偷偷摸摸、偷窺，甚至有點鬼祟的感覺。我覺得今次無線終於開竅，懂得設計

這類變奏的幽默。

鄭裕玲做主持亦勝過拿住「高貴大方得體」不放的朱慧珊。曾經在寫「惡女」時提到鄭裕玲，其實她的招牌菜不是「惡」，而是「醒神」，她的energy level經常處於「爆燈」邊緣，所以每當她出現，都會令人精神大振。今次她走的路線，靈感可以追溯到那些濠江二三線賭場的女荷官，特別當她厲言疾聲大嗌「投票！」時，那把聲線，那些音量，那種決斷，簡直就等於那些女荷官大叫「買定離手！」時一模一樣。

而現場觀眾的興奮和投入，評判嘉賓的「陰陰嘴笑」和「得戚」，亦令人大開眼界，歎為觀止。我忽然想起來女人滿足的時候——當她們見到心頭好（不論是男人或珠寶首飾也好），那些洋溢於臉上的欣喜表情，是那麼的多姿多彩，變化無窮。以下是我觀察到女人在鑑賞心頭好時的十二種基本表情（當然以前李翰祥那些風月片女主角作出的種種咬唇舐舌，實為下品，不在此列）：

皺眉矇眼——在鑑賞的過程中，如果女士已到了connoisseur的境界，通常就會作出這個表情，表示她們正絕對認真地精挑細選，眼前每一個細節皆不放過，一絲不苟，不容有失。坐在大型時裝表演最前一排的天后級嘉賓，包括那些高級時裝雜誌編輯、一線買手，在觀賞天橋上模特兒穿梭時，都愛作出這個表情。如果這時候她們的手袋裏有放大鏡，也一定會拿出來對照、鑑證。還有，在這個矇眼皺眉時刻，「笑」是大忌。一定要嚴肅、專注、凌厲，還要帶著批評性的表情，一笑就武功盡廢。

單「戚」——在皺眉矇眼的過程中，一旦發現了目標，很多時候就會馬上變臉，出現單「戚」這個表情——即是兩道眼眉其中一道的角端慢慢向上升（「戚」起），另一道眉則保持原狀。當她愈想擁有，那眉角就挑得愈高。我印象最深的一次單「戚」，是老牌女皇

菲‧丹娜蕙在電影 *Eyes of Laura Mars* 飾演的時裝攝影師。在片中一場photo shoot中，她要替一群男模拍照，當她留意到一個性感的男模擺出一副誘人的姿勢時，她一邊的眼眉就不期然地「戚」起，然後她狠狠地按下快門，好像那用力的一按就能為她帶來性高潮。當女人見到她心愛的──let's say──珠寶首飾，當她去到非擁有不可的狀態時，瞳孔就會放大，鼻孔微張，然後這個單「戚」的表情就出來了。

翹──今次「戚」的不是眼眉，而是嘴唇；上唇其中一邊角位往上提升，「翹」起。可能會露出少許牙，甚至牙肉，似笑非笑。如果單「戚」是代表她非要不可，翹這個表情則表示「擁有」的熱度可能較低，雖然也是相當喜歡，但又覺得以前不是未見過，自己的保險箱裏也有一套絕不遜色的貨式，於是內心就有種「皇帝女唔憂嫁」的得戚，實行吊高來賣，做不做得成這宗交易，就要看那位sales怎樣「落足嘴頭」去推銷了。

但笑不語──無論是正是邪，很多時候，金庸都是如此描寫他筆下的女角，內心像謎一樣。是喜歡了，但喜歡的程度有多少？買不買？幾時買？都令旁人想不通，猜不透。「你急我唔急」，是高手。

掩住嘴笑──道行未夠的女人，她的內心深處很多時候都會被自己的表情出賣。「掩住嘴笑」的女人就是一例。她們通常都較「小家」，大場面見得不多，以為用手掩住個嘴別人就不會察覺到從她心底內發出的欣喜。「掩嘴笑」時，她們的頭亦多會垂低，但亦有可能是故意的掩嘴，以這個動作來吸引別人注意：她是在含羞答答地笑，傳送她的心聲。

偷看偷望──附上白雪仙這張經典劇照（見附圖），已勝過千言萬語去解釋，是一款較為古老的表情。現代女性想看就看，要望就

望，何需偷？不過有時復古，仿白雪仙來玩偷看偷望這個遊戲，也會得到一種迂迴曲折的情趣，中年「師奶」又彷彿重新感受到少女情懷了。

藐——當珠寶店的經理拿件次貨出來時，還可以作出另外一個表情嗎？不合即「藐」，現代女性是絕不會浪費時間的，比較有風度的女士也許會客氣些，用「面色一沉」去代表「藐」。資深的珠寶店員看到這個表情時，馬上知道要提高警覺性，眼前這個女人絕對不是一般的師奶八婆，她是見慣大場面，大有來頭的，一不小心，整間珠寶店可能會因她而倒閉。

「嗦」——這個獨特的表情，就好像嘴裏含住一粒糖或話梅之類的零食，然後一面笑，口舌一面在蠕動，「嗦吓嗦吓」，津津有味。通常是擁有那件至愛首飾之後，閒時拿出來欣賞，回味之時，相應作出的表情。

開合唇——雙唇在微張的狀態下，不斷作出有節奏性的開合。這個表情的含意有很多可能性，可以是驚喜交集，可以是好到自己都唔敢信，又可以是被人一語道破心中所想，總言之是受到某種刺激（開心的或不開心的）時，作出的原始反應。

微震唇——是開合唇的姊妹表情，有些人愛開合，有些人則傾向微震。微震唇的特色是雙唇的震動雖然輕微，但震動的頻率以每秒計卻極高。很多時在心理沒有作好準備的狀態下，遇到突發的事

件，意想不到的發展，或出人意表的結果，一下子措手不及，尚未盤算到如何應付時，就會出現微震唇這個表情。例如當那位女士在一間平平無奇的首飾店，發現到一件稀世奇珍，既興奮又緊張，不知如何去還價，那時候，她兩片微震唇，或開合唇就出賣了她的內心深處了。

花容失色——亦即是「大驚失色」或「面色大變」，當外來的刺激太厲害，令到那位女士差不多陷入失控狀態，便會出現這個表情。例如在置地廣場一間珠寶店裏面，見到自己以前在家中失竊那套首飾，或者買了一套「靚嘢」回家後，發覺原來是假貨，又或者準備與他上床那位男友，脫光衣服竟然是個女人……這一切都意料不及了。

木無表情——最初是由薛家燕掌管著人類最基本的四個表情——喜怒哀樂，後來隨著宇宙慢慢進化，表情亦開始相應作出種種微妙仔細的變奏，愈來愈複雜，但最終進入最高境界時又返璞歸真，就來到這個終極表情，喜怒不形於色，四大皆空。當她毫無表情時，別人就無法從那張面偵察到她究竟有沒有興趣？她真的想要？她吃驚？她討厭？她要「睇定啲先」？她仍有顧慮？我生平遇到兩個女人可以木無表情到無懈可擊，一是導演過《董夫人》、《再見中國》等藝術片的唐書璇，她永遠掛著副茶色大眼鏡，連眼神也要遮蓋住，她講話時幾乎沒有抑揚頓挫，音調也是接近monotone。你和她說話時，她一片茫然，好像完全唔知你在「噏乜」，由她去坐鎮金庸筆下的活死人基是最適合不過的人選。另一個沒有去到那麼極端的是前名模／首飾商人Tina Viola（陳幗儀女士），我以前曾經不止一次寫過我對她「處變不驚」的驚嘆！這些木無表情的人內心世界是怎樣？是不是真的無欲無求，我們不得而知，但這兩位女士的面部肌肉郁動得那麼少，她們數十年如一日的駐顏有術，不是沒有

原因。

　　以上我列舉的十二個表情，正如我在上文所講，只是基本表情，它們絕對有互動功能，可以將其中兩個、三個以至十一個表情作自由結合（第十二個表情是獨立，不能與其他混合），創造出無窮無盡的可能性。既可以單「戚」來偷看偷望，又可以皺眉矇眼兼夾藐，翹住個嘴來但笑不語。

　　鄭裕玲能否將這十一個表情合而為一，同時演繹呢？

42/

銅幣的另一面
——我們幸有和久井映見
2004 年 10 月

我在〈從 Eva Green 回歸到 Francoise Hardy〉寫到《戲夢巴黎》的女主角 Eva Green，和以前的型女包括 Charlotte Rampling、Dominique Sanda、Françoise Hardy，她們都是得天獨厚、萬中無一，比美麗還要去到更高層次，用掌相術語「入型入格」去形容她們可能有點老套但卻恰當不過，絕對是不公平的宇宙給予特別恩寵的極少數。然而銅幣的另一面呢？那一面才是我們這些大多數，我們這群不那麼「幸運」的又怎辦？

人世間，不要去說認真醜陋，或殘疾那些，就算「平凡」人，「不起眼」的人，的確是佔著大多數，我們這些大多數，要抱著什麼的心態去面對這小撮幸運寵兒？我們要認命，默默接受上天的安排，或自我安慰——上天自有其一番好意用心，抑或不甘心，不認命，實行螳臂擋車，誓要和這些幸運兒決一生死，打一場唐·吉訶德式註定要失敗的戰爭？

自卑變成怨憤

很多其貌不揚的女性，如果缺乏廣闊的胸襟，很容易就會化自卑為怨憤，將上天的不公平，遷怒於有關或無辜的人士，以宣洩內心的不平衡。視乎性格，和受打擊、創傷

的程度，她們會變得或惡、或悷、或野蠻、或「嘟嚛」、或咬牙切齒、或「發爛渣」，或歇斯底里……既然自己不開心、不稱意，周遭的人亦不能倖免，要他們通通陪同一齊受罪，要大家攬住死。社會上很多的罪案、悲劇，相信不少與日積月累的自卑感，怨恨扯上關係，試看蘇杏璇出道時的善良形象，到近年成功轉型，成為廣大憤怒婦女在熒幕上的代言人，就可以印證到這股戾氣已深入民間。

開心快活人？

當然「憤怒」並不是我們這些「普通人」唯一宣洩的途經，與其遷怒於人，和身邊的人不妥，那麼自虐，自我放逐亦不失為另一出路。較底層次的自我放逐是「盤pear」，說得好聽些是收拾心情，實行遊戲人間。在現實生活中，她們已不再去顧全形象，只求開心，她們樂於擠眉弄眼，扮演「十三點」、「傻大姐」去「發花癲」，亦為無數中外喜劇（包括電視、電影及舞台劇）帶來創作靈感；我們不是經常都見到喜劇／鬧劇的女配角多數是這些不自量力的「十三點」、「傻大姐」、「花姑」？而笑料的來源不主要都來自她們，拚命要和女主角一較高下，爭奪那個英俊不凡的表哥？在藝術領域，她們鮮有機會成功，在現實又何嘗不是如此。但大部份人都總有足夠的智商去找到適合的自我調節方法，君不見偶像歌手的fan屎團？不是充斥著這類人嗎？在電視娛樂新聞看到她們與偶像在生日會上玩遊戲時那種心花怒放，那些忘我的狂笑聲，我心中總有點戚然；她們已不再顧及自己的扮相、外形會帶給多少觀眾cynical如我，一陣在人道上我不應該感覺到，但又無法控制自己感覺的快感，不過只要她們在那一刻感到開心、滿足、釋放，旁人怎樣看有又何重要？

獨自跳舞

　　「自我放逐」其實可以有另外一些方式，可以是較私人，不會騷擾到其他人，姑且概括稱之為「獨自跳舞」。不知為什麼從小到大，我一直對獨自跳舞這個icon有著一種特殊的好感和親切感，像我最近看了 *Written on the Wind*（導演是Douglas Sirk）的DVD，就有著這樣一個經典場面。片中演千金小姐的Dorothy Malone一直都暗戀她青梅竹馬的洛·克遜（Rock Hudson），但一直都得不到回報，洛·克遜反而愛上她的嫂嫂，她因而大受打擊，有一場戲就是她把自己關在睡房，穿上鮮紅色低胸晚裝，一面喝酒，一面卡卡笑，將hi-fi播出的cha cha音樂的聲浪扭到最大，放蕩地自我扭動身軀，企圖藉酒精，藉跳舞去麻醉自己內心的痛苦和空虛，這種類似的宣洩，我稱之為「獨自跳舞」。

和久井映見

　　也許有些愛心大使好言相勸：何必自暴自棄，怎不去「積極面對」自己的問題，我們的政府高官們不是經常在呼籲大家要「積極面對」時艱嗎？但要「積極面對」自己不美麗這無法可以改變、要跟住你一生一世的事實，真的那麼容易嗎？我就不知道怎樣才可以做到，即使勉強迫自己去「積極」，我覺得也不會是

發自內心，而是造作、矯情、自欺欺人。

也許我們確是要面對，但不是假惺惺的積極，而是要誠實地、適當地、不失尊嚴地、恰如其份地、不亢不卑地去面對。這說起來輕鬆，但真正要去到這般境界又談何容易，有時真的要有著苦行僧式的堅忍，還要多一份寬容，寫到這裏，我想起了一位日劇女優和久井映見，我覺得她是擁有某些這類特質。

和久井映見不醜，甚至可以算得上漂亮，不然怎可以當上女主角？但她的美是一種不會令人眼前一亮，不會帶來任何驚喜，是很平凡，很普羅大眾的美，我第一次認識她是幾年前我狂看日劇VCD時補看了她1994年的成名作《妹妹》（信和翻版譯做《東京仙履奇緣》），她演一個工廠女工，那股「娘」味令我嘩然，富家子唐澤壽明怎可能會愛上她！

跟著我看了她97年與反町隆史合演的《天使之路》，開始對她有所改觀，她在頭一二集梳了個Diana Ross式的爆炸蓬鬆髮型，是另一種「娘」，不過隨著劇情推進，她的角色慢慢呈現出其堅毅的一面：沒有憤怒，沒有呼喊，默然接受命運——經手人不願負責她腹中胎兒——的安排，就是她那股不怨天不尤人的默然，贏得了我的尊敬。

其後我又陸續看了和久井映見兩套較近期的劇集《毆之女》和Camera。兩劇都有著相近的主題和情節，她都是演些很平凡的OL，但命運連這些生活刻板、枯燥，沒有任何期待的OL也不放過，把她們打入失業大軍行列，但在最失意的時刻，她們都意外地尋找到一些精神上的寄託，生命因而變得有意義，她們的存在亦變得稍有價值。在《毆之女》和井在一間霉爛的拳擊會所當兼職出納，結果成為一個拳手（另一個失意人）的教練。在 Camera 她被些狗仔隊攝影師間接害到被公司辭退，但後來從那些攝影師處接觸了攝影，並對

此產生莫大興趣。

這些卑微OL的存在，她們的遭遇，事實上根本沒有多少人會關注，會give a damn，但和井久映見演繹這些角色時，沒有譁眾取寵去出位、博同情，但同時她也沒有讓這些角色退縮、逃避，而是替這些大都市的小人物、無名氏注入了股尊嚴和氣度，在人類的行列中站穩她們應有的位置；毋須抱歉，毋須自卑，放開懷抱，從容地、隨和地和大隊一起向前邁進。

剛才我曾寫過「默然接受命運的安排」，我覺得關鍵字眼是「默然」，如果改成「默默接受」，雖然不至於等如什麼都不做，但顯然是帶有太多被動和消極的色彩，如果改成「欣然接受」卻又正面到變得矯情，在和久井映見身上，我們見證了「默然」那份平和，那份情操，同時亦啟發了我們，平凡普通人也能主宰自己呼吸的空間，也能尊嚴地與銅幣的另一面共存。

43/

像 這 樣 的
一 個 女 侍 應

2 0 0 4 年 6 月

久違了，一個斯文、有氣質的女侍應。

我相信，不論現時是在什麼年齡層，一代又一代自命與文藝扯上點關係的，在年輕的時候，總會有著類似的夢想——城中找到一間不是昂貴的，而是很平凡但有著格調的咖啡小店。在有些人的想像中，它是播著巴西爵士樂曲，有些人的想像中是巴洛克音樂，或對另一些人來説，那應該是四五十年代的standards，但什麼音樂其實並不重要，我們對音樂的偏愛可能不盡相同，但總不會是Canton pop——我想如果你是認為這店應該播陳奕迅或林憶蓮，你大概也不會花時間把這篇文看到這裏了。在我們的冀望裏，裝飾／音樂儘管各有要求，但店裏面總是會有著這樣一個輕盈的、舒泰的、有氣質的，不怎樣刻意去逢迎客人的女孩給我們倒咖啡。

事實上，每一個像樣的大都市，我想都會隱藏著起碼一個這樣謙卑的landmark，一個所謂的best kept secret，一個將我們不算是苛求的夢想轉化成現實的地方。即使在現時的香港我們或許找不到這樣一間咖啡店，至少在我們的腦海裏，總是隱約覺得在很久以前，它的確曾經在某處存在過。但事實是如此嗎？抑或遙遠的記憶，早已和我們的幻想糾纏在一起，再也分不清是真是幻，所以

回憶往往都是美好的，像這樣風姿綽約的店，和店裏的女孩，究竟是否真的存在過？我們記不清，也不是沒有理由。

只是想找到「對」的感覺

香港曾經經歷過一段經濟輝煌時期，現時很多人仍在緬懷那段黃金日子，但與此同時，在那個租金昂貴的年代，有誰能負擔得起如此驚人租金去實現自己小小的夢想？於是我們只好任由大財團／大酒店壟斷我們飲食的去處；而且那時雖然工資高企，消費業的服務態度卻跌到一個無底谷，如果大家不是那麼善忘的話，都應該記得當年那些侍應生／售貨員的嘴臉。

這幾年不景氣，消費行業又開始亡羊補牢，重新注重服務質素，我們在電視得以見到劉德華以服務大使形式宣傳以禮待人，吸引遊客。無疑近幾年，一般消費行業的員工都變得較有禮貌，像超級市場的收銀員，口中不住的多謝、歡迎，可惜從他們僵硬的笑容，我們絕對感受到他們的言不由衷，一切只是政府努力宣傳下，財團集體速成訓練出來的成績，禮貌有時變到近乎荒謬。此外，在某些食肆，高／中／低級也好，那些女知客、女部長，撒嬌、打情罵俏、賣口乖、老細前，老闆後，確是香港，或許應該說是華人社區一貫的特色，超越了經濟起伏，從未間斷過，皆因這類奉承，永遠受落，是促銷的關鍵。但我想，一個似樣的都市，總會有一些人，是不受這一套的，可惜我們要求那種不多不少、恰到好處的服務，原來真的不是那麼容易找到，一個有點書卷味，有點文藝氣息的女侍應，在外勞充斥的飲食業界，更是罕有品種了，在中式食肆我們碰到的盡是操廣東福建鄉音，西式的又差不多變到是菲律賓的世界，我絕對不是在種族地域歧視，只是，想找到「對」的感覺，似乎從來都不曾容易過。

隨心所欲的去活她的每一天

　　但世界總是奇妙的，往往在最不為意的情況下，小小的奇蹟就爬出來了。前幾個月我路經尖沙咀，在一條連接漢口道與亞士厘道之間的小巷，我見到一間標榜有機烹飪的餐廳，名叫Munch，它的裝修看上去算不上精美，不會叫人眼前一亮，只能稱得上是decent（一個張叔平很愛用的形容詞，但很多時候，我們要求decent，也來得不易），因為它標榜有機，而價錢亦十分合理，我便機緣巧合地入去嘗試它們的午餐。它食物的味道對我來說，是過濃一點，似乎不是我想像中有機烹飪應有的清淡，但令我眼前一亮的是它裏面那一位女侍應——是久違了，有著書卷氣質土生土長的女孩，和我們平日經常碰到大部份講懶音的女侍應的感覺截然不同。在我的想像中，她下班後，應該不會拉大隊去Neway、加州紅唱K，或去逛莎莎、卓悅，她是會去Kubrick借書看的一個女孩。她是不怎樣化妝，我想她除掉制服後，應該會換上簡樸的衣服。她可能有要好的男友，或者不止一個追求者，但她不會刻意，著緊去計劃她的婚姻策略，鎖緊她的長期飯票，她會從容的、隨心所欲的去活她的每一天。如果她儲夠錢，她大概會選擇去行絲綢之路或西藏（她這個年紀，未去過這種地方不足為奇），或會去土耳其、希臘看西方古文明，但我有信心她不會去東京瘋狂購物。然而這一切一切是否只是我一廂情願的空想，把我心目中一個完美女侍應的形象加諸她身上？不過為什麼每天我在不同的地方吃東西，碰過無數的女侍應，從沒有個令我感受到她們的氣質，唯獨是這一位，我想一定是有原因，有根據的。

　　於是在開始寫這篇文章之後，我又去了Munch，想再一次印證我的印象，可惜一連去了三次，都再見不到先前那位女侍應，已經換了其他的、千篇一律的、不會帶給我任何感覺的女孩子。

也許美好的東西總是一瞬即逝，五月份香港已經開始轉熱，中午在尖沙咀一帶行走，已感到熱得有點吃不消。那個女孩子也許真的如我想像中，已去了希臘某小島，開始她燦爛的青春之旅。而我在擠迫的自由行人潮中亦開始盤算操心，如何又一年捱過這南中國漫長酷熱的夏天。

44/
非 禮 與 同 情
1 9 9 7 年 5 月

F. Scott Fitzgerald小說《大亨小傳》的開端是這樣寫:「在我較年輕,較易受傷害的日子,我父親曾給我一些忠告,我一直銘記於心。他說:『每當你想批評他人的時候,要記住這世上很多人皆沒有你擁有的優越條件。』」

有一次我在地鐵目睹一宗非禮事件,竟想起這段話。

其實也不算親眼目睹,因為我進入車廂時,那個涉嫌非禮人的男子已被人捉住了,受害女子正在指證他,緊捉住他的男乘客亦在破口大罵,語言上對那「色狼」諸多侮辱;而那個被捉住的,就像隻被捕的野獸,十分驚慌,不斷在求饒,懇請事主給他一個機會,當列車抵達下一站,那對男女把他拉出月台,將事件交由警方處理。

之後的發展是怎樣,我不知道了,不過我是有點同情那個涉嫌非禮人的青年。捉住他不放的「護花使者」是一個高大威猛、孔武有力的小伙子,那位聲稱被侵犯的女子長髮高挑,長得相當漂亮,兩個看落竟也十分登對,我不知他倆是否一早認識,抑或那個男的在車廂見義勇為、拔刀相助,如果他們之前並不認識,這非禮事件可能令到他們結下一段情緣也說不定。總之這對男女一看就知道他們從來不缺乏追求者,他們肯定有

多姿多彩的戀愛社交生活，他們絕對屬於得到上天眷戀、幸運的一對。

而那「隻」色狼，同樣也是一看就知道——是屬於另一群，那較不幸的一群——他身材瘦弱、發育不良、營養不足、衣著寒酸、表情小家，樣貌絕對是英俊的相反，他是個苦學生？或是寫字樓的見習生？從他那副模樣，可以想像到他內心是多麼的自卑、自閉、壓抑，他的生活是多麼的單調、乏味、不愉快。

在擠迫的車廂裏，以他的「quali」，我猜想最多最大膽去到最盡，也只是限於輕微碰撞，或觸摸。而面對著那位靚女，他的行為內又是包含了多少長年積聚下來的壓抑、苦悶、羞恥及無處發洩的慾念？

這一切一切都是在那對「璧人」本身經驗範疇以外，是那幸運一群無法感受及理解到的。

我的想法是，那名弱小男子，被身形媲美消防員的乘客制服，眾目睽睽之下被那名女子指控非禮，被捉住他的男子羞辱，令到他無地自容，已得到一定的懲罰，已收到阻嚇作用，他大概以後也不敢再犯了，是不是非要將他留下案底不可？

非禮固然是罪行，但為什麼他會去非禮？細想下去也總是有點心酸的。

45/
Mourning
Becomes Monica
2 0 0 6 年 8 月

最近那場涉及一億二千萬拉丁舞學費的訴訟不可能不帶給我們震撼，除了本地的媒體爭相報道之外，它可有衝出香港，邁向大中華？甚至發放為全球性的花邊新聞，令香港真正成為國際城市？

這則新聞的賣點最主要當然是那匪夷所思的學費，但在社交舞圈裏，很可能並非沒有先例可援，特別是跨國舞王舞后那個很exclusive的小圈子，一億二千萬或許不太值得大驚小怪，但對於我們一般局外人來說，就簡直是叫人嘩然的天文數字了。

其次是這宗官非的女主角Monica Wong（王以智女士），如果她只是一個有著太多空餘時間要打發的闊太，整件事又似乎可以解釋得合情合理，但現時這位原訴人竟然會是一位貴為私人銀行的亞洲區總裁——好一個全港最大銀行日理萬機的女高層，這個令人意想不到的身份亦大大增添了整個訴訟的趣味性，這個twist相信連一流的編劇也寫不出來。

其三，每份報章週刊每次報道都不厭其煩地一而再提到這位女事主底六十一歲的年齡，由此可見，原來六十一歲亦是這宗官非得到所有媒體寵愛、關注、大事渲染的關鍵性原因。

或許我一直都只是看到這宗新聞鬧劇

性的一面，只是find it so amusing，直至我那位寫英詩的朋友Julia Wen把她寫有關這宗官非的近作電郵給我看時，才令到我赫然感到汗顏；只是懂得在笑，未免太膚淺，或者把事情看得太不夠全面了。她這首詩的題目叫 *The Tragedy of Old Age Is Not That One Is Old But That One Is Young*，是來自Oscar Wilde的小說 *The Picture of Dorian Gray* 的名句。

我年輕的時候，讀到上面那首詩的題目，只是覺得Oscar Wilde在玩文字遊戲，實行語不驚人誓不休。到今時今日，我活到這把年紀，因為Julia這一首詩，再一次重溫這致命的一句，我才總算真正體會到這句戲語的含意。的確是，年老的悲劇原來並非在於老，而是當一切都老，但只剩下心／心境／心態仍未老的時候，才是最可悲！是上天給我們最要命的惡作劇！

還有，當我們只是在意那一億二千萬這個數字，或六十一歲這個數字時，Julia卻又從這則新聞中留意到主人翁Monica Wong的真情表白，在法庭作供時她說到，她學拉丁舞是想找到／抓住「the last bit of glory in life」！對於我們這群離六十一歲已不再遠而心卻仍未老的人來說，這個「last」字實在叫人感到一陣黯然和心酸，因此我們不得不佩服，當我們大部份人只懂得在慨歎之際，Monica Wong卻能付諸行動全情舞出她的天地。她的決斷和努力，的確為我們帶來inspiration，樹立良好榜樣。

從這個角度看，她習舞本來就是一件好事，但為什麼會搞到有如此不愉快的收場？在什麼地方出了錯？當然整件事的過程我只是知道得很片面，但我自己的看法是，錯可能是在那一億二千萬的學費。

找怎樣有名氣的老師，大概也不可能動用到這個數目的學費吧，所以我猜想Monica Wong擲出這筆錢，其實不單只是要學舞，而

是要「包」起這位老師。她這樣做如果照她作供時所說，不涉及感情上的瓜葛，剩下唯一的解釋就是她想獨自擁有這位老師，把他據為己用，也即是說她要用金錢去封殺其他人，燒掉所有通往這間社交舞學校的橋，不容許任何人有機會跟隨這位舞王習舞！

很多時候，人類的煩惱不快樂痛苦往往是源自一己私心，和那股無止境的佔有慾，我想Monica Wong如果能多些包容，與眾同樂，她也許會活得更開心，唯一的downside是香港社會也因而少了這一段小插曲。

當然人性總是有陰暗的一面，我也不例外，表面上我可以冠冕堂皇叫人寬容，私底下我可能比Monica Wong更極端。如果我有一億二千萬閒錢，我分分鐘比她出手更要辣，你們有沒有留意到現時整個珠江三角洲都充斥著公然摟著操北方口音的小伙子周街招搖，從心底裏笑出來的中年婦人，甚至有些是雞皮鶴髮的老婦？這些港人新品種精打細算曉得用最低消費包起內地的舞蹈老師任由她們魚肉，看到她們的肆無忌憚，風騷的眼神，得戚、滿足的表情，簡直叫人無名火起，巴不得懇請Monica Wong出馬將她那一億二千萬成立一個基金，「反包」起全港的舞蹈老師，全面封殺這群婦人，到時如果她們想要習舞，那怕是名太甚至是唐媽媽，個個都要提出申請，由這個基金的執委審批，到時她們分分鐘要託人事，走後門，甚至要在Monica Wong跟前阿諛奉承，央求她簽發一個習舞證，那才大快人心！有了這個基金，整個珠江三角洲的市容或許終於也能稍有改善了。

到時，我也要說一聲，王女士，唔該晒。

46/

Grand Exit
2 0 0 8 年 3 月

　　前一陣子在報章讀到Joyce Ma（郭志清）女士退休，今後完全退出Joyce集團的消息，意外不已之餘，心中真的感到萬分捨不得，也驚覺時光無情的消逝，怎麼才一下子就已到了退休階段了。

　　1982年我曾和Joyce Ma做了一個詳盡的訪問，當時會面的一些細節，如今回想起來依然歷歷在目，完全不覺得已是超過四分之一世紀前的陳年舊事，那是她第一次正式接受中文傳媒訪問，當時她時裝王國的領土正準備大事擴張，有點仿效紐約的Barneys的模式，就是將精品店「大型化」。以後Joyce的業績日益增長，業務亦趨多元化，更成功推上市，箇中顯赫的戰績，也不用多提了，不過在那次訪問之後，起碼他們多了我這個顧客。

　　那時的Joyce boutique，正因規模不大，總是有著一種家庭式的貼切、隨和及寫意，沒有什麼所謂「貴賓卡」，完全是單憑你的面孔，熟了就自然有九折優惠，而我當然從來不是什麼大客，那些售貨女孩亦未必認得我這張偶爾出現的面孔，所以每次買衫，心中總是有一點患得患失：今次會給我折頭嗎？有時我甚至會幼稚地故意提起某一位售貨女孩的名字，好像要她們知道我也算是光顧過的熟客！哈哈，無知的我，其

實只要你開口問，她們通常都會給你優惠的。不過這些不成文的規矩，隨著王國日益企業化，也就演變成受到種種規限的公司制度，而我亦無需像以往般要在心裏打問號，但感覺上已不再似早年那般personal。有一年黃筑君從加拿大回港度假，和我茶敍時忍不住慨嘆：想不到我這個從day one已開始幫襯的老顧客，現時那班售貨妹妹居然沒有一個認得我！

黃姐姐未免太執著了，半島地庫那個年代不是早已一去不復回？

前幾年在Joyce中環新世界總店地庫，我們仍可以見到一個滿頭白髮，但化妝得極艷麗、衣著極講究的外國老婆婆坐鎮，我真的不曉得也無法想像她可能是負責哪一個部門，也即是說，她除了可以作為店中一個icon之外，是一個完全沒有實質作用的閒人。後來Joyce的妹妹Bonnie Gokson告訴我，這位老婆婆是他們的老臣子，即使早已過了退休年齡，他們也一直任由她繼續留守在大本營，像這類如此洋溢著人情味的傳統，實在一點也不符合市場效益，相信在「後Joyce Ma」的年代，這種獨一無二的景象應該不可能再出現了。

Joyce Ma對推廣高級時裝的貢獻是無可置疑，歷史肯定會給予她至崇高的評價，在Joyce boutique之前，外國進口時裝都統稱為「來路貨」，即使瑞興或Swank引入的，顧客頂多模糊地統稱做意大利入口，或法國時裝……是Joyce Ma成功地帶出了「designer label」這個概念，亦是她率先替個別設計師，並以其名開時裝專門店，確實是替香港創先河。

但我覺得Joyce Ma的貢獻絕不限於狹義的「時裝」範疇，而是她替香港營造了作為一個國際大都會應有的優雅，所謂的sophistication。Joyce Ma經營時裝店，從來不止是一盤生意，她最關注的肯定不單是bottom line，如果沒有Joyce那份passion和堅持，還

有她雅致的品味、敏銳的潮流觸覺，和近乎先知式的視野，又怎會輕易有Joyce Ma這個神話！

大約在十多年前的一個聖誕假期前，當時Joyce boutique已設了「Living」的division，那個季節他們引進了一大批節日洋燭。要知道在那個年代，香薰、香燭這類新紀元玩意在香港仍未盛行，看到那麼多不同顏色、不同形狀的蠟燭，有的大到像一件雕塑品，真是大開眼界，叫我開心到呆住了。那天Joyce Ma剛好也在店裏，更忙個不停地幫手擺設她引進的那些大小蠟燭，她見到我對那些產品好像頗感興趣，竟然放下工作不厭其煩地為我逐一介紹，最終我買了兩大件，一高一矮，一藍一啡，我看得出她的開心，是由心底裏發出來的。我知道她的開心絕不是關乎利潤，每件不過幾百元，如此巨型還要搬來運去，賺得幾多？我想她是高興有人認同、欣賞她的選擇，她覺得自己的心機、努力、推廣沒有白費。

Bonnie Gokson最近接受某英文雜誌訪問，講到Joyce Ma的全面撤離時，「protectingly」笑道：「She earned the right to enjoy life beyond the catwalk」，身為一般大眾，我們實在捨不得，但也好應該體諒這位世界級的時裝界女王，奔波了多年，真的需要好好享受一個沒有期限標籤的悠長假期，但與此同時我亦無法想像沒有Ma的Joyce將會何去何從？會變形、解體到什麼樣子？套一句老話，隨著Joyce Ma的離場，真是一個時代的終結了。

然而一個時代終結總會又有一個新時代來臨，一個城市不可能就此「玩完」，我們或許會懷念、追憶那段已經開始模糊，卻正好可以給我們恣意地美化的「美好老日子」，但沒有了Joyce Ma，我們仍得繼續，仍會摸索，或遲或早，終於會有另一個新的先知、goddess出現，再一次打開我們的眼睛，帶領我們到一個新領域，我期待這個新秩序的來臨。

當年Diana Vreeland主宰美版 *Vogue*，受到所有的「beautiful people」（一個由她自創及發揚開去的名詞）膜拜，風頭一時無兩之際，又誰會想到若干年後會有一個Anna Wintour的出現呢？但無論以後還會有多少個Anna Wintour，亦無損Diana Vreeland在奧林匹克山上的至高地位。

我相信，Joyce Ma也應該是如此這般罷。

47/

《摘星奇緣》與香港的公共交通
1 9 9 9 年 7 月

看《摘星奇緣》（Notting Hill）給我印象最深刻一個鏡頭是男主角曉·格蘭特（Hugh Grant）應邀往酒店會晤茱莉亞·羅拔絲（Julia Roberts），手執小小一束鮮花，輕盈地跳下巴士。跳下巴士的一刻，給人的感覺是那麼的自然、瀟灑、漫不經意，曉·格蘭特搭巴士，是十分的「合理」。

那是倫敦。

在香港，搭巴士又會否有自然、瀟灑、漫不經意、「合理」的感覺呢？

我個人對巴士一向都有一份眷戀，可以說是個有「搭巴士傾向」的人（我曾經試圖分析自己「搭巴士傾向」的原因，我想可能是一種懷舊心態，或者說得再坦白些，其實是一種拒絕成長，不願老化的心態，很可笑吧，但我可能仍想藉著「搭巴士」，重溫或意圖重複做學生時代的日子），雖然近年已很少使用這種交通工具，但如果時間許可，又碰到自己熟悉的巴士號數，或者費事在交更時間與專業人士、名太在中環搶奪的士，我仍會樂意選擇搭巴士。但為什麼被人見到我搭巴士時，我總會不期然有點不好意思的尷尬？我想不會是因為怕別人笑我慳儉吧。

既然如此，我又如何去解釋這種尷尬的感覺？看完《摘星奇緣》我一直反覆思量這個問題，終於我搞清楚了，引起我尷尬的

原因，不是在經濟上，而是在視覺上──我不願意被人看到身在巴士那個環境！雖然近年巴士大都已裝上冷氣，設計也有改進，甚至比曉·格蘭特乘搭的典型傳統英式巴士更整潔、新穎、舒適，但不可以改變的是乘客──乘客的質素。我從不會看不起貧窮，或低下層，英國人也很窮；岑建勳去俄國旅遊回來，說俄國人窮到不得了，但他更說了一句很入心的話，他說俄國人窮得有尊嚴。如果人民窮得有尊嚴，國家、民族無論怎樣艱苦，也自然有希望，我期待在可見的將來看到不再喧嘩叫囂，不再以爛撻撻為榮，而是懂得自重、節制、有尊嚴的巴士乘客。

在英國有巴士，但沒有小巴。

比起巴士，小巴是更可怕的產品，其實小巴可以是一種很方便、靈活的公共交通工具，然而快要踏入廿一世紀了，連以前我們讀書時接載我們旅行的任錫伍旅遊巴士也早已絕跡了，和任錫伍同一年代出現的小巴，竟依然故我，無論設計、裝置，甚至置放在擋風玻璃前那塊路牌都是四十年不變（唯一改變的加是有冷氣和電動門），怎樣看也只能說是「簡陋」的最恰當演繹，多似是屬於第三世界，落後地區的產物，與香港這個現代國際城市毫不協調。為什麼小巴商不緊貼時代，改良產品包裝，爭取層面更廣的客戶？

除了小巴的外觀，小巴司機亦是令人卻步的主因，他們大部份是什麼的模樣、裝扮，坐過小巴的人都心裏有數，無須再費筆墨，再加上那聲浪駭人的收音機，小巴的確令香港蒙羞。

其實很多三四線酒店接載客人往返機場的小巴，或載小型團觀光購物的旅遊巴，無論設計、用料、裝置皆十分舒適，公共小巴怎不隨著這個方向走？而且我相信環境很多時可以改變人的質素，像冷氣大巴的司機，穿起制服，打條領帶，人也自重起來，如果小巴的環境得以改善，小巴司機的態度、裝束，亦可能隨之而有所改善

也說不定。

　　然而凡事皆有例外，以下這篇在1993年寫的短文，它所記載的小事故，曾經令我興奮了好一陣子：

　　「最近有一次坐小巴到九龍城吃東西，發覺小巴上的收音機是扭在古典音樂台。

　　「驚奇」當然會有，因為在一般人心目中，小巴司機（或任何交通工具的司機）應該是聽粵曲、中文歌、馬、波、聽眾打電話罵政府⋯⋯即是說，是聽古典音樂台以外之任何電台，現時這位小巴司機違反了我們心目中的常規，打破了小巴司機的典型，感動之餘的確同時令我大感意外。

　　「其實在文化進步的社會，本來就應該是這樣的。歐洲很多國家，國民教育水準高，一個清道夫，一個郵差，一樣聽古典音樂，看諾貝爾得獎者之文學作品，沒有人會感到訝異。

　　「只有亞洲我們這些地方，『文化』才是高級知識份子的專利，我們一直習慣了小巴司機只會聽《霎時衝動》，而不可能聽古典精華這個不成文的遊戲規則。

　　「所以這位小巴司機真的帶給我很多欣喜和希望，也許香港在文化上亦開始在進步了，今次我是看到實例，而不是在空想。」

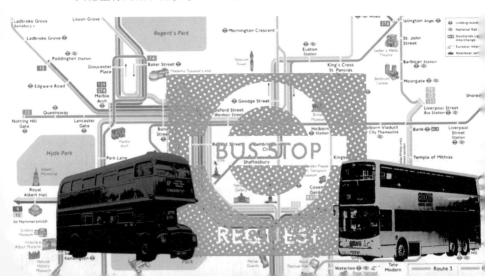

48/

等 待
Philippe Starck
設 計 電 飯 煲
2 0 0 1 年 6 月

米蘭傢俬展不能解決的問題

佈置家居，如果意大利傢俬、德國廚櫃加designer廁所、潔具（如Philippe Starck的設計）已能滿足到你的要求，那麼真的要恭喜你，因為你需要的香港已有過量的供應，你不用煩惱。但如果你像我（也許我是有點自尋煩惱），不單只要解決大型的傢俬，而是要求每一件擺出來、逃不過我們視線的小物品都能符合到自己的審美標準，佈置家居就會變成一件相當痛苦的工程，特別是對一個居住在香港的東方人來説。

因為大部份配合西方起居文化的小物品，如灑鹽和胡椒的小瓶、開罐頭的刀、多士爐等等，只要有耐性，一定能在某處發現到些精美的設計。但是一去到東方人才會用到的物品，如中國人的廚房三寶——盛鹽、糖及生粉那三個攞你命的膠盒，無論你跑到哪裏，都找不到像樣的設計。即使像日本那麼注重設計的國家，他們都只會把心思放在瓷器食具上，而疏忽了廚房小物件。

無論你的廚房造型怎樣前衛，如果找不到一個合襯的電飯煲，或按掣出水的熱水壺，又或者蒸餾水機，一切也屬枉然，我們斷不能把電飯煲也隱藏起來吧！

永安VS先施

話分兩頭,在香港,要找到可以接受(可以接受和心愛的分別是很大的)的家居小物品的地方還是有的,像永安和先施兩大傳統百貨公司也不錯。永安在上環的總店面積大,供應多,選擇自然也多。但在它旁邊面積較小的先施,雖然輸在種類,但它入的貨品較精緻,較有品味,連幾間大的日資百貨公司也比不上它。不過IKEA及G.O.D.近年除了傢俬之外,亦愈來愈注重家庭用品。特別是IKEA,品種繁多,實用美觀,價錢大眾化,是「無印良品」、「Franc franc」以外的另一選擇,買IKEA,肯定不會買錯,但反過來說它亦不會靚絕。中庸是IKEA的特色。

美夢According to IKEA

從七十年代著陸至今,IKEA已成為一個institution,潛移默化「教育」了我們「簡單是美」這重要的美學概念,時至今日我依然覺得IKEA的設計完全值得信賴——買它的傢俬放在家中總不會錯到那裏,即使很多人後來經濟好轉了,懂得去訂購意大利的進口貨,但再一次看到那張才千多元的Klippan梳化,依然感到親切,不會大吃一驚,奇怪當年為什麼我們會那麼「娘」?

現時我仍有去逛IKEA的習慣,看到人潮洶湧,年輕愛侶,一家大小,甚至扶老攜幼,興致勃勃的帶著紙筆拉尺,又量又度,編織著建立小安樂窩的美夢,我心裏面不期然有一絲感動和溫暖。謝謝IKEA多年來在不知不覺間慢慢改變了香港人的品味,把香港人從公屋概念解放出來,從簡陋進化到簡單,也是一條長路。

IKEA從沒有標榜自己是頂尖、前衛、高檔,但絕對沒有小家子氣。在IKEA店裏瞎摸,摸出來的東西也一定不會失禮,IKEA的東西永遠不會stunning,但永遠可以接受。我們不可以一下子登天,就讓

我們從「可以接受」開始吧。

被示範單位洗腦

和IKEA截然不同的設計哲學，是漆咸道（北），近紅磡一帶的港產歐陸傢俬店，他們的口號是：你們在雜誌上看得到的歐陸設計，他們都可以仿出來！

可怕的是，他們幾乎可以亂真了，但「幾乎」二字是何等的可圈可點！

我的看法是：一件精彩傢俬最值錢的地方，不是它的款式、用料或顏色（雖然這些都很重要），而是它的比例。不要問為什麼，比例只能憑直覺一眼看出它是「對」或「不對」，比例是極抽象的，它沒有公式，無法言喻，是學不來的。拿走了比例，那件傢俬已失去了它的價值。

而偏偏香港人有一個壞習慣，就是最愛modify，愛將看到的圖樣加加減減。這種心態，與示範單位的佈置十分相似。

遊覽示範單位，是港人在不北上時的假日另一熱門選擇，亦是港人另一個做夢熱點。很可惜，IKEA帶給港人正面的影響，剛好被這些示範單位的反面教材所抵消，我們亦因此還原基本步，回到起點。

示範單位的精神，是要把三千呎住所的設施壓縮在一千呎不到的面積裏，而處處都要見到「設計」的影子，每一吋都要讓人看到主人的心思和花費的金錢，什麼流行的都不要放過，什麼材料都要有一些。用雀眼木造的房門一定要用木紋併出些圖案；廁所要將雲石瓷磚雙結合，然後來個按摩浴缸；衣櫃門最好三分一鑲鏡，三分一鑲木，三分一鑲玻璃。地台最好也來個三份，客廳鋪雲石，飯廳鋪楓木，睡房鋪地氈；飯廳如有位剩，加個酒吧；沒有位，起碼也

做個亮燈的酒櫃，玄關無論面積多少，一定要用雲石砌出一個圖案，再在牆身鑲面照身鏡，鏡下來個鞋櫃；如果真的放不下，可將鞋櫃搬出大門外，霸佔公共空間……噢！還有 B & O 音響，它是每個示範單位不可缺的一環，香港人不斷被大地產商洗腦——認定豪宅就是如此這般，於是愈來愈多人湧去漆咸道傢俬店照辦煮碗，以住在「示範單位」沾沾自喜。

時光倒流 B & Q

中下檔傢俬市場，近年多了 Mega Box 內的 B & Q，但怎也料不到它竟是個大倒退，首先它的照明系統已極差勁：昏暗、蒼白，令人提不起購物意欲，我簡直以為自己入了深圳

某些二三線沒有人流的家具城。陳列的貨品也是粗糙不堪，那些皮梳化款式之老套、俗氣，簡直令人慘不忍睹。它是不是想一手把香港人從 IKEA 帶回到二十幾年前在紅磡土瓜灣一帶陳列「紗櫃」、「碗櫃」的什麼「傢俬總匯」！？

逛完 B & Q 這個家具「城」再回到德福廣場的 IKEA，想不到竟有鬆了一口氣返回「文明」的感覺。

49/

60cm 的重要性

2 0 0 1 年 5 月

這個月家裏進行一次較大規模的裝修——更改一部份天花，換些傢俬，重新做廚房、浴室。上一次大做是1993年剛搬來時，距今已有八年了。

記得八年前狂逛傢俬店，砵蘭街、駱克道一帶搜羅裝修資料和靈感（光靠*Casa Vogue*是行不通的，因為你看到很多心儀的東西，在香港根本沒有代理，尤其是八年前），如今又要來一次大巡遊。

我認為裝修最大的樂趣（其實與購物是同一道理），是來自budget。我不是有用不完的錢，我心中是有一個預算可以花多少，我不能什麼都買，我要作出取捨，或妥協，或修訂，即是說我要在預算之內，盡量去做到最出色的效果。當然要打破「一分錢一分貨」這條定律十分困難的，甚至不可能，但如果在有限的資源下，可以做到接近我們的理想，那份滿足感，亦是裝修（或購物）的最大樂趣。最難得是，當你可以隨意揮霍時，這份樂趣亦隨之消失，所以上天有時也相當公道。

今次我瀏覽建築材料時，發覺到處都開了廚櫃公司，歐洲入口的固然引進得愈來愈多，港產的、羅湖彼岸的為數也不少，說明了上海無論是進步得怎樣神速，香港還是有它的進步。八年前我選擇用嵌入廚櫃

277

（built-in）的電器用品還是挺新鮮的，如今什麼屋苑、公屋廚房套餐都有，一般家庭都日益注重廚房的美觀和整潔，也未嘗不是一件好事。

廚櫃八年前獨領風騷是Poggenpohl，至多只有Bosch和Leicht和它爭朝夕，現在只要看Miele指定銷售商的名單，就知道殺來香港爭市場的一線廚櫃商號有多少間，連John Pawson設計的廚房都有人代理。電飯煲怎可以和John Pawson扯上關係？有人會捨得在John Pawson的廚房煮食嗎？在他的桌面上擺放任何東西會否破壞他極端簡約的美學？甚至是褻瀆了他的設計？這一切已不是價錢平貴的問題，是尊敬。

廚房電器方面，Gaggenau和Miele依然手執牛耳。Miele的built-in咖啡機，見到都叫人怦然心動（但我會為了它在家煲咖啡嗎？），其新出產的steamer（電蒸爐），據稱已解決了微波爐的致命傷——steam熱出來的東西不會乾，聽落已十分吸引。而Gaggenau最近委托B＆O設計一系列包括抽油煙機、爐頭、微波爐、焗爐等廚具，用了大量B＆O獨特的鋁質顏色，出來的效果可以說是stunning。相對來說，它們的價格，至少對我，亦是stunningly昂貴。既然我捨不得買，唯有安慰自己：basic有basic的好，耐看。一件用品如果設計的比重過大，太搶眼，無論是怎樣的精美，相信很快就會生厭，亦很快就會有更新版本，感覺上好像更精美的設計推出來。再退一步，如果真的要design，西門子委托porsche設計的家庭小電器亦十分矚目，話明是「小」，價錢貴極都有限，可以買一兩件望梅止渴。

不過整個游蕩裝修材料店過程中最令我興奮、喜出望外的發現，是意大利SMEG廠推出了一款符合歐洲廚櫃模式的美國式平排雙門大雪櫃。

60cm在歐洲廚櫃模式裏是一個極重要的呎吋，歐式廚櫃的闊度

是以60cm為基本單位，其他闊度都是從60cm演變出來，如90cm、30cm，或將90cm除二變成45cm等。而地櫃的深度也是劃一為60cm，故所有built-in在歐式廚房的電器如焗爐、微波爐、洗碗碟機、洗衣機、雪櫃等，都是以60cm為闊度，而且都可以fit在60cm深的廚櫃內。

但我個人是偏愛美國式平排雙門大雪櫃的，它外置排出冰塊和碎冰的設備，我覺得極之方便。可惜它體積又大又笨，和線修纖麗的歐洲廚櫃相比，基本上是風馬牛不相及。今次給我發現了SMEG推出這個不銹鋼雙門大雪櫃，不但有外置取冰設備，而呎吋竟是59cm深，剛好可以fit在60cm深的廚櫃內，怎不是一個大喜訊？

不過我今次（至少到目前為止）並沒有買這個SMEG雪櫃。為了新廚房在視覺上的統一，我已拋棄了還是好端端的微波爐、抽油煙機、爐頭和洗碗碟機，已夠內疚了。我那個又大又笨的雪櫃，十年來依然運作正常，要拋棄我真的過不到自己一關，明年再算吧。也許再過多一年，它會突然壞掉也說不定。

對扶手電梯的期待

大約十多年前，白韻琴邀請我每星期一兩晚客串和她一起主持電台phone-in節目《盡訴心中情》，做了也大約有兩三年，回想那段日子我印象較深刻反而是白姐姐的一些言論，譬如她很執著為什麼香港人站在扶手電梯時（特別是在地鐵），不自動自覺地靠在一邊，讓出另一邊給有需要趕時間的人上落？在日本這早已是不成文的規矩，幾乎所有的人都必然靠在扶手電梯的一邊，另一邊永遠是空著給人作步行用，這是否與他們國家的公民教育有關？

白姐姐當年的激氣，經過十多年之後，情形不是沒有改善，特別是在上下班時間較「高檔」的地鐵站如金鐘、中環，都會見到很多乘客開始懂得站在一邊，在這些時刻，我的心情總是有點緊張，擔心空出的那一邊隨時會給人大模斯樣霸住，而幾乎每一次總是會有人破壞了這已逐漸形成的習慣，不由得令人氣餒，甚至有一絲挫折感。

安慰的是，仍有「逐漸形成」四個字。

白姐姐，我們仍需努力。

馬會泳池畔的惡夢

可惜除了逐漸形成之外，也有很多禮儀在不知不覺中逐漸破壞。

50/

我 們 的 香 港
怎 搞 了
2 0 0 7 年 8 月 *

幾個月前我在跑馬地馬會會所泳池，看到一個中年女人，穿了泳衣在泳池畔翻閱報章，令我震驚的是：她面上敷上了一塊白色的面膜！

我總覺得有些生活習慣、行為、工序，不可以說是不雅，但總是很私人的，沒有必要，更不應該在公眾地方恣意展覽，這個敷上面膜的女人如此若無其事，旁若無人，對不起，我真的接受不了。

當然我不是沒有見過更可怕的情景，在同一間會所的更衣室，我見過一個老翁用風筒吹腳趾罅，更不止一次見到另一些老翁在染髮，然後滿頭染髮液施施然行入桑拿房焗頭！

那已超越了私人不私人，是否雅觀的問題，簡直是破壞公共衛生了。

我們在嘲笑內地人的禮儀之際，我恐怕我們也在變，或許真的被同化了。

地鐵化妝

地鐵有條文——「嚴禁吸煙及飲食」，但要加上「嚴禁化妝」，聽落似乎又不大合理。

第一次看到那位OL照鏡塗粉，我也不大以為然，皆因她的樣貌舉止頗為怪異，可稱之為「另類人士」，可以當之為例外而不是常規。

不久之後，又一次見到另一位OL，今次在外觀上應是屬於「正常」、「普通」的上班一族，居然旁若無人手執小鏡子，對著來打眼影，而坐在她四周的乘客，看報的看報，呆若木雞的繼續雲遊四海，其餘人等都好像視若無睹，或許在地鐵車廂內化妝早已約定俗成，大家都習以為常，見怪不怪了。

但我不得不提第三次見到的那一位。

那天早上我是從太子地鐵站上車去中環，最前頭第一卡的車廂在這時段通常都特別擠迫，絕大部份在中環下車的乘客都愛擠進這一卡，因為它是最近中環的出口，對分秒必爭的香港人來説，這一卡絕對是必爭之選。

列車到了旺角站，一個長相相當標緻的OL迫進來，剛巧站在我旁邊，車開動之後，我察覺她開始有所行動，她打開她那個大手袋，不停在裏面翻來覆去搜索，結果在無數大小雜物中搜到了一個小包。

「老天！」我心想：「不要告訴我她又要化妝。」

怎知説時遲，那時快，她果然迅速打開小包，拿出那面要命的小鏡子，跟著又熟練地拿出其他化妝工具，今次更做足全套——劃眼線、打眼影、搽粉底、塗口紅，忙個不亦樂乎，而最令我驚訝不已的是，她進行這些工序，一直都是站在擠迫的車廂內，完全不需要靠扶手去平衡身體，竟就可以按部就班，毫無差錯地畫塗添補；更叫我嘖嘖稱奇的，是列車快要進入中環終站月台時，她剛好完成了她的整個化妝程序！在車門開啟之前那幾秒，她把所有的工具都放回那個小包，把小包放回那個大手袋，車門開啟時，她第一時間不慌不忙施施然步出車廂，消失在人群中！

和吸煙、飲食不同，在地鐵化妝不可説是不雅，當然沒有理由嚴禁，但實在亦不應該公然在公眾地方肆無忌憚地進行，像這位竟然可以站著來化妝的OL，以她純熟的手法，分秒不差的timing，我不得不相信，地鐵化妝是她每天的指定動作，是她生活程序的一部份。

前段日子有傳媒訪問我對「港女」看法，我登時啞口無言，説實話，我根本就未聽過也不知道何謂「港女」，唯有支吾以對，現在看到了這幅意想不到的地鐵奇景，我似乎又好像掌握到一些「港

女」的線索了──「地鐵化妝」應該是「港女」其中一項特色吧！

電台的殘酷笑聲

我們電台的DJ經常在笑，無緣無故，卡卡地笑，早已見怪不怪。

有次中午前我在的士聽到梁思浩（我認得他的聲音）和另外一個或兩個主持在節目中講到旅遊，或吃喝玩樂這些話題時，梁思浩憶述一次在韓國，他在一間餐廳見到廚師從魚缸捉起隻活生生的八爪魚，用刀在它身上切去幾片肉來做新鮮刺身，然後又把「剩餘」的放回魚缸。

於是幾個主持就跟著討論八爪魚身上究竟有沒有神經線，它會不會感到痛楚這些問題，不知為什麼那位女主持竟愈講愈興奮，講到哈哈大笑，笑到停不了，而其他幾位主持似乎也被她感染到，一同大笑起來。討論這樣的議題，居然可以當作那麼的有趣，可以如此放開懷抱地狂笑，我真是感到十分的憤慨！

講到不雅媒體，這個節目，這種思維，這種心態，這種笑聲，應該算是不雅了吧！

姚敏姐姐？！

講到DJ的水平，我不禁想起多年前有一次駕車時聽收音機，好像是商台，一位女DJ正在揭曉某個流行榜：梅艷芳那首國語歌《長藤掛銅鈴》從第十八位躍升到第九位，女DJ在介紹時說是由「姚敏姐姐作曲填詞」！

我早已不再是那麼執著的人，這位女DJ不知姚敏為何許人也，不知道他的性別也沒有什麼大不了，我意思是，作為一個Canto-pop DJ，不認識姚敏也不算犯下什麼瀰天大罪，而我們亦不可能對這些

Canto-pop DJ有什麼要求或期望，雖然話分兩頭，嚴格來說姚敏於中國流行音樂的地位，應該等於Cole Porter於美國流行音樂，我猜想一個美國Rock Station的DJ怎樣也應該對Cole Porter略有認識吧，但在香港，一般的DJ可能認為顧嘉煇已是盤古初開的人物了。

不認識姚敏是誰，費事翻查他是誰，不打緊，少講一句就是了，為什麼硬要親暱地，一見到類似女性的名字，就隨便以姐姐相稱呢？我最反感就是現時這些DJ，撇開音樂修養不談，總是要口花花，嚕得就嚕，對自己的言談，好像完全沒有任何責任感。

又有一次，我在港台一個叫國語優秀歌曲榜（現時的榜何其多！）又聽到梅艷芳的《長藤掛銅鈴》，跳到第三位，今回另外一位女DJ不是說姚敏姐姐了，她說這首歌的原唱者是「張露姐姐」，雖然我自己也記不起這首歌的原唱者是誰，但肯定不是張露，不過即使《長藤掛銅鈴》的原唱者真的不是張露，這位女DJ所犯的錯也遠比商台那位小，雖然她們同樣動不動就姐姐前姐姐後，令人反感，但起碼港台這位沒有把性別也弄錯。

其實我對《長藤掛銅鈴》這首歌，除了記得調子之外，其他資料也不知道，但既然我要寫這篇文章，就要查清楚，我打電話問時代曲專家黃奇智，他告訴我以下的事實：

《長藤掛銅鈴》大約於1954年初次發行，原唱者是逸敏（她是女士），作曲是姚敏（他是男士），作詞是莊元庸（她是五十年代阿姐級娛記，身形肥胖，極具霸氣，當年在報章雜誌常見她手執著有麗的呼聲標記的米高峰，緊隨林黛尤敏等天王巨星左右，論氣勢，現時的查小欣簡直望塵莫及。）

那麼張露呢？據黃奇智說，張露約在1967年曾翻唱此曲，既然是cover version說成好像是張露的首本名曲，似乎又不大恰當了。

香港波場

　　如果説内地正急劇吸收外面的潮流，我們的香港似乎又在倒行逆施，不斷吸取内地的時尚。像「波場」，我記得以前去ball，跳舞的人較少，抽獎之後，就一窩蜂作鳥獸散，但近年卻見到愈來愈多人愛跳舞，舞池不再似以前般冷清，但充斥舞池的（包括甲級慈善機構，可以稱得上是社交界盛事的餐舞會在内），佔一顯眼部份的竟是跳「社交舞」，即是那些要經過訓練，調校出來的ballroom dancing。

　　我不明白近年怎麼突然有那麼多中年婦人，會帶同她們大都是來自内地的社交舞蹈老師一起出席各類在大酒店、會展中心舉行的餐舞會，她們的丈夫呢？男友呢？她們是什麼身份？寡婦？失婚婦人？單身貴族？也許我的確是帶著不應有的歧視眼光，但看到她們公然大模斯樣地隨著音樂節拍將頭大力左右轉動，雙手上下四周伸插，面部的表情有時是雙目緊閉，狀似陶醉，有時又花枝招展地笑到得意忘形，我總感到渾身不自然，我不禁醒起耶穌曾經講過類似──屬於天主的歸天主，屬於凱撒的歸凱撒──的話，我不禁要疾呼，她們為什麼不能忍一下手，去專門供人跳社交舞的場所，盡情跳她們的社交舞？又為什麼那些舞蹈老師不要説tux，連普通西裝也沒有一件，大都是穿上緊身的白恤衫就上舞池將他們的學生舞來扭去，那些學生怎麼不做戲做全套，替老師添置一兩套西裝呢？

　　也許我沒有機會看過一流世界級的社交舞，我所看到的社交舞給我的感覺是動作機械，姿勢誇張，可能有點戲劇效果，但説不上有什麼美感可言。於是愛懷舊的我不禁又回想起電影《曼波女郎》（1957）那經典的cha cha舞示範；在DBS的室内運動場，葛蘭載歌載舞唱出她的經典作《我愛Cha Cha》，但令我至難忘的，不止是葛蘭，還有她的舞伴陳厚，陳厚那種上海小開形象早已絕種是題

外話，他的舞姿實在是一絕，輕盈、優雅、信手拈來、漫不經心，卻充滿自信，像與生俱來的身體語言，是自然不過，輕鬆自在，是享受而不是表演，可惜這些俏皮、巧妙，優美的舞步、花式都失傳了。

Cha cha，似乎和香港一樣，is no longer what it used to be。

* 原題為〈回歸大周年的一些偶感〉，文中加插了不同時期的短文，分別是：寫於2008年2月的〈地鐵化妝〉；1999年9月的〈姚敏姐姐？！〉；2005年5月的〈香港波場〉。

51/

我們的鄰居
2 0 0 5 年 2 月

　　想不到深圳地鐵羅湖站上蓋的廣場竟然會是如此出奇的「現代」、「簡約」、「低調」。雖然很多內地建築物常見的缺點仍在，例如隨處都找到finishing手工的粗糙，接近「未完成」多過完成，又例如地鐵站入口的玻璃天花一如所料，啟用不到幾星期已積滿污垢（抑或是從未清洗過？），但整個廣場的設計，結構、佈局，已遠離內地以往偏愛的俗艷、熱鬧、標奇立異、東湊西拼這類具「中國特色」的品味，是努力趕上建立一種國際大都會的氣派，成績是有目共睹的。就算挑選植物也花了不少心思，都是線條簡單、整潔，排列亦極為工整、definite，絕不拖泥帶水，廣場旁邊一棵大老樹也刻意保留下來，成為整個環境的一部份。

　　回想才不過是幾年前，羅湖口岸一帶佈滿著販賣翻版電影／解碼器的小商店，洋溢著典型邊境小鎮的氣息，我不禁讚嘆，深圳市在視覺上的驚人轉變。現在羅湖站廣場一邊仍屹立著的羅湖商業城，內裏什麼模樣不說，至少它的外觀也騙倒人，勉強襯得住地鐵廣場這個不速之客。至於另一邊那座典型八十年代改革開放建築風格的火車站又是另一回事了，它的存在無可避免地造成一種極尷尬的氣氛，成為整個環境的一大負資產。

怎樣將這火車站重新改裝，換來一個可以接受的外觀，絕對是一項難度極高的挑戰，不知深圳市政府有沒有決心去到盡，把這車站來一次大易容，劃一圍繞廣場一帶的美學風格？

當然我亦有留意到那些小盆栽，這個廣場可以擺放的地方都密密麻麻擺放了無數種著鮮花的小花盆，花是紅黃橙三大主色，替本來的單色調風格，添多了較耀眼的色彩。可能是某些領導人覺得廣場太空曠，太「寡」了，不夠喜氣洋洋，特別是春節期近，於是下令搬出這些小花盆來「沖喜」，營造多些熱鬧氣息。

不過我倒不擔心。大方向是走對了，剩下的枝節，總可以慢慢調較、改善，如果一個市政府能拍板挑選這樣一個設計，搬移這些小花盆的日子還會遠嗎？果然，盆栽很快已全部消失了，不知明年春節又會不會再次擺出來沖喜？

一直以來，羅湖口岸進出口一帶佈滿著同一類型的小商店，表面看似kiosk，售賣香煙、糖果、飲品，實質是專門替出入境的旅客做貨幣兌換。這些小商店千篇一律堆滿五彩繽紛的貨品，和廣場的格調全不協調，市政府要怎樣處理這些充滿著小家子氣的小店？最簡單的方法當然就是要它們全部結業，但有時我們實在不能為了在美學上的完整而犧牲了人們的生計。地鐵廣場開放了不久之後，不知誰出的主意，每間開放式小店門前，半邊裝上了一幅由地面到頂的磨沙玻璃，於是起碼有一半令人眼花繚亂的貨品被遮蓋了，大大紓緩了我們視覺上的負荷，在美學上這當然不是最佳的解決方法，但卻是最經濟、最人性的方法。有時作出折衷、妥協，也是很可愛的。

其實驚喜不止是地鐵羅湖站，最近在深圳一間小咖啡店（不是星巴克那些跨國連鎖店，我最怕見到那群拿著部筆記簿電腦在內地星巴克一坐就大半天的——yuppies！），出其不意地聽到Astrud Gilberto的歌聲，播的不是她擅長的bossa nova，而是一首cover version Moonlight Serenade，但如果你知道深圳是一個怎樣的城市，Astrud Gilberto又是一個怎樣的歌手，我相信我不用多說，這些資料已足夠to make my point，說明內地無論在很多地方雖然依然不濟，也不是沒有秘密地、悄悄地在進步著。

但後來仔細一想，會不會是一個美麗的誤會？我「想當然」的Astrud Gilberto，會不會原來是她的翻版，像日本那個小野麗莎（Lisa Ono）？！

也許我真的高興得太早了，雖然即使是小野麗莎，怎麼說也算是一項進步。

52/

兩 個 城 市 的
集 體 記 憶
2 0 0 7 年 2 月

去年我在深圳市中心買了一個約八十平方米的小單位，沒有什麼特別的目的，可能是我覺得那棟公寓大樓的外形不俗，大堂走廊金碧輝煌，不是我的品味，但總算可以接受，起碼它的公用空間闊落，照明充足，不似內地很多住宅／商業大樓又暗又窄，況且謝謝大廈的公用照明全是用燈膽而不是用照得人蒼白的光管。記得周采茨曾經説過，要看一個城市／國家先進發達與否，只要看它的居民用什麼照明工具就知道，想落又是，試看歐美那些大城市，幾時見到人在家中用光管（特別是白光管）照明的！

交樓時，我那個單位是不帶任何裝修的，基本上是泥房子一間，於是又給我一個機會玩裝修遊戲，這亦可能是我今回置業其中一個重要的原因，而想不到裝修也帶來驚喜。今次我用的全是內地的師傅工匠，所有的材料包括地板、衣櫃、潔具、廚櫃、傢俬……全是在內地訂購，亦大部份是國產貨而非進口貨（廚房嵌入式電器除外，中國到現時似乎仍未有生產這類產品）。我一向對家居裝修的要求絕對不低，所以今次出來的效果如此出奇地理想，確是有點意料之外，甚至是喜出望外，想不到現今內地裝修師傅的手工如此具水準！不説別的，油漆已相當精細，我要求家中所有的木器均是啞色，不

帶光澤，他們也完成得挺不錯，和印象中以前內地某些三四星酒店的房門，牆壁那些粗糙、馬虎的手工，已經完全是兩個世界，而價錢比起香港依然算得上相宜，唉，內地不少東西真是追趕得可怕地快。

裝修完成之後，才睡過幾天，對深圳這個隔鄰城市仍說不上熟悉，大部份時間都是坐在行走中的汽車內觀看它的市容，還未曾在東門那些旺區步行過，要我給深圳評分，我顯然仍未夠資格。不過它大受人稱頌的綠化成績，我也有同感，而它很多近年才落成的建築物也各自標榜本身獨特的設計風格，看得出那些發展商及市政府絕不是貪平，也不甘於「基本」，而是相當注重創新、美感，竭力趕上國際水準。美中不足是很多租客都是卡拉OK、桑拿浴室、的士高、夜總會等娛樂場所，它們那些巨型廣告招牌、燈箱，恣意點綴在這些建築群的外牆，即時將環境層次降低好幾級。

深圳市的迅速發展只是過去廿多年的事，而它絕大部份的居民都是在這段期間陸續從全國各地遷徙過來，不會存在「集體回憶」這項爭議，也實在沒有什麼值得來個「集體回憶」，要知道深圳這個「大都會」的前身，只是一個邊境小鎮，我個人看法：在美學上，在視覺上，這類小鎮比一般農村更糟糕，層次更低，在這種環境下，將whatever回憶一筆抹殺，樂得乾淨，反而更好。

而一河之隔的香港就要背上一個不三不四的「集體回憶」包袱！但什麼建築物才稱得上「集體回憶」？不可能一切舊的都是吧！要怎樣才算有代表性？是否起碼要有著一定的美學藝術價值和風格？而就算評定為「集體回憶」，又是否必然值得保留？在我

們上世紀中期經濟仍未起飛，環境較落後的年代，大部份草率興建出來但求有瓦遮頭的樓宇，真的沒有講究什麼建築風格，與當時世界潮流、歐美學派脫軌，像現在仍完整屹立在觀塘、新蒲崗、土瓜灣、荃灣、深水埗、大角咀一帶建於六七十年代的「唐樓」、工廠大廈，的確是視覺上一個又一個惡夢，但它們顯然會帶來不少「集體回憶」。我小時候也曾在這類「唐樓」住過，不過我寧願選擇美觀而捨棄回憶。尖沙咀那棟notorious的重慶大廈和它鄰近那些風格類似的舊式商住大廈又如何？中環畢打街以西，在皇后大道、德輔道、干諾道林立了無數設計奇形怪狀、小家子氣的辦公大樓，早期的大型屋苑如美孚新邨，新界丁屋改建的「西班牙」式別墅……每次我見到這些揮之不盡的異形物體，我總會不期然嘆息，因為我看不到有什麼方法在可見的未來可以將這些視覺污點清除，例外不是沒有，像那些舊式的七層徙置大廈，就陰差陽錯有著一種簡約美學風格，線條簡潔，乾淨俐落，空間比例（起碼在外形上）恰到好處，我認為不需改建，只要改裝，也有很大的發展潛力和保留價值。

　　問題來了，保護文物的確是至為重要，但哪些要保留，哪些可以拆除，又應由誰去作主？而最終得出來的結論又是否能被公眾（一個又抽象又可怕的名詞）接受？當一些被評定為值得保留保護的建築與政府發展擴建計劃有所衝突時，又誰去主宰這些建築物的命運？

如果政府真的有心去保護文物，留住我們的「集體回憶」，它會否給予它設立的評級小組絕對權力去保護這些文物不受到破壞？如果所謂的評級只是記錄在案，官樣文章，就真的無謂去搞，浪費人力物力、時間和資源了。但假若政府真的有心和誠意，這個小組的主席的人選也是費煞腦筋，我想他除了要有無可置疑的歷史、美術修養，還要有廣闊的視野和胸襟，最重要他還要有著堅定和不偏不倚的立場。

　　上個月一個晚上我去大會堂看演出，碰到一群保衛皇后碼頭的青年人在靜坐，有些沒有知名度的歌手在現場唱歌打氣，赫然見到黃英琦也在從旁打點、參與。顯然她是個有心人，如果由她去領導這個小組，我應該是放心的。

　　唉，我，最大的毛病，就是愛做像這些無謂的夢。

　　然後我想起，去年10月份去西班牙旅遊，對它的首都馬德里，可以用「驚艷」去形容，像這樣的城市，才真正配得上有集體回憶這回事！

53/

上 海 的 隨 想

2 0 0 6 年 11 月

《號外》的母公司現代傳播在上海搞了一個大型盛宴，主題名為「Modern Luxury」，慶祝公司成立12周年以及《號外》的姊妹雜誌《生活》在內地創刊，當我進入香格里拉酒店的會場時，心中竟不禁湧起一陣的黯然，想不到酒會和宴會的佈置、環境和氣氛皆如此無懈可擊！上海，或者說中國大陸真是飛躍了，在某些方面甚至已超越了香港，我們還可有能力急起直追？有能力繼續發揮我們的創意去搶先一步帶領潮流？

當然在軟件方面，不少地方仍待改善，像侍應生不止一次收碟子時不小心把食物倒瀉在我們那一桌的客人衣服上，又像周采茨問侍應拿牙籤，一直都沒有人理會，直至她嚷著要叫經理出來時，才有人肯拿過來，不過我想這些服務上的改善應該不太難吧。我在上海的幾次和周采茨出外吃飯，差不多每次都是為了侍應服務問題搞到她嚷著要經理出來，似乎「要見經理」已成為她的指定動作，她在上海生活不可缺的一個環節。

回頭說那個派對，當晚的嘉賓都來頭不小，有國際級的藝術家如譚盾、王受之，以及上海，或全中國廣告界、高級奢侈品牌界頂尖人物，相信什麼大場面他們都見過，所以要出奇制勝，打低LV、Chanel的派對，殺

這些嘉賓一個措手不及，要他們臣服，對我們辦的刊物另眼相看，唯一可以做到是要有些極具創意，帶給人意外驚喜的表演項目。可惜當晚最不出色就是那些表演項目，我只能用平平無奇去形容，我相信那些環節都是外判給某些製作公司去負責，其實如果由自己的創作部去度橋、設計、操刀，會不會發揮到出人意表的效果？

中國的確在進步中

看見上海的的士司機大部份穿上了整齊的深色西裝，戴上了白手套，然後對比他們在香港的同行在視覺上、聽覺上的不修邊幅和粗野，我不禁又有點不是味兒。以前我去日本會感到一陣自卑，想不到現在去上海也有著類似的感覺。幸好自紐約回來探親的平面設計師Wing Chan開解我，他覺得生長在靠近熱帶的人的族性通常比較開放，而粗俗可能就是開放的其中一種表達方式，放眼看南歐的希臘、意大利、西班牙人，也不都是口多多，經常大叫大嚷嗎？不過意大利人叫嚷時，可能我聽不懂內容，反而覺得極具音樂感，至於我們在的士內，被迫聽著司機大佬互通信息，講到眉飛色舞時，又是另一番感受了。

上海作為大都會

在上海期間的一天早上我在南京西路漫步，那一帶有不少名店開設在馬路兩旁兩三層高的舊式房子地下，很有情調，相比之下，在新建甲級商場裏面那些反顯得有點暴發戶了。那時上午九點還未到，上班一族已擠滿了行人路，在大部份穿上西裝、上班服的人群當中，我見到一個「camp到震」的男孩也在路旁忙碌地搬運些鮮花，他可能是附近一間花店的僱員。那一刻我直以為自己是處身在曼哈頓的東區！眼前這位男孩，不是深夜在gay bar放浪形骸，

勾搭老外，而是大清早在忙碌他的「事業」，我感到一陣的欣然，without himself knowing，他實在替上海作為一個真正的大都會寫上個完美的句號。

近年大批香港人北上到上海發展，前文提到的周采茨就是其中之一，不過或許不應該說她到上海發展，她本來就是從上海來，現在只不過是返回她的根，而她一貫的海派作風，在它的發源地，肯定得到充份的發揮了吧？

銀鈴搖動時

其實我是有點懷念周采茨移居上海前在香港麥當奴道的家。不知從什麼時候開始，我們到朋友家總要脫鞋。一大堆鞋子堆放在大門入口處，實在不怎雅觀，於是開始有人創造了鞋櫃這種具香港特色的傢俬，漸漸鞋櫃就變成香港每個家庭不可缺的成員。即使沒有地氈，踏上了打光亮水晶蠟的木地板，也例必要脫鞋。

周采茨的家其實沒有什麼搶眼的地方，全屋鋪奶白色地氈，她和一般香港家庭最大的分別是她沒有鞋櫃。記得當初我上她家時，一入大門就很自動自覺脫鞋，誰知道她竟大聲喝止，我們自然會客氣回應說怕弄污了她的白地氈，而她竟得意洋洋地說：「地氈本來就是給人踐踏的！」她傲慢的神情好像在嘲笑我們：看，你們這些無知的鄉下人和小家的暴發戶！

而我亦察覺到在歐美，拜訪別人家居的

確是沒有脫鞋的習俗。在日本入屋脫鞋是一種傳統文化，他們的房屋結構間隔完全是建立於脫鞋文化這個基礎上，而我們香港則有點是半途出家兩頭唔到岸。

堅持客人不用脫鞋只是周小姐海派作風其中一個明顯例子，我還記得有一年聖誕節中午在她家吃火雞，發覺她在餐桌上放了一個小小的銀鈴，當她需要叫在廚房裏的傭人出來時，就搖動那個銀鈴，傭人就應鈴而出。我相信你和我都不會這樣做，但看著周采茨煞有介事地搖動銀鈴，雖然明知是有點矯枉過正，還是覺得趣味盎然，令我很懷念她經常在家中宴客那段日子。

鞋櫃 or no 鞋櫃，that's the verdict

周采茨一直在捍衛海派這日漸失傳的一門學問，講排場、要氣派，豪氣得來要瀟灑，她是堅持到最後一分鐘。

上海已成為香港主要競爭對手的今天，不知現時的上海人有沒有從老一派的海派汲取到一些神髓？

上海能否脫穎而出，跑贏香港，是要看它所走的路，是模仿香港、複製香港，抑或從它本身海派傳統的精神孕育出一種與香港截然不同的都市文化。

人們比較香港和上海，可能要參考很多經濟數據，但我的看法很簡單，如果上海較充裕的家庭，如香港一樣，都把鞋櫃放在玄關，那麼香港仍是執牛耳；但如果上海家庭已摒棄鞋櫃，進入他們「智慧」型住宅已不用脫鞋，那時候，香港的地位也就岌岌可危了。

責任編輯　陳靜雯

書籍設計　黃沛盈

書　　名　吃羅宋餐的日子

著　　者　鄧小宇

出　　版　三聯書店（香港）有限公司
　　　　　香港鰂魚涌英皇道1065號東達中心1304室
　　　　　JOINT PUBLISHING (H.K.) CO., LTD.
　　　　　Rm.1304, Eastern Centre, 1065 King's Road, Quarry Bay, H.K.

香港發行　香港聯合書刊物流有限公司
　　　　　香港新界大埔汀麗路36號3字樓

印　　刷　中華商務彩色印刷有限公司
　　　　　香港新界大埔汀麗路36號14字樓

版　　次　2009年6月香港第一版第一次印刷
　　　　　2010年5月香港第一版第三次印刷

規　　格　大32開（140×210 mm）304面

國際書號　ISBN 978-962-04-2816-6

©2009 Joint Publishing (H.K.) Co., Ltd.
Published in Hong Kong